사람에게는
친절하게
1983

사람에게는 친절하게 1983

박재현 지음

좋은땅

목
차

1
도원결의

셋이 우정을 다짐한 그해는 다사다난했다. 먼저 두발에 이어 교복 자율화로 고 일 때까지 입었던 교복을 벗게 해 주었다. 장정구가 WBC 라이트 플라이급 타이틀전에서 챔피언 벨트를 거머쥐며 봄을 알렸다. 해태 타이거즈가 프로 야구 코리안 시리즈에서 우승한 건 가을의 끝자락이었다. 이월에 이웅평 대위가 미그기를 몰고 자유 대한의 품으로 넘어왔다. 여의도 광장에 백만 넘는 인파가 쏟아져 나와 귀순 환영 대회를 벌였다. 남녘이 북녘보다 몇십 곱절 잘산다는 말에 보람찼다.

유월 들어서는 박종환 감독이 이끄는 청소년 국가대표팀이 온 나라를 뒤흔들었다. 멕시코 '세계 청소년 축구 대회'에서 벌 떼 축구로 4강에 올라 난리가 났다. 축구에 별 관심 없던 이 애들을 텔레비전 앞에 끌어다 놓았다. 과연 우리나라는 위대했다. 뒤미처 KBS 〈이산가족을 찾습니다〉의 눈물바다로 전국이 들썩였지만 아이들의 관심사에서는 비켜나 있었다.

여름 방학 끝나고 구월에는 뉴욕서 서울로 향하던 대한항공 여객기가 사할린 근처에서 소련 전투기에 의해 격추되었다. 탑승자 이백육십

팔 명 전원이 숨졌다. 텔레비전을 도배한 뉴스에도 당최 영문을 알 길 없었다. 엎친 데 덮친 격으로 시월 들어 '아웅산 테러 사건'이 일어났다. 폭탄 테러에 전두환 대통령을 붙좇던 경제부 총리를 비롯해 수행원 열일곱 명이 죽고 열네 명이 다쳤다. 반공 정신이 투철하지 않으면 적화통일된다는 것을 새삼 깨달았다. 그러나 이 역시 영문을 알 수 없었다.

오월 가택 연금당한 김영삼 신민당 총재의 목숨 건 단식 투쟁은 아무도 몰랐다. 연이은 함석헌, 문익환 선생 등 재야인사의 '긴급 민주선언' 발표와 단식 농성도 알 턱이 없었다. 그저 하루걸러 터지는 시위를 보았고 대학가의 가시지 않는 매캐한 최루탄 냄새를 맡았을 뿐이다. 거리 곳곳에서는 떼거리로 몰려다니는 시위 진압대가 노상 눈에 띄었다.

프로 축구 '슈퍼리그', '천하장사 씨름대회', 농구 대잔치 '점보 시리즈' 대회도 그해 시작되었다. 이해는 삼성전자가 D램 개발에 성공해 반도체 강국으로의 도약을 위한 신호탄을 쏘아 올린 해이기도 했다.

마이클 잭슨의 〈빌리진〉은 애들에게 경악과 미국에 대한 동경을 안겨주었다. 안성기, 장미희 주연의 미성년 관람 불가 영화 〈적도의 꽃〉은 이해불가였지만 생리적 쾌감을 맛보기엔 충분했다. 이현세의 〈공포의 외인구단〉은 승부 세계의 냉혹함과 주인공 사랑 얘기에 가슴 저렸다.

사내아이들은 윤수일의 "별빛이 흐르는……."을 흥얼거렸고 계집아이들은 조용필의 "기도하는……."에 깍깍댔다. 최고 시청률을 자랑한 MBC 드라마 〈간난이〉는 이들 부모의 눈물샘을 자극했고 고달픈 삶을 어루만져 주었다.

*

열예닐곱의 두 사내애가 허름한 점방 앞 대나무 평상에 나란히 걸터 앉아 있었다. 둘은 언덕진 이차선 차도 건너편 고등학교 정문을 지켜보았다. 짧은 포마드 머리를 한 멀쑥한 애는 명찰 없는 교련복을 입었고, 흰 러닝에 흰색 옆줄 들어간 빨간 추리닝 바지의 가무잡잡한 까까머리는 야구공을 만지작거렸다. 곁에는 야구 장갑과 알루미늄으로 된 야구 방망이가 놓여 있었다.

꽤 늦은 시간인데도 유월 중순이라 해는 학교 뒷산을 넘지 못했고 한 낮과 다르게 선선한 바람이 불어왔다. 학교는 산자락을 닮아 지어 삭막했지만 언덕길 따라 흐드러진 개망초 위의 맑은 하늘과는 어울렸다.

한쪽 다리를 평상에 올리고 두 팔 얹어 턱 괴고 있던 포마드 머리가 정문을 주시한 채 입을 뗐다.

"참, 올 여름 방학엔 삼촌 스님한테 안 가냐?"

포마드 머리는 매번 방학을 삼촌 스님이란 사람의 절에서 지내고 오는 까까머리의 행적 때문에 물었다.

"……."

대답이 없자 포마드 머리가 고개 돌려 까까머리를 쳐다보았다. 까까머리는 흘낏하고 다시 교문 쪽을 바라보며 대꾸했다.

"우리 그러지 말고, 프로 야구 전반기 마지막 시합이나 보러 가자."

포마드 머리는 까까머리의 생뚱맞은 소리에 헛웃음을 쳤다.

"얼척없네. 뭘, 그러지 말어?"

"……삼촌 스님이 절에서 사고 쳐 쫓겨났나 봐. 보살하고. 지금은 어느 암자에 계신다네……."

잠깐 뜸 들이던 까까머리가 말을 꺼내고 히죽였다.

"보살하고 사고 쳐 쫓겨나서 암자에 계신다는 거야? 사고 쳐 쫓겨나 암자에서 보살하고 살고 계신다는 거야?"

포마드 머리가 한심스레 거듭 물었고 까까머리는 혼잣말처럼 중얼거렸다.

"음, 보살하고 사고 쳐 쫓겨났다니까 암자에서 보살하고 살 수도 있겠구나……."

"……."

그렇게 대화는 끊겼다. 둘은 아까처럼 나란히 대나무 평상에 걸터앉아 길 건너의 교문 지켜보기를 말없이 계속했다. 짧은 포마드 머리는 '재용'이란 아이였고, 가무잡잡한 까까머리는 '열'이란 아이였다.

학교를 둘러싼 적벽돌 담벼락과 걸맞지 않은 회색 시멘트로 덧칠된 수위실 창문에 그림자가 어른거렸다. 이내 늙은 수위가 안에서 나왔고 굳게 닫혔던 쇠창살 교문이 열렸다. 얼마 지나지 않아 삼삼오오, 하나둘씩 책가방 든 사내애들이 밖으로 모습을 보였다. 그들은 한참 후에야 하굣길 무리 중 앞선 세 명 바로 뒤의 중키에 뚱뚱한 한 애를 발견했다. 둘 다 기다렸다는 듯이 엉덩이를 털며 일어섰다. 열은 야구 방망이를 어깨에 걸쳤고 재용의 손에는 야구 장갑이 들렸다.

찻길에 바짝 다가선 재용이 세 명 뒤의 뚱뚱한 애를 향해 큰 소리로 이름을 불렀다.

"야! 현준아! 현준아! 여기! 여기!"

뚱뚱한 애가 어리벙벙한 사이 세 명이 반대편에서 소리치는 교련복을 봤다가 뒤를 돌아보았다. 그제서야 뚱뚱한 애와 눈 맞춘 재용은 제 쪽으로 건너오라고 손을 휘저었다.

"돼지야, 저 새끼 누구냐?"

세 명 중 한 명이 깔보는 투로 뚱뚱한 애에게 말을 뱉었다.

"중학교 때 친했던 친구인데……."

왜 왔는지 의아한 표정으로 대답하고는 재차 말할 겨를을 주지 않고 찻길을 건넜다. 셋도 별수 없이 뒤따랐다. 재용은 뚱뚱한 애를 마주하자 그의 팔을 야구 장갑으로 가볍게 치면서 반갑게 말했다.

"현준아, 니가 보고 싶어 열이하고 여기까지 왔다. 자년에 보고, 한 번도 못 봤잖아. 좀 보고 살자."

한발 물러서 있던 열도 다가와 말을 보탰다.

"나하곤 중 삼 때 봤으니까 거의 이 년 만이네. 잘 지내고 있지?"

"잘 지내고 있지……. 열이는 전국 복싱대회 준비한다고 들었는데……."

뚱뚱한 애는 순간 머뭇거리다 되물었다.

"열이 스파링 중에 손목 삐어서 시합 못 나간대. 그래서 간만에 니하고 짜장면이나 먹자고 내가 했지."

재용이 열을 대신해 답했다.

"쟈들 니 친구들이냐?"

열은 야구 방망이를 짧게 쥐고 자기 어깰 툭툭 치며 턱짓으로 셋을 가리켰다.

"으응, 같은 반 친구들……."

"야, 반갑다. 현준이 친구면 우리하고도 친구지. 악수나 하자."

뚱뚱한 애 등 뒤의 셋에게 재용이 먼저 손을 내밀고 말했다. 재용이 내민 서먹한 손에 세 명은 멀뚱거렸다. 그중 몸집 제일 큰 애가 뚱뚱한 애 뒤통수에 대고 조금 전 기세와는 달리 한 톤 낮춰 물었다.

"돼지야, 쟤네들 뭐냐?"

그러자 열은 비스듬히 몸집 큰 애를 넘겨다보면서, '이 새끼 봐라'라는 듯한 눈초리로 아래위를 훑었다. 대번에 분위기가 싸늘해졌고 잠시 정적이 흘렀다. 몸집 큰 애는 전혀 예기치 못한 상황이 벌어져서인지, 야구방망이에 눌려서인지, 복싱 선수란 말에 지려서인지 기 쓸 엄두를 못 내고 야코 죽은 기색이 뚜렷했다.

재용이 몸집 큰 애를 찬찬히 살피다가 끼어들었다.

"왜들 그래? 친구들끼리. 난 김재용, 여긴 박열. 현준이 중학교 단짝들이고, 시내 '왕자관' 가려는데 니들도 같이 가자. 짜장면에 야끼만두 하면 오백 원에…… 흠, 각자 칠백 원씩 내면 되겠다."

뚱뚱한 애도 싸늘한 분위기에 허둥대다 겨우 우물거렸다.

"이쪽은 달석이고 저기는 우태, 옆은 민기……."

열은 그때껏 짓고 있던 낯빛을 풀고 몸집 큰 애에게 다가가 말랑하게 말했다.

"달석아, 사랑하는 친구한테 돼지가 뭐냐. 돼지가. 니한테 내가 '딸싹이'라고 부르면 닌 기분 좋겠냐?"

받아칠 말을 찾지 못한 몸집 큰 애는 이러지도 저러지도 못하고 귀까지 벌게져 쓴웃음만 지었다.

"오랜만에 네 친구들 만났는데 짜장면 먹으러 가라. 우린 시내까진 시간이 안 되고 오락실 들렀다 집에 갈 테니까."

열의 위압에 낌새를 엿보던 다른 애가 부탁 조로 뚱뚱한 애에게 말했다. 옆의 애도 그랬으면 하는 눈치였다.

"그래도 현준이 친구들인데 그냥 가면 서운하지. 저기 평상으로 가자. 내가 큰맘 먹고 한턱 쓰마."

재용은 애들을 잡아끌어 평상에 앉히고 점방에서 하드 여섯 개를 사 나눠 주었다. 열이 선 자세로 야구 방망이를 가랑이에 끼워 넣고 비닐 포장지를 뜯었다. 그러다 재용의 것을 힐끔 보더니 제 것과 애들 것을 번갈아 보았다.

"어, 우리는 '누가바'인데 니 건 다른 것 같다?"

"이거, 롯데에서 새로 나온 돼지바. 맛이 어떤가 해서."

열의 의문을 재용이 아무렇지 않게 받아넘겼다. 평상에 앉은 애들은 돼지라는 말이 겸연쩍은지 둘에게 향했던 눈을 슬며시 내렸다.

"참, 엊그제 시내 나갔다가 우연히 재덕이랑 그쪽 애들 만났다. 재덕이 니 본 지 오래됐다고 궁금해하더라. 근데, 야구는 그런다 쳐도 학교까지 완전 때려친 거야?"

"그리고 보니 갸 야구 때려친 뒤에 한 번도 못 봤네. 잘 지내디?"

"잘 지내는지는 모르겠다만 괜찮아 보이더라."

재용의 재덕이란 친구 얘기에 열의 편치 않은 얼굴빛이 완연했다.

최재덕은 상업계 고등학교 야구 선수였다. 중학교 입학 당시 그를 스카우트하기 위해 학교에서 쌀 열 가마를 내놨을 정도로 실력이 남달랐다. 또래에서 싸움 잘하기로도 첫손가락에 꼽았다. 입소문에 터무니없는 살까지 붙어 웬만한 애들이라면 생김새는 몰라도 이름은 들어 봤을 터였다. 열과는 어릴 적 친구로 같은 국민학교를 다녔다. 서로 아옹다옹했지만 열이 국민학교 오 학년 때 이사한 후에도 종종 재덕이 찾아와 만났다. 그때의 소소한 우정이 여태껏 이어졌고 열이 야구를 좋아하게 된 것도 그 이유였을 것이다.

둘은 더 할 말이 없는지 무심히 애들 곁을 비집어 자리를 차지했다. 이제는 여섯이 대나무 평상에 걸터앉아 아삭거리며 어둑해지는 길 건너를 말없이 바라보았다.

"곧 어두워질 텐데 우리는 갈게…… 현준이 하고 얘기해라."

하드를 다 먹은 한 애가 우물쭈물 말을 건넸다. 나머지 애들도 주섬주섬 가방을 들고 일어나 뚱뚱한 애에게 눈인사를 했다.

"벌써 가려고? 섭섭하게. 암튼 만나 반가웠다. 담에 현준이 통해 연락할 게 한번 제대로 보자."

재용이 따라서면서 말했다.

"친구끼리 사이좋게 지내고. 현준이한텐 특히 잘해 줘라."

열도 셋과 악수하고 어린아이 대하는 양 몸집 큰 애를 타일렀다. 남은 세 명은 열, 재용, 현준이 순으로 도로 평상에 앉았다.

언덕길 아래로 그들의 모습이 사라질 즘 현준이 입을 열었다.

"재용아, 와 줘서 고마워. 열이 친구도 고맙고……."

"고맙기는 뭘, 나중에라도 '아니다' 싶으면 언제든 연락 주고."

"알았어……. 근데, 열이 친구는 전국대회 못 나가 어떡하냐……."

"대회는 무슨, 쟨 원래 습관성 어깨 탈골이라 시합 못 나가."

"……그럼 왕자관은……."

"그건 그냥 해 본 소리고."

"……재덕이란 친구는……."

"재덕이, 재덕이는 왜? 아, 그것도 뻥이냐고. 하하하. 아니야, 재덕인 열이 깨복쟁이 친구고, 엊그저께 시내에서 만난 것도 맞아."

현준은 얼떨해하다가 아무런 말이 없었다. 개의치 않은 듯 재용이 불 들어온 교실 창 헤아리며 새로 켜지는 불빛을 찾아 헤맸다. 열은 깍지 끼어 뒤통수에 받치고 현준의 기방을 등받이 삼아 가슴을 쭉 폈다. 그리고 서 고개와 허리를 뒤젖혀 재용의 손가락질을 눈으로 좇았다. 가로등 없는 찻길 너머 교실 창에는 전깃불이 하나둘 들어오고 있었다. 한동안 그러다가 혼자 히물거리는 현준을 슬쩍 훔쳐본 재용이 "여자애 빤스라도 봤냐."라면서 나무랐다. 현준은 "애들한테 단짝이라고 태연히 거짓말하던 네가 떠올라 그랬다."라고 이죽거렸다. 거짓말쟁이라는 말에 재용이 "넌 영식이하고 단짝이고, 영식인 나하고 단짝이고, 난 열이하고 단짝이니까 우리가 단짝 맞지 뭐가 거짓말이냐."라고 우겨 댔다.

내처 재용이 현준의 겨드랑이를 양손으로 간지럽히며 크게 웃었다. 평상에 나부라진 현준도 따라서 크게 웃었다. 끝자락만 간신히 학교 뒤 산등성이에 걸쳤던 해는 넘어간 지 오래였다. 사방이 깜깜해져서야 셋은 불 밝힌 학교와 점방을 뒤로했다.

*

　두 주 전 재용은 제 방 침대에 누워 뭉그적거리고 있었다. 침대 오른편 책상 위 탁상시계를 가는눈으로 응시하다 머리맡 창문에 내리쬐는 햇살이 거슬렸다. 마지못해 어기적대어 드리워진 격자무늬 커튼을 닫고 되처 침대에 누웠다. 어쩌다 맞은 아버지 없는 '대수로운' 일요일 아침이었다. 일어나 씻고 밥 먹으라는 엄마의 잔소리는 귓등으로 들었다. 와서 깨우려는 동생에게는 벌컥 화부터 내 쫓아 버렸다. 엄마와 동생이 먹고 있는 아침상을 마다하고 오지 않는 잠을 청하려 애썼지만, 또한 쉽지 않았다.

　그러던 참에 따르릉거리는 전화벨 소리가 동생이 열어 놓고 나간 문 틈으로 들려왔다.

　"여보세요? 재용이오. 누구세요? 아, 친구 영식이오. 김재용이 지금 자고 있습니다만. 예, 나중에 전화하세요. 전화 끊습니다."

　동생은 재용의 방 쪽에 대고 들으라는 듯 목청을 돋웠다.

　재용이 벌떡 일어나 부리나케 뛰쳐나가자 동생은 손으로 막고 있던 수화기를 건네면서 능글댔다. 재용이 한 대 쥐어박을 것처럼 손을 들었다가 수화기를 넘겨받았다.

　"여보세요?"

　"재용아, 집 전화번호 안 바뀌었구나. 나, 영식이."

　"영식이?"

　"중 삼 때 같은 반 영식이. 벌써 까먹었냐?"

　재용은 허공에 눈알을 굴렸다. 동그란 검은색 뿔테 안경을 쓴 키 작은, 공부한 만큼 성적이 안 나와 고민하던 영식이가 퍼뜩 스쳤다.

"하하하. 영식아, 정말 오랜만이다. 내가 어떻게 널 까먹겠냐. 너무 갑작스러워 그랬지."

"고맙다. 억지로 기억해 줘서."

"근데, 웬일이냐? 이 아침부터 전활 주고."

"실은…… 중학교 때 너와 같은 반 된 적이 없어서 잘 모르겠지만 혹시 '뚱땡이'라고 김현준이 아냐?"

"뚱땡이 현준이…… 잘 모르겠는데."

"현준이랑은 이 학년 때 짝꿍이라 가깝게 지냈는데 걔가 요즘 지네 학교에서 많이 힘든가 봐. 아무리 생각해도 상의할 사람이 너밖에 없어 전화했다."

"거창하게 상의씩이나, 어쨌든 반갑다 영식아."

"너만 괜찮다면 오늘 오후라도 현준이랑 널 봤으면 하는데……."

"둘도 없는 친구가 보자는데 약속 있어도 취소해야지. 기다릴게 와라. 5번 버스 종점 한 정거장 전에서 내려 전화 주고."

"말투는 변함없구나. 현준이 데리고 최대한 빨리 갈게."

그날 오후 재용은 영식과 현준을 재용네 아파트 근처 외진 공터에서 만났다. 영식이 앞서 왔고 현준은 미적거리며 뒤처져 왔다. 키 작은 영식은 뿔테 안경이 금테 안경으로 바뀌었을 뿐 공부 잘할 것 같은 해사한 얼굴은 한결같았다.

"정말 오랜만이다. 넌 어떻게 하나도 안 변하고 그대로냐?"

"욕이냐, 칭찬이냐? 지금 네가 키 크다고 날 무시하지?"

"친구를 무시하다니. 당연히 칭찬이지. 공부는 잘되냐?"

"한 만큼 결과가 안 나와 걱정이지."

"하하하, 우리 영식이 여전하구나. 니가 현준이지. 잘 왔다 현준아."

"으응, 오랜만이다……."

재용은 현준이 도무지 기억나지 않았다. 한 반이 아니었어도 재용의 오지랖상 기억에 없다면 그는 정말 밋밋하게 학교생활을 한 동창생이었다. 영식이 현준을 대신해 이야기를 시작했다.

현준은 중학교 입학하면서 바닷가 중소 도시에서 올라와 대학병원 의사 남편 둔 둘째 누나 집에 살고 있었다. 몇 안 되는 중학교 친한 애들과 흩어져 설립 초기의 사립 고등학교로 떨어졌다. 일 학년은 그만저만 보냈고 문제는 이 학년에 올라와 생겼다. 학교에서 깝치는 세 녀석과 같은 반이 되었는데 녀석들의 '조밥'까지 되어 버린 것이다. 뚱뚱하고 어리바리한 데다 쓱쓱이마저 헤펐던 탓이다.

현준이 죽을 만치 괴롭고 자존심 상해 자기에게 하소연했단다. 영식이 궁리 끝에 동창 재용을 생각해 냈다. 재용이 시내에 발 넓고, 믿을 만하고 현준이도 아는 터라 부탁해 보자고 현준을 데려왔다. 더 말하지 않아도 재용은 척하니 알아먹었다.

재용이 세 명의 이름과 졸업한 중학교, 그 외 신상을 물었고 현준은 아는 대로 일러 주었다. 재용은 어떻게 하면 좋을지 방법 찾아보고 다음 주쯤 연락하겠다고 그들을 다독였다. 쪼그리고 앉아 나누던 대화를 끝내고 재용이 손 비비며 일어나자 둘도 따라섰다. 현준이 꼬무락거리다 바지 호주머니에서 흰 편지 봉투를 꺼내 재용에게 디밀었다.

"이게 뭐냐?"

"영식이랑 얘기해 봤는데 필요할 것 같아서……."

재용은 민망했는지 받아 쥔 봉투를 열어 보지 않은 채 어색하게 말했다.

"필요할 것 같은데…… 어째, 쬐끔 민망한 것 같다. 일단 넣어 둘게."

"더 필요하면 언제든지 얘기하고. 그렇지만 꼭 해결해 줘야 한다."

영식이 나서서 다짐받듯이 말하고 재용을 비장히 올려다보았다. 재용은 둘을 버스 정류장까지 바래다주었다. 돌아오는 중에 만지작대던 바지 호주머니 속 봉투를 열어 보았다. 만 원짜리 스무 장이 들어 있었다.

"씀씀이가 좋긴 좋네."

재용이 혼잣말하고서 픽 웃었다.

학생 버스 회수권 육십 원에 성인 버스 토큰 백 원, 라면 한 봉지 백 원, 소주 한 병이 이백 원이었다. 비록 외야석이긴 하지만 그 비싸다는 프로 야구 입장권도 이천 원이었다. 시청 공무원 초봉이 수당 모두 합쳐 이십만 원이 안 되던 시절이라 턱밑 털도 안 난 고삐리에게는 어마한 액수였다.

한 주가 지난 일요일 정오 무렵 매끈하게 차려입은 재용은 새로 맞춘 꽃술 달린 검정 미국식 로퍼를 신고 집을 나섰다. 버스를 타고 가다 대학교 인근 정류장에서 내렸다. 찻길을 가로질러 삼거리 좌측 모퉁이를 돌아 곧바로 나아갔다. 곧게 뻗은 도로가 우측 오르막으로 꺾인 데서 목공소와 구멍가게가 눈에 들어왔다. 목공소는 칠이 벗겨지고 먼지가 잔뜩 낀 미닫이 문짝 여러 장이 연닿았다. 구멍가게는 누레진 간판에 파란색으로 '서광 슈퍼'라고 큼지막이 쓰였다.

재용은 두 점포를 가르는 봉고차 한 대가 마주 보고 드나들 만한 후미진 길을 따라가다 오른편 골목으로 들어섰다. 골목 끝 집 앞에는 비닐 덮어쓴 노란 야쿠르트 리어카가 엎어져 낡은 나무 대문짝을 지키고 있었다. 대문을 밀고 들어가자 대문 지붕 밑 왼쪽엔 지난겨울 때다 남은 연탄이 허리 높이만큼 쌓였고 비좁은 마당 옆으로 작은 창과 큰 창 새에 마루가 자리했다.

대문 열리는 소리에 세 살 터울의 열이 여동생이 마루에서 빼꼼히 내다보았다.

"어머, 재롱이 오빠네."

"우리 숙이 갈수록 예뻐지는구나. 공부는 열심히 하고 있지?"

"흥, 지나가는 개가 웃겠다. 야간 공고 다니는 오빠나 공부 열심히 하서."

"숙아, 누가 들을까 무섭다. 이 오빠의 아픈 데를 꼭 찔러야겠냐. 하하하."

"이것아! 오빠 친구한테 재롱이는 뭐고, 지나가는 개는 또 뭐냐."

말소리 듣고 열이 작은방에서 나오며 여동생을 야단쳤다.

"칫, 엄마가 재롱이라고 부르니까 나도 재롱이라고 부르지."

"아, 어머니 계시지? 밖에 리아까 세워져 있던데."

"엄마, 아침 일찍 나가셨어. 근데, 어쩐 일이냐? 체육관으로 안 오고, 집으로 오고."

재용이 열을 만나려 할 땐 그가 다니는 복싱 체육관에 시간 맞춰 전화하든지, 직접 찾았었다. 열은 학교 끝나고 특별한 일 없으면 대개 오후여섯 시부터 체육관에 나왔다. 운동 전 관내를 청소하고 장비를 수리하거나 정리해 체육관비를 갈음했다.

"갑자기 니가 보고 싶기도 하고, 의논할 일도 있어서 이렇게 왔지."

"이렇게 오나, 저렇게 오나 잘은 왔다만……."

"아직 점심 안 먹었지? 나가서 짜장면이나 먹자. 내가 사마."

열이 재용을 가만히 눈여기다 끌끌거렸다.

"내일은 천변에 배 들어왔나 나가 봐야겠다. 니가 짜장면을 다 산다고 그러고."

"쯧쯧쯧, 촌스럽긴 서양식 '더치페이'도 모르고. 그런다고 니가 병원비 없어 죽어 가는데 내가 니 병원비 안 내놓겠냐?"

"흥, 놀고들 있네."

"이것아! 빨리 방에 들어가 니 하던 일이나 해."

열은 오빠들 말장난에 끼어드는 여동생을 타박하고 작은방으로 들어가 추리닝 윗도리를 걸치고 나왔다. 그새 재용이 두 번 다시 야간의 '야' 자도 꺼내지 않겠다는 약속 받아 내고서 못 이긴 척하는 숙을 데리고 나갔다. 셋은 골목 나와 동네 윗녘 중국집으로 발걸음을 옮겼다.

가게에 들어선 열과 숙이 손님이 먹고 나간 그릇을 치우던 쥔아주머니와 주방의 쥔 남편에게 인사를 했다. 주인 부부는 남매를 아는 듯 곰살궂게 맞아 주었고 셋은 따로 놓인 탁자에 앉았다. 엽차 잔을 내놓는 여주인에게 재용은 짜장면과 군만두를 시켰다.

주문받은 여주인이 돌아서려는데 열이 재용에게 말했다.

"우리 그러지 말고, 야끼만두 빼고 탕수육으로 하자. 돈은 내가 나중에 줄게."

열의 '그러지 말고'에 재용이 웃으며 엉거주춤한 여주인에게 말을 덧붙였다.

"사장님. 짜장면, 야끼만두에다 탕수육 하나 추가요."

오래지 않아 감자, 양파가 마구 섞인 된 짜장에 오이채 올린 짜장면과 만두피가 주름진 바싹 탄 군만두를 내왔다. 노르다 못해 누른 돼지고기 튀김에 불그름한 묽은 국물을 뒤집어쓴 탕수육은 나중에 나왔다.

열은 먹다가 한 번씩 숙의 먹는 꼴을 물끄러미 보았다. 그럴 때마다 재용도 그들을 번갈아가며 보았다. 숙은 오빠들 눈길이 신경 쓰인지 짜증난 목소리로 "아휴, 짜장면 하나도 마음 놓고 못 먹겠네."라고 쩝쩝거렸다. 그 말과 동시에 둘은 천장을 올려다봤다가 짜장면 그릇에 코 박고 또다시 잠잠히 먹기 시작했다.

식사를 마치고 숙을 집으로 보낸 후 재용이 바지 뒷주머니에서 흰 봉투 꺼내 열이 앞으로 밀었다. 열은 봉투를 집어 들어 안을 살펴보다 눈이 똥그래졌다.

"야, 이거 웬 거냐?"

재용이 주방 쪽을 언뜻 쳐다보고는 소리 죽여 말했다.

"이십만 원."

"이십만 원? 무슨 돈인데?"

"아까 의논할 일이 있댔잖아. 나가서 얘기하자."

열에게 건넸다 돌려받은 봉투를 재용은 뒷주머니에 넣고 나서 여주인 불러 음식값을 치렀다.

둘은 중국집을 지나쳐 하천 다릿목 사철나무 울타리를 제치고 구석으로 들어갔다. 열이 추리닝 윗도리 주머니에서 신문지 쪼가리에 돌돌 말은 담배 한 개비를 빼냈다. 성냥불을 붙였고 불붙은 쪽을 아래로 내려 손바닥으로 감싸 쥐고 입에 갖다 대었다.

"중학교 때 친한 친구가 학교에서 깝죽거리는 놈들한테 삥 뜯기고, 상태가 여간 안 좋다네."

"흐흐. 우리 재용이하고 안 친한 친구가 이 바닥에 몇 명이나 있겠냐. 근데 돈은?"

"해결하는 데 필요할 것 같다고 주더라."

"이십만 원이나?"

"응."

"통도 크네."

"씀씀이가 좋은 거지."

둘은 얼굴을 맛대고 피식했다.

재용은 열에게 지난 일요일 전화 왔던 일이며 집 근처에서 만났던 일등 저간의 사정을 말해 주었다. 거기에 한 주 동안 이리저리 발품 들여 알아본 바와 뒤이을 작전까지 알차게 준비해 왔다. 세 명 중 한 녀석은 중학교 적부터 재덕이 쪽보다 아랫질인 '신역 사거리' 애들 중에서도 하바리 놈과 붙어먹었다. 아는 애들 사이에선 인간성 거지 같고 지보다 약한 애들 알겨먹는 종자로 짜했다. 고등학교 와서도 신생 학교라 하바리 이름 팔아 대가리 노릇을 했다. 약한 애 알겨먹는 버릇은 여전히 못 고치고 있었다. 녀석이 더 악질인 것은 여관집 자식 놈으로 집이 괜찮게 사는데도 그런다는 거였다.

다른 녀석은 먼저 녀석과 일이 학년 한 반에 죽이 맞았다. 들은 그대로를 전하면 '촌구석 중학교에서 똥폼 잡다가 없는 살림에 도시로 유학 보내 놨더니 하라는 공부는 안 하고 지네 집 등골 빼먹는 자식새끼'였다.

이 녀석은 먼저 녀석이 또래에서 나름 잘나가는 줄 알고 덩달아 설쳤다. 또 다른 녀석도 깡촌 촌뜨기로 동창 애가 호구 잡히기 전까지 자취방 내주고 라면 끓여 주던 호구였다. 덕분에 호구에서 벗어났지만 어쩔 수 없어서인지, 좋아서인지는 알 수 없어도 두 녀석을 쫓아다녔다.

알아본 대로라면 셋 다 무르고 노는 물이 다른 별 볼 일 없는 녀석들이었다. 걔들을 적당히 어르고 뺨치면 탈 없이 처리할 수 있다는 게 재용의 생각이었다.

작전은 이러했다. 착수 날짜는 동창 애 학교 일이 학년 수업과 자율학습이 끝나는 오후 여섯 시 토요일로 결정했다. 토요일이 서로 시간 맞추기 용이했기 때문이다. 둘은 오랫동안 만나지 못한 중학교 절친한 친구로 등장하고 야구 방망이를 가져가는 것으로 정했다. 야구 방망이만 갖고 가면 뒷말썽 생길 소지가 있어 야구 장갑과 야구공도 챙기기로 했다. 일면식 없는 열과 동창 애는 열이 아는 체하면 나머진 재용이 모두 알아서 하는 걸로 했다. 동창 애에겐 열이 이름과 전국 복싱대회를 나간다는 정도만 알려 주기로 했다. 열이 아는 체하면 동창 애는 열의 대회 준비를 물어보는 것으로 입을 맞췄다. 깐엔 작전을 세세히 짜면 어설퍼져 꼬일 수도 있다는 염려에서였다.

재용은 대략적인 얼개에 흡족한 표정 짓고는 봉투에서 돈다발을 끄집어냈다. 침 발라 만 원짜리 열 장을 세어 호주머니에 넣고 나머지와 빈 봉투는 열에게 넘겨주었다.

열이 넘겨받은 만 원 열 장을 다시 세 보고 말했다.

"왜, 5 대 5나?"

"니 혼자 간다면 8 대 2도 가능하고."

"……알. 았. 다."

열이 그중 세 장을 내밀자 이번에는 재용이 뻔히 바라보았다.

"또, 왜?"

"그 잘난 더치페이 할 때 돈 내노라고 하지 말고 이 돈에서 쓰라고."

"알. 았. 다."

"근데 갸들이 달라들면 어쩌냐?"

"그래서 니가 가는 거지."

"뒷감당은 누가 하고?"

"뭐, 사고 터지면 통 큰 동창 애가 알아서 하겠지."

"……."

"하하하. 죽었다 깨도 그런 일은 안 벌어질 테니 걱정 마라. 그 찌질이들이 덤벼들면 내 손에 장을 지진다."

집에 돌아온 열은 큰방에서 라디오 켜 놓고 책 보는 여동생 숙을 작은방으로 불러들였다. 숙이 오빠 부름에 구시렁대며 작은방으로 건너왔다. 방바닥에 내려앉은 오빠 앞에 놓인 만 원짜리를 보고 폴싹 주저앉았다.

"와, 오빠 이거 무슨 돈이야?"

"니 써라."

만 원짜리 석 장이었다.

"꺅, 삼만 원이나. 이런 거금을 흐흐."

"가시나 웃음소리하고는. 가지기 싫음 말고."

숙은 '무슨 소리냐'며 냉큼 집어 들었다.

"한 달에 오천 원씩 주려다 귀찮아 한꺼번에 주는 거니까 엄마한테 들키지 말고."

"돈 쓸 데가 있었는데 고마워 오빠. 흐흐."

숙이 포개진 만 원짜리를 머리 위로 들어 금덩이마냥 조심조심 들여다보며 만면에 미소가 번졌다.

열은 때때로 건넌집 노가다 아저씨네 일손이 부족할 때면 공일에는 막일을 따라나섰다. 일당 칠팔천 원 받아 와서 용돈으로 쓰고 숙에게도 이삼천 원을 쥐어 주곤 했다. 열이 본래부터 숙의 낫낫한 오빠였던 건 아니다. 본디 어린 여동생을 부려먹거나 혼내는 고약하고 어른 행세하는 오빠였다. 불량한 애들과 떼 지어 쌈박질만 일삼던 열이 자신의 처지를 뼈저리게 된 발단이 있었다.

열이 중 일이었으니까 숙이 국민학교 사 학년 때 일이었다. 추석이 다가올 즈음 밤 열 시를 넘긴 어느 날이었다. 숙의 담임 여선생과 반장 어머니, 지 어머니 손에 이끌려 온 반장 아이가 집으로 찾아왔다. 숙이 엄마는 깜짝 놀라 그들을 대문 밖에서 맞았다. 숙은 큰방에서 이불 뒤어쓰고 꿈쩍도 하지 않았다. 열은 마루로 나와 대문 밖에서 새어 나오는 말소리에 귀를 기울였다. 숙이 삼 일간 학교를 출석하지 않은 사실과 그럴 수밖에 없었던 황당한 까닭에 열도 기막혔다.

내용인즉슨, 숙이 학급 부반장이던 여자아이가 겨울 방학 채 몇 개월 남기지 않고 전학을 가 버렸다. 담임선생은 부반장 선거 없이 숙을 부반장에 앉혔고 반장과 부반장은 짝꿍이 돼야 했다. 한데 부자 동네들 틈서리에 궁색한 동네가 끼어서 잘사는 애들은 무지 잘살았고 못사는 애들은 찢어지게 못살았다. 이렇다 보니 반장 아이는 구질구질한 숙이를 늘상 따돌리고 몹시 괴롭혔었나 보다.

그래도 담임이나 부모가 올곧았는지 그런 아일 끌어 과일 상자 싸 들고 용서를 구하러 찾았던 것이다. 연신 굽신거리는 어른들이 무색하게 반장 아이는 울먹이며 싫다고 거푸 말했다. 아이는 급기야 엉엉 울면서 골목을 뛰쳐나가 버렸다. 아무 잘못 없는 숙이 엄마도 낯없어 죄송하다며 같이 연신 굽신거렸다. 결국 과일 상자는 받지 않고 좋은 말로 담임선생과 반장 어머니를 돌려보냈다.

그들이 돌아간 뒤 모녀는 이불 속에서 눈물을 훔쳤다. 아들은 깊은 밤 가만가만 나가 적잖이 지나서야 조용해진 집에 돌아와 작은방으로 들어갔다. 어린 고약한 오빠는 몹쓸 제 성깔도 꾹 참아 내는 동생이 오죽했으면 학교도 안 갔을까 하는 안쓰러움에 가슴이 미어졌을 것이다. 못난 과수댁 엄마는 딸년이 부반장 되었다는 말에 기뻐하기는커녕 찝찝해했던 자책감에 속이 문드러졌을 것은 빤했다. 어쩌면 모자는 없는 남편과 아버지를 원망했는지도 모르겠다.

숙은 다음 날 하루 더 쉬고 다음다음 날 학교에 갔다. 이후 부반장을 뽑는 보궐 선거가 치러졌고 숙이 후보에 나서지 않았음은 물론이다. 침울한 사 학년을 벗어나자 고약한 오빠 덕에 단련되었던지 숙은 조금씩 예전 모습을 되찾았다. 여중학교에 들어가서는 못사는 집 애치곤 공부도 곧잘 하는 쾌활한 아이가 되어 있었다. 열도 이 일 있은 뒤 복싱을 시작했고 방학 땐 삼촌 스님의 절을 나들게 되었다. 못된 친구 떼려는 엄마의 강권도 있었지만 열이 스스로 작정했었다.

*

여름 장마 들기 며칠 전 열은 재용을 만나러 닭머리시장 상가로 향했다. '별일 없으면 얼굴이나 보자'며 재용이 이틀 전 체육관으로 전화를 걸어왔었다. 열은 생긴 돈이 고스란히 있는 데다 시장통닭이 당겼던 참이라 토요일 여섯 시에 만나기로 했다.

열이 상가 끄트머리에 다다르자 재용이 미리 와 있었다.

"빨리 나왔네."

"빨리 나오기는 니가 오 분 늦은 거지."

"알. 았. 다."

"근데, 촌스런 시장통닭보단 시내 영양센타 전기구이가 땡기는데……."

"거긴 여자애들하고나 가고."

"……그리고 어제 현준이한테 전화 왔었다. 우리랑 꼭 할 얘기가 있대서 이리 오라 했어."

"무슨 일로?"

"무슨 일이냐고 했는데 만나서 얘기하고 싶대네."

"……."

둘은 상가 앞 맞은편 택시에서 내려 빨간불의 횡단보도를 허겁지겁 뛰어오는 현준을 보았다. 재용이 현준에게 손을 흔들었다.

"많이 기다렸지."

현준은 책가방을 양손으로 가슴팍에 움켜쥐고 헉헉거렸다.

"아니, 한 이십 분 되려나."

"미안해. 자율학습 끝나고 곧장 택시 타고 왔는데……."

"미안하긴. 가자, 촌스런 통닭 먹으러."

현준의 미안쩍은 인사에 열이 상관없다는 듯이 말했다.

셋은 상가 뒤편짝 닭머리시장 초입에 줄지은 통닭집 쪽으로 걸었다. 어느 지역이든 시장통에 이름난 통닭집 한두 곳은 꼭꼭 있겠고, 이곳에서는 생닭집들이 모인 여기가 소문났다. 이 집들은 윗길에서 산 닭 바로 잡아 파는 생닭을 가져와 도막 내고 물 반죽해서 기름에 튀겨 내었다. 앞장선 열이 왼쪽 첫 번째 가게에서 멈춰 섰다. 울긋불긋한 싸구려 방수포 차양막을 늘어뜨린 통닭집이었다.

가게 앞에는 널빤지 기름막이를 붙인 길고 널찍한 나무 탁자가 놓였다. 그 위엔 두 개의 가스 불이 제가끔 올려놓은 우묵한 가마에 닭을 튀겼다. 가마 사이사이의 양은 대야는 조각난 닭을 물 반죽에 잠가 놓았다. 탁자 옆 통나무 도마에서는 네모난 큰 칼이 생닭을 동강 내고 있었다. 잘게 썰려 두툼한 튀김옷을 두른 노릇노릇한 닭 한 마리는 푸짐했다. 튀긴 닭은 큼직한 갱지 봉투에 수북이 담겨 비닐봉지로 싼 무와 깨소금이 함께 건네졌다.

재용이 셈 치르고 나오는 길에 가게를 들러 콜라 세 병을 샀다. 셋은 시장 위쪽 하천을 따라 오르다 다리가 보이는 곳에서 계단 타고 천변으로 내려갔다. 열은 여길 간간이 찾았던 터라 스스럼없이 으슥한 다리 밑으로 들어가 자리 잡았다. 재용이 갱지 봉투를 갈라 펼쳐 놓고 비닐봉지 찢어 무와 깨소금을 갱지 한 켠에 부었다. 열은 콜라를 따 둘에게 주고는 윗도리 안에서 소주 든 포켓용 플라스틱 양주 병을 꺼냈다. 열이 짓거리에 말똥거리는 현준에게 재용이 튀김닭을 한 조각 주며 저도 한 입 베어 물었다.

셋이 잠자코 먹다가 재용이 현준에게 한마디 던졌다.

"갸들 요즘 잘해 주냐?"

"응, 괜찮아. 괴롭히지도 않고, 돈 꿔 주라는 소리도 안 하고."

"다행이네."

"열이 친구하고 너에 대해 알아봤는지, 그날 일은 아예 말도 안 해."

"하하하! 봐라, 내 말 맞지. 갸들 찌질이라고."

"……."

뿌듯한 재용을 열은 본체만체 무심히 닭 조각을 집어 들었다.

"근데, 우리한테 꼭 하고 싶은 얘기가 뭐냐?"

닭 뼈를 입으로 추리며 재용이 물었고 열도 먹다 말고 현준을 쳐다보았다.

"으응, 그게……."

망설이는 동안 재용의 재촉에 현준이 들릴 듯 말 듯 말했다.

"사실은…… 너희와 진짜 친구가 되고 싶어서……."

"하하하. 그 말이 꼭 만나서 해야만 하는 얘기였냐? 우린 단짝이라니까. 몇 번을 말해 줘도 모르네."

현준의 같잖은 소리에 재용은 실소했고 열이 싱겁게 웃어 보였다.

현준네는 알아주는 알부자였다. 현준 아버지는 가방 끈이 짧았지만 그 동네에선 자수성가한 배짱과 뚝심 좋은 인물로 통했다. 교양 있고 수더분한 어머니를 만나 한눈팔지 않고 열성껏 일한 대가였다. 예나 지금이나 현준 아버지의 아내 사랑은 끔찍했다. 당시에나 있을 법한 이야기지만 아버지의 열애는 맹렬했고 무데뽀였다. 큰 도시서 명문 여고를 다니던 어머니가 대학 입시 앞두고 폐렴에 걸리는 바람에 본집으로 내려오게 되었다. 아버지는 역전에 서 있던 그런 어머니에게 첫눈에 반했다.

쫓아다니기를 이 년, 만나기를 이 년, 처가 허락받기를 이 년 만에 어머니의 강단으로 결혼할 수 있었다. 끝끝내 결혼을 반대한 장인도 외동딸의 강단에는 뾰족한 수가 없었다. 현준 아버지가 어머니에게 첫눈에 반하고서 쫓아다니기만 했던 건 아니었다. '이리 쫓아다닐 시간 있으면 일하라'는 어머니 면박에 어떻게든 부두 조합에 취직했다. 덕택에 일과 짝사랑을 병행하면서 부두 돌아가는 사정도 배워 나갔다. 결혼하고는 이제껏 모은 돈, 장모가 장인 몰래 꿍쳐 둔 돈, 여기저기 빚낸 돈을 탈탈 털어 오십 톤급 중고 어선을 매입해 선주가 되었다.

1980년 초 성행한 저인망 어업에도 미리감치 뛰어들었고 고깃배를 늘려 떼돈을 벌었다. 번 돈으로는 착실하니 땅을 사들였다. 정작 너도나도 저인망 어업에 군침 삼킬 땐 어선과 어업 허가증을 짭짤한 값에 팔아 치웠다. 아버지는 늘려 놓은 땅에 주유소 사업을 시작했고 주유소가 열댓 개를 넘었다. 게다가 근처에 국가산업단지가 들어선다는 발표 훨씬 전부터 땅값이 폭등했다. 헐값에 사들인 땅은 일부분 수용됐지만 남은 땅은 금싸라기로 둔갑해 있었다.

현준네는 위로 누나 셋에 현준이 막내였다. 연년생인 첫째, 둘째 누나를 그 지역 명문고 출신의 검사, 의사와 결혼시켰다. 셋째 누나는 서울 사는 첫째 누나 집에서 삼류 대학을 다녔다. 아버지가 벌써 셋째 누나 신랑감으로 대학교수를 물색 중이었다. 현준은 어릴 때부터 아버지의 완강한 면모를 버거워했고 기대에 못 미쳐 허덕거렸다. 커 갈수록 물러 터진 아들에게 실망한 아버지는 사위들을 되레 친자식마냥 대했다.

현준 어머니는 '사람이 잘난 것만 능사가 아니라 잘났든, 못났든 착하게 사는 것이 중요하다'며 늦둥이를 감쌌다. 현준이 국민학교 적부터 해오던 고액 과외를 중 이 올라갈 즘 집어치웠다. 거기서야 아버지 눈치코치를 봐야 했지만 여기서야 그럴 필요가 없을 성싶었다. 아버지에 대한 반발심도 있었지만 정말 죽고 싶을 정도로 공부가 싫었다. 하루는 현준이 전화기에 매달려 엄마에게 울고불고했고, 엄마는 둘째 사위와 상의했었다.

후에 사실을 알게 된 아버지와 고성이 오갈 만큼 부부 싸움을 벌였고 뻔질나게 친정집을 드나드는 둘째 누나가 말해 줬다. '당신이 너무 감싸고 돌아 자식새끼가 이 모양, 이 꼴이 됐다'는 아버지의 말이 빌미가 되었다. 또 어머니가 그토록 아버지한테 화내는 것을 여지껏 본 적이 없다 했다. 날로 더해 가는 늦둥이 외아들의 막무가내식 실망스러운 모습에 엄마가 힘겨워한다는 걸 현준도 잘 알고 있었다. 진득하지 않고 뭐 하나 제대로 하는 게 없는 자신이 한없이 원망스러웠다.

어눌한 줄 알았던 현준의 입이 트이자 청산유수였다.

"고모들이 그러는데 서너 살 때까지 아버지와 누나들을 내가 무서워했대. 그래서 항시 엄마 치마폭에서 안 나왔대. 생각해 보니까 아버질 무서워 한 게 아니라 아버지한테 주눅 들었던 것 같아. 그땐 누나들이 커서 항상 나를 못살게 굴었고. 국민학교 때도 아버지가 나한테 거는 기대가

부담스럽고 진짜 싫었어. 그게 꼭 중졸인 아버지 신세 한탄 같았고, 나한테 떠넘기는 것 같았거든. 머리도 안 좋고 공부도 못하는데 말이야."

뒤이어 재용과 열에게 실토할 때는 어줍었다.

"그래도 중학교 때가 좋았던 것 같아. 고등학교 오니까 나쁜 자식들이 수두룩하고. 솔직히 너네들같이 나쁜 자식들을 어린애 다루듯 하고 가볍게 해치우고 싶었어. 뚱뚱하고, 싸움 못한다고 자존심까지 없는 건 아니거든……. 그리고 너희의 느긋한 말투나 행동도 멋지고. 진심 억만금을 써서라도 너네처럼 되고 싶고 친해지고 싶었어……."

현준은 맘먹고 둘에게 내심을 털어놓고 있었다.

"어째, 막 오글거리네. 니 말뜻은 알겠다만, 글먼 우리가 걔들이랑 다를 게 뭐 있냐. 하하하."

"하나보단 둘이 낫지만 혼자서도 해내야 세상 살기 편하지 않겠냐……."

재용이 나서 현준의 말을 자르자 열이 현준을 보지 않은 채 말했다. 현준은 알겠다는 듯 머리를 끄덕였지만 낙심한 빛이 도렷했다. 둘은 갱지 위의 닭 조각을 마저 주워 먹었고 현준은 손에 쥔 닭 조각을 께적거렸다.

꼴이 딱해 보였는지 재용이 한 손으로 제 입을 가려 현준 귀에 대는 척하고 열이 들리도록 속삭였다.

"뭐가 그리 심각해? 여름 방학부터 열이 체육관 가서 그냥 운동하면 되지."

"……정말? 그래도 돼?"

현준은 재용 말에 반색하며 물었고 열이 대답했다.

"니가 돈 내고 운동한다는데 누가 뭐래. 관원 늘어 좋은 거지."

"현준이 좋겠다. 운동 열심히 해서 살도 빼고, 힘도 기르고."

"재용아 같이 하자. 체육관비 내가 낼게."

"야, 키 크고 잘생기고 머리 좋은데 쌈까지 잘해 봐라. 그럼, 세상 불공평한 거지."

다 먹었다는 듯 재용이 손가락 쪽쪽 빨면서 말을 더했다.

"우리는 요로콤 닭다릴 나눠 먹는 둘도 없는 친구 사이야. 친구끼리는 더치페이하는 거고. 하하하!"

열도 다감한 낯으로 거들었다.

"한번 열심히 해 봐라."

용기백배한 현준이 '너희와의 우정을 죽어서도 꼭 지키겠다'며 혼자 맹세까지 해 댔다. 그 말에 재용이 '돈 많은 티 나나 변치 마라'고 힐책했고 그 자리에서 닭값과 콜라값을 각출해 거둬들였다.

그가 얼마 안 가 운동을 그만두리라는 열의 예상은 빗나갔다. 현준은 여름 방학 끝나고도 운동을 계속했다. 현준이 전화기에 매달려 엄마에게 울고불고했음은 두말할 나위 없었다. 현준 엄마는 남편에게 그럴싸한 구실을 대고서 운전수 딸린 그라나다를 타고 서둘러 올라왔다. 엄마는 또다시 둘째 사위와 상의 끝에 야간 자율 학습을 시키지 않기로 했다. 엄마와 둘째 매형은 한편 염려됐지만 스스로 뭔가를 해 보겠다는 현준이 새삼스러웠을 테다.

이참에는 현준 엄마가 몸소 돈 봉투 들고 담임선생을 찾아갔다. 그 후로 현준은 오후 여섯 시부터 열 시까지 하는 야간 자율 학습 대신 열이 체육관을 부지런히 오갔다. 현준이 고등학교 졸업 즈음에는 재용만큼은 아니어도 키도 부쩍 자라 건장한 청년이 되어 있었다. 더구나 육십 명 중

오십 번째를 넘나들던 성적이 사십 번째 안으로 든 것은 천만뜻밖이었다. 아니, 덤이었을는지도 모르겠다. 현준은 울고불고한 날 둘째 누나가 울상이 돼 안절부절 못하고 매형에게 전화 걸던 흉내를 내곤 했다.

"여보, 어떡해. 현준이가, 우리 현준이가 공부 안 하고 싸움질 배운다는데 이젠 어떡해……."

2
상산 조자룡 Ⅰ

열의 교실은 삼 층에 있었다. 칠판과 교탁을 정면에 두고 맨 뒷구석 왼편 창가 철제다리 책걸상이 그의 자리였다. 교실 창에서 내려다보인 모래 깔린 휑한 운동장에는 축구 골대 두 개가 덩그러니 마주했다. 삼월 하순의 쌀쌀한 날씨는 점심시간의 운동장에 애들을 드문드문 만들었다. 운동장 언저리 시멘트 담벽 옆에는 몇 그루 되지 않은 크디큰 플라타너스가 늘어섰다. 가지 친 플라타너스는 앙상궂었다.

거기에 그 나무 수만큼의 철봉들이 옹색스레 한쪽을 차지한 게 학교의 전부였다. 교사는 달랑 기다란 직사각형의 철근 콘크리트 삼 층 건물 한 동이었다. 회색 시멘트 외벽에, 마루가 아닌 도기다시를 한 교실과 복도 바닥이 영 학교스럽지 않았다. 공부 머리가 티미한 열이뿐만 아니라 신입생 거의가 예비 소집 날 학교 꼬락서니를 보고 당혹했었다. 그런데 어느덧 삼 학년이 되어 있었다.

학교는 오륙 년 전 지역 건설사 주력의 그룹 회장이 인수해 이사장이 된 사립 학교 법인이었다. 그때 학교명이 바뀌었고, 이사장은 명색이 명

예 교육학 박사였다. 전문대와 남고, 여고를 거느리고 길 건너 공장들과 가지런히 시가지 변두리께 위치했다. 야간이랬자 오전 열 시면 수업 시작하는 남고 야간도 있었다. 누구 명을 받들었는지 선생들은 신흥 명문고를 소리 높이며 학생들을 닦아세웠다.

지난해 서울대 열두 명이 들어갔으니 올해는 스무 명이 목표라고 했다. 농과 계열 넷인가 다섯을 포함해서였다. 담임선생 꾐에 빠져 서울대 농대를 응시했다는 말도 파다했다. 아무튼 이곳 고등학교 중에서 최고 성적이었다. 서울대 합격자 머릿수가 학교의 질을 좌우하는 셈이었다. 그렇지만 열이 같은 애들하고는 거리가 먼 얘기였다.

책상에 바른손 올려 그러쥐고 턱 괸 채 왼편 창밖을 바라보는 열에게 누군가 말을 걸어왔다.

"점심도 먹었는데 담배나 한 가치 하러 가자."

학교에서 꺼들거리는 옆 반 기현이었고 '까불이' 병구도 뒤에 있었다. 둘은 열과 이 학년 때 한 반으로 그의 시합 한 번 본 적 없는 열성 팬이었다.

"담배는 있냐?"

"어제 솔 한 갑 생겼지롱."

뒤의 병구가 한쪽 눈을 찡긋하고 바지 주머니 열어 담뱃갑을 보여 주자 열은 군말 없이 일어섰다.

교실 복도를 둘이 앞섰고 열이 뒤섰다. 두 개 반 지나 삼 층 끝의 교실과 화장실 사이 층간 계단을 오르내리는 너른 공간이 나왔다. 애들이 삼오삼오 모여 있어 시끄럽고 어수선했다. 몇몇은 복도 창문을 표 나지 않게 열어놓고 담배 한 개비를 돌려 피우고 있었다. 그들을 뒤로하고서 층

간의 엇갈린 디귿 자 꺾은 계단을 내려 전문대 쉼터로 향했다.

담배를 학교 화장실에서 피우면 하수였고 전문대쯤에서 피워 주면 상수였다. 남고와 전문대는 엉덩이를 맞대고 있었다. 두 학교를 구분 짓는 경계엔 전문대 화단 앞으로 키 낮은 철조망 펜스만 쳐놓았을 뿐이었다. 쉼터는 전문대 정문 수위실 뒤쪽 느티나무 가에 있었고 구석빼기라 그다지 눈에 띄지 않았다.

그곳을 자주 찾은 기현과 병구는 수위와도 안면 터 전문대 정문을 맘대로 드나들게 되었다. 두발, 교복 자율화가 전문대생 행세하는 데 한몫을 거들었다. 훤히 보이는 고등학교 담벼락을 넘는 것도, 굳게 닫힌 교문을 몰래 나기는 것도 불가능했기에 둘은 뻗낼 만했다. 예를 통해 만만한 선생의 수업을 빼먹고 만화방엘 갔고 당구장엘 갔다. 야간 자율 학습 시간은 말할 것도 없었다.

병구는 열과 기현에게 담배를 나눠 주고 잠바 안주머니에서 라이터를 척 꺼내더니 불을 붙였다. 흰색 바탕에 미국기와 일본기가 가위꼴로 그려진 일본산 일회용 가스라이터였다. 상단은 번들거리는 스텐으로 둘러쳤고 꽁지엔 라이터 부싯돌과 레버가 드러나 있었다. 국산 일회용 가스라이터가 없던 시기라 생전 첨 보는 물건에 열이 휘둥그레졌다.

열은 병구에게서 라이터를 넘겨받아 연거푸 켜 대며 희한한 듯 물었다.

"야, 이거 웬 거냐?"

"히히. 일제 가스라이턴데 신기하지. 우리 누나 골프장 캐디잖아. 일본 손님들이 두고 간 걸 아버지 주려고 가져왔는데 내가 째볐지. 히히."

열이 눈여겨보는 동안 일제 라이터에 힘입은 병구가 한 모금 뱉고는 거만하게 말했다.

"기현이, 니 요사이 힘아리가 없는 것 같다? 무슨 일 있냐?"

기현도 한 모금하고 검지와 중지에 낀 담배를 엄지로 톡톡 털며 탄식 배인 목소릴 내었다.

"다들 대학 간다고 공부하는데 내가 한심한 것 같기도 하고, 막막하기도 하고. 요새 기분이 묘하다⋯⋯."

"허, 선생 아들 철들었네."

기현을 열이 가당찮은지 비껴 보았다.

"그럼, 공부하면 되지. 뭐가 문제냐. 킥킥."

역시나 병구도 열과 같은 표정으로 빈정거렸다.

"일이 학년 내신이 꼴등급인데 그게 가능하겠냐. 바부탱아."

"그래서, 어쩐다고?"

"이런 얘길 당신하고 하는 내가 한심하지. 열이 너는 체대 갈 거지?"

"⋯⋯."

"저기 체대도 복싱부 생겼다던데."

"내 얘긴 됐고⋯⋯."

"⋯⋯."

"⋯⋯."

짧은 침묵을 못 참은 병구가 끼어들었다.

"그래서 기현이 닌 어쩐다고오?"

"⋯⋯이제 와 공부하는 건 자신 없고, 내신도 안 되고. 졸업하면 특전사 하사관에나 갈까 하고."

"킥킥. 니가 특전사 간다고. 땡땡이치고 학교도 제대로 안 나오는 게? 땅개로 가 탈영이나 않으면 다행이겠다."

"이게 정말, 친구라고 봐줬더니 엄청 올라타네. 씨이."

병구가 시시닥거리며 염장을 질렀고 기현이 발끈했다.

"그러는 니는?"

병구는 열의 물음에 저쪽 전문대 본관을 둘러보면서 대답했다.

"꼰대가 그러는데 여긴 들가게 해 주겠다고 해서 일찌감치 맘 굳혔지. 히히."

"대입 고사만 치면 아무나 들어오는 델 누가 넣어 주고 말고 하냐? 정말 나쁜 놈이라니깐 돈만 처 밝히고. 지난 가정 방문 땐 봉투 줄 때까지 안 가고 느그적거리더라고."

학교 선생인 제 어머니에게도 돈 받아 처먹은 담임을 못마땅해 기현이 욕까지 해 댔다.

"……안 그런다는데. 꼰대 말이 백삼십 점은 넘어야 한다던데."

"너 진짜 바보냐? 생각 좀 해라. 에구."

"……."

대학생 형이 있는 기현은 중학교 선생인 홀어머니와 셋이 살았다. 그래도 어머니가 선생인지라 형편은 그럭저럭했다. 중학교까지 괜찮았던 기현의 성적이 친구 잘못 사귀어 바닥을 기는 게 단출한 가족의 고민거리였다. 기현네를 아는 이라면 기현과 대화할 때 '네 어머닐 생각해서라도'라는 구절이 늘 따라붙었다. 어느샌가 홀어머니 기대를 저버린 불효막심한 아들놈이 되어 버렸다.

신흥 명문고를 부르짖는 학교는 학년마다 주간 열세 개 반에 야간이 두 개 반이었다. 건데 그 두 개 반밖에 안 되는, 한 줌의 야간 애들이 학교에서 득세했다. 주간 애들은 으레 얻어맞고 심지어 아래 학년에게 '삥'을 뜯기는 사변도 일어났다. 가만 보니 모든 학년이 그랬고 당연시되었다. 그나마 일 학년들은 이삼 학년들보단 똘똘했다. 중학교 적 좀 나댄 애들이 일 학기 말에 의기투합해 패거리 비슷한 게 만들어졌다.

　저 때 의분을 참지 못한 혈기방장했던 기현도 발 담갔다가 지금껏 헤어나질 못했다. 좋은 뜻으로 가세했으나 술, 담배를 배웠고 학년 올라가면서 후배도 키워 내 '빠따'를 쳤다. '신선놀음'에 도낏자루 썩는 줄 모른다고 '건달 놀이'에 시간 간 줄 모르고 삼 년째를 흘려보냈다.

　병구는 패거리와 어울리지 않았지만 이 학년부터 같은 반인 기현과는 가까웠다. 틈만 나면 선생 흉내질과 쓰잘데없는 소리로 애들을 웃겼고 촐싹대 까불이라고 불렸다. 일남 이녀인 병구네도 아버지가 관록 있는 노가다 십장이어서 먹고사는 데 지장 없었다. 병구 말론 큰누나는 아버지 닮아 술 좋아하고, 제멋대로고 심히 특이한 성격이었다. 오래전 전문대 졸업하고 내내 빈둥거리다 느닷없이 캐디가 되었다.

　딱한 친구의 캐디 채용 면접에 '혼자 가면 위험하다'며 따라가 같이 합격했다는 거였다. 더없는 월급과 팁이 누나의 지극한 만족과 아울러 병구 용돈마저 쏠쏠했다. 욱하는 성질에 언제 때려치울지 몰라 병구는 오히려 전전긍긍했다. 그러한 그의 어머니가 소위 '벙어리'라는 걸 기현은 한참 뒤 병구 집에 놀러 가 알았다. 어쩐지 이후 둘은 한층 친해졌다. 기현이 병구 집 다녀와 우연한 기회에 열에게도 말해 주었었다.

기현은 히히덕 댈 줄밖에 모르는 병구의 어머니가 선천적으로 말을 못 하는 데에 놀랐다. 병구의 뛰어난 수화 솜씨에 더 놀랐고 터울 많은 여동생을 살뜰히 챙기는 의외의 모습에는 더더 놀랐다. 병구 어머니는 누가 뭐래도 자상한 눈길과 미소를 띠었다. 누나는 큰 키에 늘씬했고 미인에 성격까지 화통했다. 제 형과 말도 안 섞는 기현이 화목하고 정 많은 병구네를 부러워했던 것 같다.

열은 먼젓번에 자신의 진로를 체육관 관장과 상의했었다. 지방대 체대 복싱부 감독인 후배에게 관장이 청탁을 넣어 줄 수 있었기 때문이다. 실력 안 돼 청탁하려면 큰돈까지는 아니어도 돈이 필요했다. 열이 중 일 때 복싱에 입문했고 시합을 마지막 출전한 건 고 일 전국 체전 고등부 선발전이었다. 준결승서 왼쪽 어깨 탈골로 기권해 4위에 그쳤다. 예선전이었지만 체고생이 아닌, 그것도 일 학년짜리가 준결승까지 오른 것은 대단한 일이었다.

그러나 딱 거기까지였고 이래 습관성 어깨 탈골로 시합을 뛸 수 없었다. 열은 애초에 체고나 체대를 염두에 두고 운동하지 않았다. 더욱이 복싱을 업으로 삼는다는 생각은 한 번도 해 본 적 없을 터였다. 그런 터라 재활할 요량을 내지 않았고 비싼 돈 들여 수술할 리 만무했다. 설령 비싼 돈 들여 수술한다 쳐도 재발 안 된다는 보장이 없었다.

담배 필터가 끄슬릴 즈음, 기현은 마지막 모금을 깊게 들이마셔서 내뱉고 말했다.

"아휴, 머리만 아프다. 걱정해 봤댔자 별수 없지 뭐……."

"될 대로 되겠지. 사는 게 뭐 별거 있다고 걱정이냐, 너무 걱정하지 말자."

"어떻게든 되겠지. 그만 걱정하고."

병구와 열이 기현을 달래듯 말하고 따라서 마지막 한 모금을 쭉 빨아들이켰다. 선생들은 대학 포기한 애들의 앞길을 알려 주지 않았고 애들도 알려고 하지 않았다. 셋은 학창 시절의 번민을 솔 담배 한 개비에 불살랐다.

*

잃어버린 것이 아닐까

늦어 버린 것이 아닐까

흘려버린 세월을 찾을 수만 있다면 얼마나 좋을까 좋을까

난 참 바보처럼 살았군요

난 참 우~

난 참 바보처럼 살았군요

우~ 우~ 우~

교실로 돌아가는 중에 병구가 김도향의 〈난 참 바보처럼 살았군요〉를 나직한 소리로 걸쭉하게 불렀다. 후렴 마디에서는 기현과 열도 나지막이 묻어 갔고 기현은 반복구의 "한 번 더"를 여러 번 주문했다. 그렇게 흥얼대며 화단 철조망을 건넜을 때였다. 학교 건물 삼 층 끝 복도 창에서 아래를 내려다보고 한 녀석이 고래고래 악을 썼다.

녀석은 기현이 패거리 중 하나인 영배였다.

"야 이, 존만 새끼야! 너 몇 학년이야? 이 새끼가 '빼딱구두'에 '기지바

지' 입고 학교를 와? 엉!"

또 한 녀석이 일 층 입구에서 머리 들어 위를 올려다보고 있었다. 녀석은 중키를 훨씬 넘었고 상고머리에 네모난 면상이었다. 보풀 인 황토색 카디건 밖으로 셔츠 깃 내놓은 몸뚱이는 두꺼웠다. 배꼽까지 올라온 통넓은 검정 맞춤 바지 입고 끈 묶는 검정 구두를 신었다. 거기다가 교복 때나 들던 얄팍한 학생 가방을 겨드랑이에 끼워 놔서 고삐리의 우스운 꼴이 볼만했다. 녀석도 전문대 정문으로 들어온 모양이었다.

"이 씨팔 새끼가 째려 봐. 당장 이리 안 올라와!"

그걸 본 기현이 나서려는데 열이 넌지시 팔을 잡아당겨 어정뜬 폼으로 지켜보았다.

"빨리, 안 기어 올라와!"

재차 영배의 카랑카랑한 쇳소리가 아래로 굴러 떨어졌다.

녀석은 고개 떨궈 한숨 내쉬고 구두 벗어 도기다시 계단을 올랐다. 셋도 짐짓 모른 체하고 뒤를 따랐다. 녀석이 이 층 오르기 전 층계참에서 우뚝 서더니 책가방을 모퉁이에 내팽개쳤다. 그러고는 손에 들린 구두를 챙겨 신고 고개 빳빳이 들어 잰걸음으로 계단을 내딛기 시작했다. 선생에게 들키지 않는 한 실내화나 슬리퍼 아닌 신발 신은 채 계단을 오르내리는 건 삼 학년만의 특권이었다. 뒤따르던 셋은 '어쭈'라는 듯한 쌍판으로 서로를 쳐다보았다. 지경이 요상하게 돌아간다고 생각됐는지 뒤쫓아 종종걸음쳤다.

그들이 삼 층 아래 층계참에 이를 무렵 영배의 쉬진 목소리가 또다시 들려왔다.

"야 이, 존만 새끼야! 너, 몇 학년 몇 반이야?"

"······."

"몇 학년 몇 반이냐니깐? 씨팔 놈아!"

"······일 학년 십사 반······."

"음매, 일 원짜리 야간 놈 새끼가 말을 잘라먹네. 글고, 겁대가리 없이 구두 신고 삼 층을 올라와! 이 새끼가 뒈질라고 환장을 했네."

셋이 삼 층에 올라서자 영배와 패거리 서넛 그리고 삼 학년 애들이 녀석 맞은편을 두르고 있었다. 기세 좋게 구두 신고 고개를 빳빳이 들었어도 똥 밟은 티가 역력했다. 일 원짜리에게 삼 원짜리는 어른이었다. 패거리는 녀석에게 달라붙었고 영배가 후려치려 오른손을 들다가 기현과 얼핏 눈이 맞춰졌다. 찰나, 이 틈샐 놓치지 않고 녀석은 날래게 난간 한구석 양동이에 세워 둔 밀걸레를 빼어 발길질로 내리찍었다. 바닥에 댄 밀걸레는 '빽' 소리와 함께 윗부분이 부러져나가고 끝은 뾰족뾰족 날카롭게 세워졌다.

"이 씨팔 놈들이 내가 가만히 있으니까 '좆밥'으로 보이냐? 엉! 졸업장 딸라고 맘잡고 나왔더니 선배랍시고 나한테 꼴값 떠냐? 엉!"

돌연 일 원짜리가 대차게 나오는 바람에 예상 못 한 삼 원짜리들이 버벅거렸다.

"씨팔, 학교고 뭐고 오늘 니 죽고 나 죽자! 이 새끼들아!"

녀석이 밀대 휘두르며 위세를 이어 갔고, 벙하던 영배는 그제야 빠진 얼을 추슬러 다급히 고함쳤다.

"야! 야! 뭐해! 얼른 밀대 갖고 와! 이 새끼 죽여 버리게!"

패거리 중 하나가 후닥닥 교실 쪽으로 달음박질했다.

"얼마든지 덤벼 봐 새끼들아! 다 죽여 버릴 테니까!"

뒤에서 구경하던 셋도 벙찌긴 마찬가지였다. 와중에 열이 안 되겠다는 듯 목을 좌우로 슬쩍슬쩍 꺾더니 녀석에게 가까이 다가갔다.

"이런 싸가지 없는 시키 봐."

난데없는 음성에 녀석이 뒤를 돌아보자마자 힘 '빡' 주고 '쫙' 편 열의 손바닥이 허공을 갈랐다. 순간 번뜩였고 녀석의 왼쪽 볼따구니를 사정없이 후려갈겼다. 직방으로 얻어맞은 녀석은 밀대를 떨어뜨리고 오른쪽으로 휘청했다. 다시 힘꼴 제대로 얹힌 발등으로 왼 옆구리를 빡시게 걷어찼다. 그대로 난간 모서리의 양동이 있는 데까지 밀려 옆으로 자빠졌다. 옆구리 부여잡은 녀석의 배때기를 한 번 더 모질게 내질렀다. 열이 바닥에 떨어진 밀대를 집어 들어 자빠진 녀석 앞으로 다가들었다.

"이놈이 선밸 뭘로 알고. 안 되것다, 너 밀대 부러질 때까지 좀 맞자."

열은 가차 없이 밀대를 치켜들었다. 움찔한 녀석이 몸을 오그라뜨려 양팔로 얼굴과 옆구리를 막았다.

"이놈아, 니가 야물어도 학교 선배한테 달라들면 쓰것냐?"

"……."

"이놈 봐라. 내 말 알겠냐? 모르겠냐?"

열의 포악에 녀석은 얼결에 고개를 끄덕였고 열이 쭈그리며 바싹 다가앉아 물었다.

"니, 이름이 뭐냐?"

"……."

"이름이 뭐냐니깐?"

"……이. 득. 수. 요."

잠시 녀석 얼굴을 들여다보다 열은 어르듯 말했다.

"득수야, 그러지 말고 착실하니 살아라. 대학도 못 가는 못난 선배 충고다……."

"……."

이윽고 열이 움켜쥔 밀대를 맥없이 양동이에 내던지고 일어나 돌아섰다. 서너 걸음 뒤엔 가져온 밀대를 나눠 가진 패거리와 애들이 둘러싸고 있었다. 열은 앞의 떼거리와 뒤의 자빠진 녀석을 돌라보며 어정쩡해했다.

제때 떼거리를 헤집고 나온 기현이 상기된 낯으로 녀석을 굽어보았다.

"너, 이 새끼. 또 구두 신고 학교 오면 진짜 뒈진다. 영배야, 이 새끼 어떻게 할래? 그냥 보낼래, 한 따까리 할래? 점심시간도 끝나가는데."

기현의 그냥 보냈으면 하는 어조에 뻘쭘하게 서 있던 영배가 한 발짝 나와 녀석을 꼬나보았다.

"아우, 쪽팔려. 야 이, 새끼야. 어디서 굴러먹든 학교에서는 조심하고 다녀야지 어디서 설쳐 대. 존만 새끼가……."

영배는 모양새 빠졌는지 녀석을 선선히 대했고 기현이 녀석을 일으켜 세웠다.

"맞은 것 너무 뭣같이 생각 말고."

"……."

기현은 녀석의 옷을 털어 주고는 난간 아래 계단까지 데려다주었다. 패거리가 열과 기현에게 머쓱한 인사치레 하고 자리를 뜨자 애들도 흩어졌다. 때맞춰 오후 수업 알리는 벨이 울렸고 복도를 걸으며 기현이 어깨를 으쓱했다.

"쪼만한 새끼가 되게 야무지네. 밖에서 꽤 놀아먹나 보네……."

"꼭 니가 멋모르고 날뛸 때 같다."

"생각해 보니까 그러네. 킥킥."

열의 대꾸에 병구가 킥킥거리며 맞장구쳤다.

열이 학교에서 싸움질한 건 이번이 두 번째였다. 첫 번은 이 학년 초장에 터졌었다. 그러니까 첫 월말고사 볼 즈음이었다. 일 학년부터 내신 등급이 대학 입시 점수에 반영돼 커닝이 횡행했고 공부 잘하는 애들 부모의 워성 또한 자자했다. 학교는 특단의 대책인 양 이 학년 첫 월말고사를 시점으로 학년을 섞어 시험 치기로 했는갑다. 일 학년 반절이 이 학년 반으로 가고 이 학년 반절이 삼 학년 반으로 갔다. 나머지 삼 학년 반절은 지당 일 학년 반으로 갔겠고, 시험 때마다 매번 반을 바꾸어 시행한다고 했다. 열의 학급 절반이 첫 월말고사를 재수 없게도 삼 학년 야간반에 가 치르게 되었다.

이 학년과 삼 학년이 뒤섞인 교실은 산만하고 번잡했다. 시험 직전 교실 앞문 들어 제 자리 못 찾아 허둥거리는 병구를 기현이 보았다. 기현의 흔드는 손에 병구가 서둘러 책상과 책상 사이 통로를 지나려다 기어이 사달을 냈다. 책상 위 양팔 포개 머리 박고 엎드린 놈의 통로에 내 걸친 다리와 부딪쳤던 것이다. 병구는 깜짝 놀라 굽실댔지만 눈깔 치켜뜬 놈이 일어나 다짜고짜 귀싸대길 올려붙였다. 금세 병구의 낯짝이 벌게졌고 얼굴을 손으로 감싸 쥐고 주저앉았다. 놈은 거기서 멎지 않고 지 자리 걸상 들어 세차게 내리찧고는 쌍욕을 퍼부었다. 더 메어치고 때릴 태세였다. 교실이 쥐 죽은 듯 조용해지자 컥컥대는 소리와 흐느끼는 소리가 뒤범벅되어 애처롭고 생생했다.

이어 곧바로였다. 눈 깜짝할 새 사선에서 책상 위를 연달아 구르며 열이 뛰어들었다. 놈 뒤의 뒷자리 책상을 구름판 삼아 날아오르더니 한쪽 다리 뻗어 등짝에 내리꽂았다. 놈은 병구 너머의 책상을 밀치면서 들입다 처박혔다. 열이 내리찧었던 걸상을 주워 들어 놈이 했던 것과 똑같이 내리쳤다. 주뼛대며 어쩔 줄 몰라 하던 기현도 교실 뒤편으로 뛰어가 밀걸레를 발길로 끊어 내 붙따랐다. 기현이 열을 지키는 형국이 되었고 열은 멈추지 않고 계속 내리쳤다. 급작스러운 탓인지, 살벌한 탓인지 삼 학년 중 누구 하나 나서지 않았다.

시험지 들고 오던 선생 두셋이 우당탕 소리와 복도에서 웅성거리는 애들을 보고 황급히 쫓아왔다. 싸움은 선생들에게 뜯어말려져 끝났다. 병구는 양호실을 다녀왔고 놈은 양호실 가서 몸져누웠다. 끌려간 열과 기현이 보나 마나 한 시험을 교무실에서 치렀다. 자초지종 전해 들은 담임은 속내를 내색하지 않았고 어떤 선생들은 요즘 애들 큰일이라고 꾸짖었다. 둘은 학생 주임의 몽둥이찜질과 반성문 스무 장으로 정학을 면했다. 반성문 쓰는 데는 병구가 적극 나서 도왔다.

주간 이 학년이 야간 삼 학년을 잡았다는 소문이 삽시간에 퍼졌을 것은 두말하면 잔소리였다. 그놈은 알고 보니 일 년 꿇은 데다 개떡 같은 꼬장에 야간 내에서도 누가 감히 상종 못 할 부류였다. 삼 학년 되고서는 졸업장 따려고 시험 때나 학교에 나오는 놈이라 했다. 그때부터 야간 애

49

들의 기세가 꺾이고 전세가 뒤집혀 주간 애들에게 서광이 비쳤다. 기현이 패거리가 건달 놀이로 헤매고 다닐 적에 정작 야간을 평정한 건 열이가 되겠다. 월말고사 사건은 열이 본의 아니게 기현의 일생 염원과 병구의 일대 수치를 한 번에 해결해 준 셈이 돼 버렸다.

그 후 기현과 병구는 열의 시합 한 번 본 적 없는 열성 팬을 자처했고 열도 살가운 두 학교 친구를 얻었다. 또 말 없고, 시큰둥하고, 복싱 선수란 말에 꺼리던 반 애들도 하나둘 나긋나긋 말을 걸어왔다. 어쨌건 이 일로 기현이 패거리가 열의 등하굣길을 한 달간 호위했다. 열을 달가워하지 않고 거리끼던 패거리와의 관계가 일정 정도는 풀렸다 할 수 있겠다. 기현도 일순간 애들의 선망이 되어 유명세를 탔다. 하지만 혹여 당시 사건이 없었더라면, 기현이 이토록 나락으로 빠져들지 않았을지도 모르겠다.

뒷담화지만 졸업할 때까지 '특전사' 노랠 부르던 기현이 특전사를 안 간 것은 당연지사였다. 대학 못 간 기현과 열은 '잘 키운 방위 하나 열 공수 안 부럽다'는 방위로 입대했다. 병구는 전문대 들어간 죄로 현역으로 끌려갔고 '눈만 치우다 온다'는 강원도 인제 어디에서 '빵이'치게 고생했다. 강제 징집된 대학 재학생들이 넘쳐난 오공 정권의 녹화 사업 덕분이었다. 광폭한 정권 덕에 현역 갈 고졸 현역 판정 3, 4급짜리들이 땡잡았던 시절이기도 했다.

언젠가 병구가 열에게 "그땐 친하지도 않았는데 왜 날 말려 줬냐?"고 물었다. 엉뚱한 물음에 열은 말끄러미 병구를 쳐다보다가 "니가 옛날 점심시간에 준 장조림 때문엔가……."라며 선소릴 했다. 병구는 '씨이, 말도 안 된다'면서 웃다가 학기 초 다들 꺼리던 열에게 말 걸고 장조림 덜어 준 기억을 떠올렸다. 옆에서 그 말 듣던 기현도 "근데, 니 진짜 권투 선수 맞아?"라고 물었다. 열은 기현을 쳐다보지도, 맞대꾸도 하지 않았다.

*

며칠 뒤 사월에 마침한 봄볕이 교실 창가를 한가로이 찾아든 정오였다. 엊그제까지 겨울의 끝자락을 붙들었던 꽃샘추위는 언제 그랬냐는 듯 수그러졌다. 한가롭게 쏟아지는 따사한 볕기에 우중충한 운동장도, 교실도 환했고 애들도 또렷했다. 열은 책가방 속 도시락을 책상 위에 올려놓았다. 직사각의 납작한 양은 도시락과 흰 반투명 몸통에 주황색 뚜껑 달린 플라스틱 반찬통이었다. 누런빛 옅은 양은 도시락은 잔뜩 흠이 갔고 반찬통 뚜껑의 들뜬 고무 패킹에는 김칫국물이 짙게 배었다. 계란 후라이 올린 쌀밥에 멸치볶음, 지진 김치가 들었다. 계란후라이를 떠받친 밥알은 차갑게 굳지 않았고 기름 둘러 윤이 자르르한 멸치와 김치는 맛스러웠다.

예전 새벽같이 해 놓고 나간 어머니의 도시락에 이따금 있던 계란후라이가 여동생 숙이 나서고부터 항시 있었다. 중 삼 돼서는 철들어 어머닐 돕는다고 제 것과 오빠 도시락을 쌌다. 옆자리 계중도 책가방에서 허연 민짜 플라스틱 도시락과 마요네즈 병에 담긴 김치를 꺼냈다. 1단 밥통과 2단 반찬통에도 김밥이 그득 들어 있었다. 김치 담긴 병뚜껑 열어 2단 반찬통과 함께 열이 쪽으로 지그시 밀었다.

밀어 놓은 김밥 본 열이 계중을 바라보았다.

"웬 김밥이냐?"

"으응, 동생이 소풍 간다고 쌌나 봐. 같이 먹자."

"맛있것다. 그나저나 간만에 김밥 먹어 보네."

"나도 그래."

둘은 내리쬐는 봄 햇살에다 봄 소풍을 만끽했다. 앞자리 두 녀석도 뒤돌아 김밥을 날름 주워 먹었고, 더불어 봄기운에 흠뻑 빠졌다. 한참을 그러다 교실 뒷문에서 서성이는 어디서 본 듯한 모습이 열의 눈에 띄었다. 찬찬히 보니 일전에 얻어터졌던 일 원짜리가 실내화 신고 기웃대고 있었다. 녀석은 머뭇머뭇하다 열과 눈을 맞췄다.

뜻밖의 면상에 열이 손등을 지 쪽으로 까닥이며 말했다.

"야, 이리 와 봐라."

녀석은 더딘 걸음으로 스스럽게 다가왔다.

"니가 뭔 일로 왔냐? 점심은 먹었냐?"

"선배한테 할 말 있어 왔습니다."

봄기운에 물렁하던 열이 녀석의 말본새에 눈빛이 획 변했다.

"선배? 내가 니 친구냐 이 시키야. 뒈질 만치 두들겨 패 놨어야 말귈 알아먹는 거냐?"

다시금 그날을 상기하라는 양 열의 눈알이 희번덕거렸고 녀석은 주춤했다. 열은 계중과 애들에게 미안했는지 지릅뜬 눈을 내리깔았다.

"다시 말해 봐라."

"……선배님한테 할 말 있어 왔습니다…….”

"나한테? 할 말이 뭔데?"

"일대일로 제대로 한번 붙읍…… 붙어 보고 싶습니다."

녀석은 '다나까'를 붙였지만 목소리가 흐물흐물했다. 뜨악한 표정 지은 열이 녀석을 도로 쳐다보았다.

"음마, 니가 그렇게 쌈을 잘하냐?"

"……여태까지 '다이다이' 떠서 져 본 적 없습니다."

"그으래? 어린놈이 가상하네. 근데, 니가 지면 어떡할래?"

"……."

"니가 지면 어떻게 할라냐고?"

"……형님으로 모시겠습니다……."

"이놈 웃기는 놈이네. 내가 니 같은 놈 형 돼서 뭐 하나?"

열이 어이없어 하고는 교실 먼 천장을 보는 체하다가 빙긋이 웃었다.

"니가 지면 평생 내 머슴 해라. 그러면 상대해 주마. 말장난 아니다."

"……."

열의 으름장에 녀석은 주저하면서 어물쩍하니 물었다.

"글면, 선배님이 지면 어떡하겠습니까?"

"허허, 참. 지가 붙자고 해 놓고 내가 지면 어떡하냐고? 말이냐, 막걸리냐."

"……."

꾸물거리는 녀석에게 열이 아까 같은 낯짝으로 되물었다.

"그래, 내가 지면 어떻게 해 주끄나?"

"……아닙니다. 됐습니다."

열은 녀석을 빤히 올려다보았고 녀석도 지지 않고 열을 빤히 내려다
보았다.

"생각해 보고 약속 지킬 자신 있으면 다시 와라. 한 번 더 말하지만, 말
장난 아니다."

열의 '말장난 아니다'라는 어투에선 단호했다.

"……다시 오겠습니다."

녀석이 교실 뒷문을 나서려는데 열이 약간 큰 소리로 불러 세웠다.

"야, 너 중학교 어디 나왔냐?"

"……북성중이요."

"알았다. 가 봐라."

"……."

아마 열은 녀석을 보고 어릴 적 동네 형을 떠올렸을 법하다. 연락 끊겼지만 바로 '익성'이라는 동네 형이었다. 열의 이전 동네는 번잡한 시장 옆에 술집과 여인숙이 더지더지 붙어 모여 쌍스럽고 너절했다. 부모들은 힘겨운 하루에 아등바등했고 아이들은 시장통에 아무렇게나 던져졌다. 열이 국민학교 오 학년 때였던가. 한 애가 시장에서 훔친 담배를 동네 귀퉁이에서 애들과 나눠 피우다 중학생 놈에게 걸렸다.

하필 동네 또래에서 싸움을 젤 잘한다고 알려진 익성이었다. 따귀 얻어맞고 담배를 빼앗겼다. 집에 돌아와서도 분을 못 이긴 열은 요리조리 궁리를 짜냈다. 놈의 평판이 찜찜했지만 항상 혼자였고, 호리호리한 데다 떡대도 크지 않아 해 볼 만하다는 생각이 들었는가 싶다. 다음 날부터 열이 익성을 찾아다녔고 드디어 만나 씩씩하게 일대일을 청했다. 익성은 '쪼깐 새끼가 대견하네'라며 청을 받아 주었다. 단, 지면 평생 지 '삐꾸' 되는 것이 그가 내놓은 조건이었다.

열이 약속하고 호기롭게 덤벼들다 오뉴월 개 맞듯이 쥐어 터졌다. 얕본 대가는 처참했다. 결국 열은 무릎 꿇고 두 팔 번쩍 들어 양 귀에 붙이고 '저는 익성이 형님의 평생 삐꿉니다'라고 맹세해야 했었다. 그것도 모자라 담배 피다 들키면 빠따 삼십 대 맞기로 했고 싸움질해도 삼십 대, 나쁜 짓해도 삼십 대를 맞기로 했다. 후에 오가다 우연히 그를 만나면 '아이구, 내 삐꾸 왔냐'며 몇백 원을 건네거나 하드를 사 주었다. 중삐리 주제에 일찍 까져 담배 피우고 쌈질하고 다녔어도 참 좋은 형이었을지도 모르겠다.

열은 수업 마치고 학교 나와 공중전화 부스에서 재용에게 전화를 걸었다. 시내 입구에 있는 자그마한 지하 경양식집 전화번호였다. 재용이 어김없이 출근 도장 찍는 곳이자 그의 아지트이기도 했다. 주방 이모 한 명에 웨이터 한 명을 둔, 재용에게 누나라 불리는 삼십 대 중반의 여인이 주인이었다. 말이 레스토랑이지 낮에는 커피, 밤에는 칵테일과 병맥주 그에 딸린 안주가 주메뉴였다. 그래도 멀건 수프 주는 경양식 돈가스는 먹을 만했다.

귀에 댄 수화기에서 뚜우, 뚜우거리다 저편에서 낭창한 여자 목소리가 흘러나왔다.

"레스토랑 '마로니에'입니당."

"안녕하세요, 사장님. 재용이 친구 열입니다."

"어머, 열이구나. 반갑다 얘. 왜 요새 통 얼굴 안 보이니?"

거길 두어 번 찾았을 뿐인데 여주인은 잊지 않고 반갑게 맞아 주었다. 열은 여주인을 누나라 부르기 쑥스러워 깍듯하게 사장이라고 호칭했다.

"그러네요…… 재용인 아직 안 왔죠?"

"아직 안 오네. 곧 올 텐데."

"재용이 오면 부탁할 게 있다고, 체육관으로 전화하라고 전해 주십시

오. 사장님."

"앤, 누나라 부르라니까 꼭 사장이라고 하네. 알았어, 그대로 전해 줄 게. 마로니에 자주 들리고."

"알겠습니다."

열은 전화 끊고서 저물녘에 언제나 그랬듯 체육관 가는 버스를 탔다.

체육관은 대로변 로터리 지나쳐 골목에 자리했다. 입구에 유리 끼운 두 쪽짜리 미닫이 섀시 문이 한참 지난 시합 포스터를 붙이고 벋대고 있었다. 문짝 젖히고 들어서자 결코 가시지 않는 시큼한 절은 땀내가 코끝에 끼쳤다. 멈칫대는 사이 어두컴컴한 안이 희미히 눈에 들었다. 퀴퀴하고 싸느란 안은 모든 게 해지고 헐어 보였다. 입구 좌측 조그마한 사무실이 있었다. 사무실 가죽 소파와 철제 책상 건너에는 좋았던 시절의 트로피와 사진들로 빽빽했다.

정면 맨 끝 중앙의 태극기 액자가 반듯했고 그 앞을 링이 꽉 맞게 들어앉았다. 늘어진 링 줄에 헤드기어와 글러브 여러 짝이 걸렸고 링 바닥에 미트가 널브러졌다. 창틀 없앤 벽은 사람 키만 한 거울들이 줄줄이 들러붙었다. 거울 속엔 천장에 쇠사슬 매단 샌드백 두 개, 벽면에 철 삼각대 잡아맨 펀치볼 두 개의 그림자가 차렷했다. 가에는 어슴푸레 역기가 벤치에 누웠고 아래에는 흐릿하니 아령들이 마룻바닥에 누웠다. 거울들은 음영 드리운 곳곳을 예사로이 비춰보았다.

열은 입구 오른쪽 형광등 스위치 올려 체육관을 훤하게 밝혔다. 열이 탈의실 겸한 세면실을 들어가려는데 사무실의 전화기에서 따르릉거렸다. 쥐었던 세면실 문손잡이를 놔두고 뒤편 사무실로 되돌았다.

"체육관입니다."

"전화했다면서?"

대뜸 들려오는 재용의 목소리는 단도직입적이었다.

"진짜 뜬금없네."

"전화하라고 했다면서 또, 왜?"

"어떻게 귀신같이 알고 체육관 도착하자마자 전화하냐? 옷이라도 갈 아입자."

"하하하. 시간 보니까 보나 마나 니가 전문대 앞 공중전화에서 전화했을 테고. 버스 타고, 걸어가고 해서 체육관 도착할 시간 맞춰 전화했지."

"할 말 없게 만드네."

전화선 너머의 재용이 호방하게 웃어 댔고 열은 기막혀 마뜩잖게 혀를 찼다.

"근데, 뭔 부탁?"

"……아니, 이 년 후배 놈이 어떤 놈인가 궁금해서 좀 알아봐 달라고."

"학교?"

"응."

"니가 뜬금없네. 꼬마를 왜? 내용을 소상히 말해 줘야 수고비를 받을지 말지 고민해 보지."

"됐네, 이 사람아."

"누군데?"

"이름은 이득수고 북성중학교 나왔다네."

"이 년 아래고 북성중 나온 이득수라…… 그러는 이유는?"

재용이 궁금증을 못 견뎌 꼬치꼬치 캐물었다. 열은 하는 수 없이 여차

저차 전후곡절을 재용에게 말해 주었다.

"그으래? 꼬마여도 하는 짓 봐선 시내 나올 것 같은데. 니한테 붙자고 올 건 같애?"

"글쎄, 그놈 하는 꼬라지로는 올 것 같은데……."

"실력은 어때?"

"다따가 두들겨 패 놔서 나야 모르지."

"암튼 알았어. 최대한 빨리 알아보고 연락할게."

재용은 수고비 조로 짜장면 사겠다는 열의 제안 대신 녀석과 겨루면 꼭 참관하게 해 줄 것을 약속받았다.

열이 운동복 갈아입고 청소를 시작하자 어딜 갔는지 보이지 않던 관장이 돌아왔다. 조금 지나 살 빠진 현준이 의젓하게 들어왔고 얼마 안 가 낯익은 관원들이 하나둘 면면을 내보였다. 그리고 좀 있다 땀복과 운동복으로 바꿔 입은 모습들이 이래저래 몸을 풀었고 타닥거리는 줄넘기 소리가 들렸다. 마룻바닥은 거슬리지 않을 만큼의 소음에, 형광등 불빛을 탄 부연 먼지가 일었다. 퀴퀴하고 싸느랗던 체육관은 여기저기서 훈기가 돌고 조금씩 열기가 달아올랐다. 안에서 바라본 입구 머리맡엔 '나에게 최후까지 싸울 용기와 의지가 있노라. 김득구'라고 커다랗게 쓰였다. 곧이어 차임벨이 삼 분을 알렸다.

　　허이 좋다 어이 가자
　　으쌰 으쌰 으쌰라 으쌰
　　으쌰 으쌰 으쌰라 으쌰

라면 먹고 간다 물배 채우고 간다

두 주먹 몸뚱어리 하나 믿고 싸우러 간다

간다 간다 간다 자 끝까지 간다

넘어져도 쓰러져도 또 일어나서 간다

춥고 배고파서 싸웠다

가진 건 그저 몸뚱어리밖에는 없었다

언제나 일찍 가장 먼저 일어나서

그 누구보다도 더 열심히 뛰었다

참고 이기고 힘들면 어금니를 꽉 깨물고

끝까지 달리다가 팍 쓰러져도 좋다 또 일어난다

여기까지 온 게 아까워서라도 끝까지 간다

방법은 오로지 그것밖에

달리고 뛰고 또 뛰고 달리고 또 달리고 뛰고 가슴이 터질 때까지

가슴에서 비린내가 날 때까지

자 이길 때까지 승리의 그날까지

가자 어 가자 어 이길 때까지

승리의 그날까지 가자 자 아자

영화 〈챔피언〉 OST(2002년) god 〈간다〉 중에서

＊

한 무명의 동양 선수가 WBA 라이트급 세계 챔피언과 한 치의 물러섬

없이 불꽃 튀는 난타전을 펼치고 있었다. 미국 라스베가스 시저스 팰리스 호텔 야외 특설링이었다. 1982년 11월 14일 대낮이었고 팔천여 관중이 운집했다. 동양인 도전자는 한국의 '김득구'였고 챔피언은 미국의 '레이 맨시니'였다. 도전자는 17승 1무 1패 8KO, 챔피언은 24승 1패 19KO이었다. 그는 태어날 아들 위해 놓칠 수 없는 꿈을 이루려 섰고 챔피언은 아버지와 죽은 형의 못다 한 꿈을 이어 가기 위해 섰다.

그는 복싱이 자신을 가난에서 헤어나게 해 줄 유일한 수단인 헝그리 복서였다. 챔피언은 흑인 강세의 미국 복싱계에 '백인의 희망'으로 떠오른 스타 복서였다. 그는 비아시아권 선수와 한 번도 싸워 본 적 없고 세계 무대에서는 무명이나 다름없는 이력을 가졌다. 챔피언은 복싱 본고장에서 KO승을 거듭하며 두 번의 도전 끝에 세계 정상에 오른 화려한 이력을 가졌다. 9라운드까지 우열을 가리기 힘든 경기는 10라운드에서 갈렸다.

10라운드 들어 그가 버팅 파울을 한 후 상대의 연속되는 좌우 연타에 그로기 상태까지 몰렸다. 만회하려는 듯 11라운드 시작되자마자 달려들었던 그에게 상대의 라이트 훅 단발이 꽂혔다. 순간 왼쪽 무릎을 꿇었지만 주심은 다운으로 인정하지 않았다. 12, 13라운드에도 상대의 일방적인 공세에 물러나지 않고 맞받아쳤다. 그러나 경기의 판세는 더욱 기울어 갔다. 14라운드 시작과 동시에 재차 득달같이 덤벼들어 날린 양 훅이 빗나가고 상대의 라이트 훅 카운터를 허용했다. 레프트 훅에 이은 라이트 스트레이트가 또다시 안면을 적중했다.

마치 슬로 모션처럼 느리게 그의 두 앞꿈치가 들리더니 쓰러지는 통나무마냥 누이어졌고 뒷머리가 링 바닥에 튕겨졌다. 초점 잃은 시선으로 로프 붙잡고 링 밖을 바라보며 비틀거려 일어섰지만 주심은 TKO를 선언했다. 14라운드 19초 만에 패했다. 그리고 병원으로 실려 간 지 나흘 뒤 뇌사 상태에서 산소 호흡기를 뗐다. 도전자는 고국에 임신 삼 개월의 약혼녀를 남겨 두고 그렇게 세상과 영영 작별했다.

그의 말대로 '가난은 그의 스승'이었다. 보릿고개에는 다들 밥을 빌어먹을 만치 가난했던 1956년 태어나 두 살 때 아버지를 여의었다. 살았던 전북 군산을 떠나 어머니와 강원도 고성으로 삶터를 옮겼다. 어머니의 재가로 새아버지와 이복형제가 생겼고, 그때가 여섯 살이었다. 어린 삶은 국민학교 졸업 후 학업을 포기하고 일자리를 찾아 나설 만큼 여전히 곤궁했다. 열아홉에 가난과 설움이 찌든 집을 탈출해 무작정 서울로 상경했다.

구두닦이에서부터 중국집 배달부, 막일꾼, 서적 외판원 등 닥치는 대로 일했다. 세계 타이틀전 중계를 본 우연한 계기로 스물하나에 국내 복싱의 대명사 격인 동아체육관 문을 두드렸다. 험한 세파에 절은 삶에서 벗어날 길이 보이자 오로지 복싱 하나에만 자신의 모든 것을 쏟아부었다. 스물다섯에 한국 챔피언, 스물일곱에 동양 챔피언이 되는 성취감도 맛보았고 사랑도 쟁취했다.

처절한 삶과 치열하게 맞섰던 그가 꿈결 같은 종착지 목전에서 스물일곱 나이에 속절없이 잠든 것이다. 사랑하는 이들을 남겨둔 채로. 삼 개월 뒤 그의 어머니가 심한 우울증으로 목숨을 끊고 아들의 뒤를 밟았다. 잇따라 칠 개월 뒤 그날 경기 주심도 시합 강행 시켜 선수를 죽였다는 죄책감에 스스로 세상을 등졌다. 그의 일기장에는 '나에게는 최후까지 싸울 용기와 의지가 있노라'고 쓰여 있었다.

토요일 오후 운동 시간 끝나갈 즈음 재용이 체육관 입구에 들어섰다. 열과 현준은 씻고 운동복 챙겨 세면실을 막 나왔을 때였다. 재용이 넉살스레 관장과 남아 있는 관원 몇에게 두루 인사를 건넸다. 관장은 위아래 훑더니 본척만척 담배 한 개비 꺼내 물고 사무실로 들어가 버렸다. 관원들도 누군지 몰라 외면해 버렸다.

"아이고, 우리 김 사장님께서 어려운 걸음 하셨는데 몰라봐 드리고 죄송하네."

"그러니까 바카스라도 한 박스 사 오지 그랬어."

둘은 한마디씩 하고 킥킥거렸다.

"아우, 모양 빠져. 관장님도 진짜 그러시는 거 아닙니다."

사무실 쪽에 대고 들리도록 재용이 목소리를 높였다. 담뱃불 붙이고 소파에 앉은 관장이 이쪽 보고 괘씸한 놈인지, 건방진 놈인지 한 소리 하는 입 모양이 읽혔다.

"하여간 쫀쫀한 관장 밑에서 니들이 고생 많다. 현준인 지난주에 봤고, 열이 니는 근 한 달 만인 것 같다. 형아 없는 사이에 별일들 없었지? 하하하."

"됐다 그래라."

"됐다고 그러라네. 큭큭."

셋이서 체육관 골목 나와 대로변 건너 구멍가게에서 콜라 세 병을 샀다. 가게 옆 등받이 없는 길쭉한 나무 의자에 나란히 앉았다. 뚜껑 딴 콜라를 넘겨받은 열이 한 모금하고 말을 꺼냈다.

"알아는 봤냐?"

"응. 근데, 그 꼬마 제법 알아주더라."

"그으래?"

"갸가 재덕이 쪽 두 다리 아래 애들 중에 대가리더라고. 재덕이 쪽은 두 다리 아래가 젤 막둥이들이고."

"재덕이 쪽?"

뜻밖이라는 듯 열이 놀란 토끼 눈으로 현준 너머의 재용을 바라보았다. 재용은 열을 얼핏 보고 말을 이었다.

"걔네 또래는 북성중 애들이 다 잡았더라고. 그래서 재덕이 쪽 두 다리 아래는 북성중 애들이 주축이고. 갸가 북성중 대빵이었고."

"어쩐지……."

"뭐가 어쩐지냐?"

"그때도 어린놈이 야무져서."

"행여 갸하고 다이 뜰 때 잡혀 주면 절대 안 된다. 운동 안 했어도 힘이 장사여서 잡히면 죽는다네. 거기다 깡도 좋아 싸움해서 져 본 적이 없다고 하고."

"애시키가 생각보다 싸가지 있네."

"그건 또 뭔 소리야?"

"그 급이면 꼬마들 데리고 몰려왔을 텐데."

재용과 현준은 열의 말이 수긍되는지 어른스럽게 고개를 주억거렸다.

"애는 괜찮은 것 같다. 또래에서는 의리도 있고 너저분 안 해서 평도 괜찮고."

"그으래?"

"어떡할래?"

"뭘 어떡해 싸가지 있어도 달려들면 얄쫄없지."

"아니, 전문가인 내가 나서 작전 좀 짜 주끄냐고?"

"됐다 그래라. 쪽팔리게."

"글고, 갸도 홀어머니에 남동생 하나 있다고 하데."

"그러면 싸가지 없는 시키네. 불쌍한 지 어머니 생각도 안 하고 깡패나 될라 하고."

"……."

"……."

재용과 현준이 일시에 왼편의 열을 힐끗 보고는 뚱하니 길 건너를 바라보았다.

"……왜?"

"……남 얘기 할 처지는 아닌 것 같아서."

"큭큭."

"……."

셋은 시내 나가는 버스를 탔다. 재용의 '마로니에 가 돈가스나 먹자'는 꼬임에 현준은 두말없이 따랐고 열은 주저하다 따랐다.

일주일 지나 짐작한 대로 녀석이 점심시간 열의 교실에 모습을 나타냈다. 녀석은 옆구리 결린 데가 낫지 않아 늦었다고 변명했다. 이젠 다 나았으니 제대로 한번 붙어 보고 싶다고 했다. 지가 지면 평생 머슴이 되겠다는 말도 빼먹지 않았다. 열은 자신이 다니는 체육관으로 오라 하고 위치를 알려 주었다. 친구 둘이 참관할 것이라 하고 녀석에게도 참관할 사람을 데려오라 했지만 괜찮다고 했다. 시간은 이번 주 일요일 정오로 정했다. 저번과 다르게 녀석의 태도나 말씨는 꽤 점잖았고, 열은 너그러운 낯판으로 쭉 대했다.

따사로운 사월은 초두부터 안기부 발 '최은희·신상옥 부부 납북 사건'이 남한 땅을 온통 뒤덮었다. 육 년 전 홍콩에서 연이어 실종된 당대 여배우와 영화감독이 사실은 북한에 의해 납북됐다는 거였다. 신문마다 일면에 대문짝만하게 실렸고 티브이에서는 "실종됐던 최은희, 신상옥 씨가 북한 괴뢰에 납치돼 북한에 억류되어 있는 것으로 밝혀졌다."라며 연일 보도를 쏟아 냈다. 즉각 송환하라는 납치 만행 규탄 대회도 속속 열렸다.

이와 별개로 강제 징집 사망자 속출에 대학생들의 시위가 극을 향해 치닫고 있었다. 서울대, 성균관대, 고려대 등 죽은 이의 각 대학에서 시작된 추도식과 시위는 전국으로 번져 나갔다. 이곳도 매한가지였고 그런 하루하루의 일요일 정오였다.

"글러브 끼면 내가 불리하지 않습니까?"

"인마, 접때 손바닥이 아니라 주먹으로 쳤으면 넌 턱 쪼가리 깨졌어."

"이건 좀……."

"허허, 참. 어린놈이 말 많네."

링 복판에서 재용이 열의 글러브를 끼워 주고 현준이 녀석의 글러브를 끼워 주고 있었다. 녀석은 소매 없는 늘어진 흰 러닝에 밋밋한 청록색 추리닝 바지 차림이었다. 열의 어색치 않은 복싱 선수 차림새와는 대비되었다. 벗겨 놓은 윗몸은 너끈히 서너 체급쯤 차이 날 정도로 녀석의 덩치가 좋았다. 둘 다 맨발이었고 마우스피스가 물렸다.

"그럼, 시합 룰을 말한다. 라운드는 없고, 상대방이 쓰러지거나 기권할 때까지 무제한이고. 물어뜯거나 도구를 사용하는 것은 금지고 그 외엔 다 가능하다. 오케이?"

재용의 말에 둘은 끄덕거렸다. 공이 시작을 알렸고 링 안팎에 자못 긴 장감이 돌았다.

녀석은 가드를 바짝 붙여 얼굴과 옆구리 가리고 서서히 다가섰다. 열은 날랜 풋워크로 거릴 두었고 힘을 뺀 스트레이트가 뒤따랐다. 안면 두 들기는 스트레이트에 가드가 올라가자 복부에 가벼운 좌우 훅을 꽂았다. 녀석은 굴하지 않고 성큼성큼 다가들었다. 열은 들락거리며 스트레이트에 이은 좌우 훅 날리기를 거듭했다. 사오 분 흘렀을까. 열의 스트레이트엔 힘이 들어가 있었고 좌우 훅은 소리가 둔탁했다. 숨소리 거칠어진 녀석도 투박한 주먹질과 발길질해대며 구석으로 몰아가려 애썼다.

다시금 사오 분이 흘렀다. 녀석이 지쳤는지 엉덩일 뒤로 빼고 구붓하게 굽힌 무릎에 손 뻗쳐 상체를 지탱했다. 가쁜 숨 몰아쉬면서도 고개 들어 열을 똑바로 응시하고 있었다. 열도 글러브 낀 양손을 허리에 재고 숨을 골랐다. 그때 씩씩거리던 녀석이 쏜살같이 들이덤볐다. 열이 주춤하더니 급히 물러서는 바람에 코너로 몰렸다. 녀석은 머리 처박고 물불 안 가려 밀어붙였다. 받아넘기면서 빠져나오려는 열을 용케 붙잡아 바른 다리 걸어 넘어뜨렸다. 단숨에 올라타 마구잡이로 가드 올린 안면을 내리갈겼다. 주먹은 묵직했고 링 바닥에까지 충격이 전해졌다.

맞받아치는 건 고사하고 꼼짝없이 당할 판에 열이 일순 다리 구부려 허리를 번쩍 들었다. 녀석의 상체가 앞으로 쏠려 내리치던 주먹이 위쪽 링 바닥을 짚었다. 열은 재빨리 녀석 오른쪽 허벅지를 휘감아 제 몸을 왼 방향으로 뒤틀었다. 완전히 뒤틀어 가랑이 사이로 빠져나오자 이번엔 열이 녀석의 등짝에 올라탄 형세가 되었다. 등에 엉겨 오른 팔꿈치를 턱 아래 깊숙이 집어넣고는 목덜미 잡은 왼 팔뚝에 걸쳐 목을 죄었다. 그 채로 허리를 다리로 감고 뒤집어 계속 죄었다. 뒤집어져 드세게 몸부림치던 녀석이 차츰 힘이 빠져 눈동자가 풀렸다.

재용과 현준이 수건과 물 주전자 들고 링 안으로 뛰어들었다. 열은 녀석을 뉘여 얼굴에 물 뿌리고 어깨와 뺨을 툭툭 쳐 댔다. 좀 있어 정신 차린 녀석에게 물을 마시게 하고 일어나려는 걸 다시 눕혔다.

"괜찮냐? 그대로 조금 누워 있어라."

"……."

셋은 한시름 놓은 표정을 짓고 링 밖으로 내려갔다.

"야, 배고프다. 짜장면 시켜 먹자."

"여기 중국집은 정말 맛없는데……."

침 삼켜 입 놀리는 재용에게 현준이 툴툴거렸다.

"우리 그러지 말고 라면이나 끓여 먹자."

열의 말에는 의견이 일치했다. 현준이 사무실 책상 밑 라면박스 들춰 라면 세 개를 들고 나왔다. 둘을 번갈아 보는 현준에게 재용이 물었다.

"세 개밖에 없어? 현준이 넌 몇 개 먹을래?"

"두 갠 먹고 싶은데 안 되고 한 개는 적고……."

"열이 니는?"

"나도 한 개는 적고……"

"그럼 둘이 세 개 먹으면 될 것 같고."

"나는 한 개면 되고…… 득수야! 너는 라면 몇 개 먹을래?"

재용이 돌연히 링 쪽을 향해 소리쳤다.

"……두 개요……."

현준과 열은 마주 보며 '어쭈구리'라는 듯 입꼬리를 씰룩였다.

"글면, 여섯 개네. 가서 사 올게."

"달걀하고 파도."

"점방에서 파도 팔아?"

실색해 쳐다보는 재용에게 열이 피식거렸다.

"주인 할머니한테 체육관에서 왔다고, 쓰다 남은 거 있으먼 좀 주라고 말씀드려."

"알. 았. 다."

열은 그을린 큼직한 양은 냄비와 반쪼가리 벽돌 넉 장을 가져왔다. 현준은 소파 테이블에 신문지 깔고 등산 버너를 올렸다. 신문지 깔린 테이블 위에는 나무젓가락과 플라스틱 사발이 네 개 놓였다. 벽돌 받힌 양은 냄비 아래서는 버너가 사납게 불길을 뿜어냈다. 냄비 안에는 스프 풀린 잘박한 국물이 쪼개진 라면 여섯 개, 온채로 계란 네 개, 듬성듬성 잘린 대파와 고추를 보글보글 끓였다.

득수가 분위기 서먹했는지 후루룩거리다 "형님들, 라면 진짜 맛있습니다."라고 한마디 했다. 열이 먹다 말고 꼬라보더니 "건방진 시키, 주제넘게 형님이라니 주인어른이라고 해야지."라고 구박하고 끌끌거렸다. 그날 득수는 평생 머슴으로서 도리 다할 것을 맹세했다. 각서를 쓰고 지장을 찍었다. 열은 생각나는 대로 읊었고 득수는 삐뚤빼뚤 받아썼다. 어머니에게 효도할 것. 하늘이 두 쪽 나도 고등학교 졸업할 것. 학교에서는 절대 쌈질하지 않을 것. 약자를 돕고 정의로울 것 등등…… 셋은 사월의 어느 일요일에 득수를 그리 만났다.

3
태평요술

현준은 스텐 숟가락 쥐고 거실 텔레비전 앞에 바짝 붙어 화면을 주시하고 있었다. 은빛 메탈 색상의 잘빠진 20인치 컬러텔레비전이었다. 텔레비전은 순간의 선택이 십 년을 좌우한다는 '금성'도 아니었고 무결점에 도전한다는 '삼성'도 아니었다. 아래 가운데 '소니'라는 영문 상표가 떡하니 찍혔다. 텔레비전을 떠받친 짙은 무늬목 거실장 안의 비디오 데크 또한 우측 하단에 소니라고 박혔다.

거실장과 깔색 맞춘 오른편 유리문 장식장에는 칠 단짜리 은색 오디오 기기가 칸칸이 들어찼다. 장식장 양옆으로 아이 키만 한 스피커를 부리고 보란 듯이 우쭐거렸다. 우쭐거릴만했다. 롯데 '파이오니아'가 아닌 일본산 '파이오니아'였다. 나란한 같은 꼴의 또 다른 장식장 두 개에는 시중에선 볼 수 없는 진짜 양주들이 층층이 꽉 찼다. 본고장 사람보다 일본 사람들이 더 즐긴다는 프랑스 코냑 '헤네시'도 종별로 고루 있었다. 시가지의 몇 안 되는 엘리베이터 딸린 고층 아파트 격조와 꼭 들어맞았다.

현준 누나들 말대로라면 시집올 때 장만한 자개장롱은 메떨어진 가구였다. 자개 가구나 클래식 가구는 지고 이젠 유럽풍 모던 가구가 대세였다. 역시 가전은 일제였고 식품은 미제였다. 가구는 애써 서울의 유명 백화점과 가구 거리에서 들였고 가전은 다리 놓아 항구 도시에서 흘러왔다. 식품은 도처의 도깨비 시장에 가는 수고를 아끼지 않았다.

전날 둘째 누나는 사돈 결혼식이 있어 매형, 세 살배기 조카와 함께 시댁으로 내려갔다. 밤 열 시 넘어 집에 도착한다고 조금 전 전화가 왔었고 벽시계는 일곱 시를 가리키고 있었다. 현준이 마른침을 삼켜 가며 학수고대하던 방송이 드디어 시작되었다. KBS 특집 생방송 〈세기의 경이 초능력 유리겔라 쇼〉였다.

"세기의 초능력 소유자 오늘의 주인공을 여러분께 소개해 드리겠습니다."라는 진행자의 소개말에 이어 유리겔라가 등장했다. 땡그랗고 퀭한 눈동자에서는 금방이라도 시퍼런 광선을 내뿜을 것만 같았다. 한 여성의 통역으로 유리겔라가 "구부러지고, 녹고, 부러지리라."란 주문과 아울러 숟가락 구부리기에 들어갔다. 티브이 화면에는 '변동이 있는 분은 전화를 주십시오'란 문구와 전화번호 여러 개가 자막으로 떴다.

현준은 자세 고쳐 양반다리 하고, 등 곧게 펴고, 깊은숨을 들이마셨다. 그리고서 양손으로 숟가락 머리와 목을 잡고 유리겔라를 따라 했다. 정신을 모아 "구부러지고, 녹고, 부러져라."라고 중얼거리면서 마사지하듯 문질러 대기를 한참 했다. 거듭 한참이 지났다. 숟가락 목에서 뜨거운 기운이 느껴지자 더욱 정신력을 쏟아 문질렀다. 문지르며 약간 구부려 보다 좀 더 힘을 가하니 숟가락이 쑤욱 구부러졌다. "이럴 수가……." 탄성이 저절로 터졌다.

현준이 나간 넋 챙기고 소파 테이블의 전화기를 끌어와 떨리는 손으로 다이얼을 돌렸다. 방송국의 모든 전화번호는 당연히 불통이었다. 애석하기 그지없는지 다시 수화기를 들었다. 시내 마로니에 경양식집이었다.

"레스토랑 마로니에입니당."

"누나! 현준이요. 현준이. 재용이 있어요?"

현준은 여주인의 낭랑한 목소리에는 아랑곳없었다.

"나도 일 있어 이제 막 나왔는데. 무슨 일 있니? 왜 그렇게 허둥대?"

"아니에요. 재용이 있어요? 없어요?"

"재용이 없는 것 같은데……. 김 군아! 재용이 왔었니?"

여주인이 웨이터에게 문자 뭐라 하는 소리기 수화기 너미 너미에서 들렸다.

"아까 유리겔란가 뭔가 텔레비 본다고 집에 갔다 하네."

"알았어요. 누나. 전화 끊을게요!"

현준은 수화기를 내려놓지 못하고 망설이다 또다시 전화를 걸었다. 이번에는 재용이 집이었다.

"여. 보. 세. 요?"

재용 아버지의 낮게 깔린 무거운 목소리였다. 현준이 얼른 수화기 아래를 손으로 틀어막고선 '윽' 하는 소리를 저도 모르게 내었다.

"여. 보. 세. 요?"

"안, 안녕하셨어요? 아버님. 재용이 친구 현준이라고 합니다……."

"현준이? 그래, 고 삼 수험생이 밤늦은 시간에 무슨 일입니까?"

"죄송합니다. 아버님. 유리겔라 때문에 재용이한테 할 말이 있어서요."

"유리겔라라고? 하하하! 재용아, 전화 받아 봐. 네 친구가 유리겔라 때문에 전화했단다."

아버지의 낮고 무겁던 어투는 금세 만만하고 채신없게 바뀌었다. 기실 재용의 너털웃음은 제 아버지가 원조였었다. 물려받은 건지, 흉내 내는 건지는 몰라도 빼박았다. 수화기 끝에서 재용의 목소리가 바로 들려왔다.

"유리겔라 때문에 전화했다고? 하하하. 아직 안 끝났는데 어쩐 일로 전화했냐?"

"재, 재용아. 나, 나."

"야, 더듬거리지 말고 또이또이 말해."

"나, 나. 진짜로 숟가락 구부렸어. 나한테도 초능력이 있나 봐."

"장난치지 말고."

"진짜라니깐. 진짜니까 이렇게 급하게 전화했지."

"암튼 알았어. 지금 식구들 텔레비 보고 있으니까 다 보고 전화할게."

"응. 끝나고 통화하자."

현준은 뒤이은 유리겔라 쇼가 눈에 들어오지 않았다. 주방에 가 재차 숟가락 한 개를 들고 왔다. 자세를 가다듬고 한층 더 정신을 집중했다. 주문도 스님이 염불 외듯 경건히 읊조렸다. 문지르기는 엄지, 검지, 중지 끝 신경에 촉을 세워 몰두했다. 하지만 쇼가 끝나는 동안 티브이 자막에 떴던 말마따나 '변동'은 없었다. 허탈한 기색으로 현준이 구부렸던 숟가락을 매만지고 있을 때 전화벨이 울렸다.

"쇼가 재밌네. 진짜 니가 숟가락을 구부렸다고?"

"진짜라니까. 뭐하러 거짓말하겠냐?"

"진지한 게 정말인 것 같기도 하고."

"안 믿기면 냅두고."

기대와 달리 재용이 별다른 감흥이 없자 현준은 골난 아이처럼 구시렁거렸다.

"친구 말인데 믿어야지."

"너, 안 믿지? 내일 만날 때 구부린 숟가락 가지고 갈 테니까 두고 봐라."

"하하하. 그 얘긴 낼 만나서 하고."

호탕하게 웃어 대던 재용이 말꼬리 돌려 열의 이야기를 꺼냈다.

"열이는 삼촌 스님한테 갔다가 집에 도착했는지 모르겠네."

"벌써 왔겠지. 무슨 일로 갔는지 얘기는 들었어?"

"통화할 땐 삼촌 스님이 엄마한테 연락해 열이를 한번 암자로 보내리고 해서 간다던데."

"왜 불렀는지 궁금하네……."

"뭐, 낼 만나 보면 알겠지."

저번 주 현준의 대입 모의고사 결과가 나왔다. 반에서 삼십 등을 했고 무려 팔 등이나 올랐다. 그 기념으로 토요일인 어제 시내 나가 재용과 열에게 한턱 쓰기로 했었다. 한데 열이 돌연 삼촌 스님에게 가야 한다는 바람에 이틀 뒤인 월요일로 연기되었다. 중고등학교 시절 통틀어 현준이 시험에서 삼십 등한 건 말할 것도 없이 이번이 처음이었다. 담임선생은 조금만 분발하면 저쪽 사립대 경영학과는 가능하겠다고 칭찬했다.

암만 급 떨어졌어도 그에게는 언감생심인 대학교였다. 담임 말에 둘째 누나와 매형은 기적이라고 얼싸안았고 막냇자식 안부에 인색하던 아버지가 전화를 걸어왔을 정도였다. 현준도 탄력받았는지 수업 태도가 한결 똘망똘망하고 공부에 재미가 들렸다. 대입 학력고사가 두 달 채 남지 않아 지난주부터는 체육관을 나가지 않고 집에서 공부하고 있었다.

현준은 요즘 들어 알 듯 모를 듯 혼자 히물거리는 짓이 잦았다. 용변 보다가, 공부하다가, 길 걷다 가도 뭔가 떠오르는 입술 끝을 실그러뜨리고 능청스럽게 웃음 짓곤 했다. 행여 '쥐구멍에 볕 들 날이 있구나'라고 실감했을는지 모르겠다. 생애 최전성기를 맞은 셈이니 그럴 만했겠다. 게다가 키가 부쩍 자라 재용보다 작았지만 열이보다는 컸다. 학급에서는 성적순 대신 키순으로 육십 명 중 오십 번째를 넘어섰다. 운동하면서 자연스레 살도 빠졌다.

살이 빠져 묻혔던 턱선이 살아나자 더욱 공들여 운동하고 다식은 삼갔다. 윤곽 뚜렷한 얼굴과 탄탄한 몸꼴은 어디 가서 어른 대접받기 안성맞춤이었다. 일 년여만의 놀라운 변신은 친지들로부터 "뉘 집 아들인지 모델 해도 되겠네."라는 말로 돌아와 자신감을 부추겼다. 이제는 학교 대가리 노릇 하는 달석이도 함부로 대하지 못했다. 누가 늘상 읊어 댔던 것처럼 얼굴 잘생겼지, 키 크지, 머리 좋지, 운동도 좀 하지 무엇 하나 빠질 게 없었다.

꼬인 인생 한번 풀기가 힘들지 풀리면 술술 풀린다고 현준이 딱 그 짝이었다. 꽃길이 시작될 조짐을 보인 건 두 달 전쯤이었다. 외모에 대한 자신감을 주체 못 해 안달 났을 무렵이었다. 집으로 한 통의 전화가 걸러왔다. 국민학교 육 학년 때 한 반이었고 전교 어린이 회장을 지냈던 '범생이' 영민이었다. 최근에야 전화번호를 알게 돼 전화했다는 것이다.

통화는 이랬다. 동창 중에 이곳에서 학교 다니는 애들이 지역 동창회를 만들어 정기적으로 모임을 가져왔다. 고 일 때부터 매년 두 번씩 열렸고 회원은 열댓 명이 된다고 했다. 사적으로도 시간 되는 애들끼리 가끔 만난다는 거였다. 고 삼 돼서는 입시 때문에 내년으로 미뤘지만 섭섭해 약소하게나마 열자고 의견이 모였단다. 그게 다음 주였다. 현준은 누구누구 나오는지를 물어보았다. 동창 이름을 죽 나열하자 친숙한 이름도 있었고 생소한 이름도 있었다. 그러는 중에 '윤미진'이란 이름이 불렸다. 하마터면 전화 수화기를 떨어뜨릴 뻔했다.

윤미진. 잊지 못할 이름이었다. 꿈에 그리던 이름이었다. 오 학년 한 반이었을 당시 그녀는 기생오라비 같은 반장과 가까웠다. 좋아서 끙끙 대기만 했지 말 한번 변변히 붙여 보지 못했다. 어린 맘에도 초라하고 비참했다. 혼자서 이불 둘러쓰고 많이 울었다. 가수 임수정을 좋아하게 된 것은 그녀 때문이었다. 똑 닮은 어린 임수정이었다. 늘씬하고, 단아하고, 아리따웠다. 지금 모습도 영락없는 임수정이리라. 나올 수 있냐고 물었다. 물론이었다.

정해진 날 시내 주변 제과점으로 나갔다. 나가기에 앞서 재용의 깨알 같은 연애 비법을 속성으로 사사했다. 시내 날라리 못지않게 차려입었지만 날티 나지 않았다. 모두에게 주목받을 수 있도록 일부러 이십 분 늦게 도착했다. 안쪽 구석 자리 테이블 건너 다소곳이 앉은 그녀가 보였다. 사방이 뿌예졌고 오로지 그녀만이 보였다. 상상했던 모습 그대로였다. 손바닥이 축축해지고 머릿속이 하애졌다. 그녀 탓에 동창들과 인사 나눌 때 버벅대며 말 더듬는 실수를 범했다. 하애진 머릿속에서 '이러면 안 되는데'가 자꾸만 맴돌았다.

드러내지 않고 천천히 코로 깊게 심호흡을 반복하며 '니까짓 것'을 속으로 되뇌었다. 열이가 쫄릴 때 써먹으면 직방이라고 예전에 일러 준 방법이었다. 고삐리답지 않은 두 애어른과 놀아 본 가락으로 이내 여유를 찾았다. 동창들의 얘기를 주로 들으며 끼어들 때 끼어들고 빠질 때 빠졌다. 자랑도 티 나지 않게 적당히 잘 버무렸다. 동창 애들과 전화번호를 주고받았다. 윤미진 전화번호는 당연했다. 그녀도 완벽하게 변모한 모습에 자못 호감을 보였다. 쥐구멍에도 볕 들 날이 있었다.

무작정 당신이 좋아요
이대로 옆에 있어 주세요
하고픈 이야기 너무 많은데 흐르는 시간이 아쉬워
멀리서 기적이 우네요
누군가 떠나가고 있어요
영원히 내 곁에 있어 주세요
이별은, 이별은 싫어요
무작정 당신이 좋아요
이대로 옆에 있어 주세요
이렇게 앉아서 말은 안 해도 가슴을 적시는 두 사람
창밖엔 바람이 부네요
누군가 사랑하고 있어요
우리도 그런 사랑 주고받아요
이별은, 이별은 싫어요

KBS 드라마 〈아내〉 OST(1982년) 임수정 〈연인들의 이야기〉 중에서

"지금부터 김현준 군의 반 삼십 등 기념식을 개최하겠습니다. 다 같이 박수!"

'짝짝짝'

"아이 씨, 챙피하게. 그만 좀 해."

"에…… 그럼, 그동안 김현준을 옆에서 묵묵히 지켜봐 온 박열 군의 축사가 있겠습니다."

"에, 또…… 아무튼 잘했고. 더 열심히 해서 부모님께 효도하고 니가 좋아하는 유 거시기 하고도 잘 되기를 바란다. 흐흐."

'짝짝짝'

"이어 우리의 장한 김현준 군의 답사가 있겠습니다."

"아잇! 그만 좀 해. 누가 들을까 봐 겁나네."

"그러니까 빨리 답사하라고."

"암튼 축하해 줘서 고맙고. 다 니들 덕분이라고 생각한다. 됐냐!"

'짝짝짝'

"하하. 정말 축하한다. 자 다 같이 건배!"

"흐흐. 축하한다. 건배!"

"히히. 고마워."

열이 체육관을 청소하고 오느라 셋이 모인 시각은 여덟 시였다. 시내 입구에서 만나 새로 지은 빌딩 십 층 꼭대기에 신장개업한 최신식 음악 감상실로 향했다. 근래 시내 날라리들이 가장 즐겨 찾는다고 소문난 데였다. 기백 평이 족히 돼 보이는 어둑한 홀 안은 천장의 미러볼이 잔물결을 일으켰다. 자리마다 허리 높이 칸막이가 가지런했고 네온사인 달아 놓은 높지막한 디제이 박스는 어디서나 눈에 띄었다. 여기저기 걸린 대형 스크린의 현란한 뮤직비디오 영상이 시선을 붙들었다.

생뚱맞은 건 음악 감상실인데 술과 안주를 팔았다. 술 마시고 떠드는 소리에 크게 틀어 놓지 않은 오디오 볼륨이 파묻혔다. 시내 상인들끼리는 '음악 감상실 뜬다고 술집에다 억지 춘향식 흉내를 냈다'며 깻박칠 거라 비웃었지만 그건 당신네 생각이었다. 대박을 터뜨렸다. 밤 아홉 시 넘으면 빈자리가 나지 않을 만큼 호황을 누렸다. 커피, 주스 파는 거랑은 객 단가부터 달랐다.

한 해 전인가 레이저디스크로 해외 대중가요를 틀어 주는 음악 감상실이 시내에 생겨 대박이 났었다. 귀로 듣고 잡지로 읽던 팝송을 눈으로 구경하니 기똥찼을 테다. 대형 스크린 정면에 푹신한 의자를 줄줄이 붙이고 앞뒤로 열을 지어 놓았다. 커피나 주스 같은 음료에 구경값을 붙여 어마 비쌌다. 그즈음에 한두 군데 더 늘었어도 여지껏 성업 중이었다.

하얀 보를 씌운 테이블 위에는 '마주앙' 화이트와 과일 안주, 함박스테이크가 놓였다. 마주앙 화이트는 재용이 마실 줄 아는 유일한 술이었다. 과일 안주는 멋들어졌고 함박스테이크는 먹음직했다. 각자 앞에는 투명한 와인잔이 있었고 반짝이는 포크와 나이프가 깨끗한 흰 접시에 얹혔다. 재용이 비운 와인잔을 채우는 사이 현준이 호주머니에서 구부러진 숟가락을 꺼내 놓았다.

현준이 막 말하려는데 재용이 선수를 쳤다.

"야, 유리겔라는 좀 있다 얘기하고. 삼촌 스님은 잘 만나고 왔냐?"

"……뭐 그렇지."

"무슨 일로 오라 했는데? 좋은 일로?"

"별 건 아니고."

"그래도 오라 했으면 대학 가라고 돈을 내놓는다든지 뭔가 해 줘야 하는 거 아니야?"

"'사람한테는 기대하지 마라'가 삼촌 스님 신조네. 이 사람아."

"무슨 말씀 하셨는데? 나도 궁금하다."

열은 재용의 시답잖은 참견에 머쓱하게 웃다가 현준마저 나서자 대답했다.

"꿈자리에 돌아가신 울 아버지가 보여서 불렀다네."

"뭐야, 그냥 볼일 없이 오라 한 거잖아."

"괜히 궁금해했네."

"졸업 후에는 어떻게 할 거냐고도 물었고."

"시시하네."

"나도."

재용의 객쩍은 반응에 현준도 덩달았다. 정작 물어보기는 둘이 해 놓고 답을 듣고선 껄렁하게 넘겼다.

"그래, 별 볼일 없어서 미안하다. 근데, 유리겔라가 뭐냐?"

"아니, 유리겔라를 모른다 말이야?"

현준이 열에게 유리겔라의 이력과 어제 방송한 내용, 지가 숟가락 구부린 것 등을 장황하게 설명했다. 꺼내 놓은 숟가락을 자랑스럽게 들어 보이고는 열에게 건넸다. 재용은 "그게 다 속임수이지 어떻게 그럴 수 있냐."라며 말도 안 된다고 무시했다. 현준의 굽은 숟가락에 대해서는 차마 입을 떼지 못했다. 현준이 거짓말한 것으로 결론 낼 게 빤해서였다.

"그러면 내가 숟가락 구부린 것은? ……결국 내가 거짓말했다는 거지."

"그런 건 아니지. 니가 너무 열중한 나머지 너도 모르게 힘을 주어 휠 수도 있고."

"그게 아니라니깐, 정말."

"나도 그렇게는 생각하지……."

"에이, 믿지도 않으면서."

"현준이가 구부렸다면 구부린 거지. 뭐가 문제냐?"

둘의 실랑이를 지켜보던 열이 나서 현준 역성을 들어주었다. 현준이 지금까지 거짓말한 적이 없을뿐더러 금세 들킬 거짓말을 할 이유가 없다는 거였다. 그래도 현준은 재용에게 서운한 빛이 가시지 않았다. 어색한 적막이 돌았고 재용이 안주에는 손도 못 대고 애먼 곳만 바라보며 와인을 홀짝였다. 열은 남 일 보듯 무심하게 함박스테이크를 잘라 입에 넣고 우적거렸다.

돌려받은 숟가락을 매만지다 현준은 다시 퉁명스럽게 말했다.

"그럼, 손 안 대고 나침반을 움직이고, 고장 난 시계를 고치는 것은?"

"그래서 속임수라는 거지. 도구를 이용하니까 속일 수 있지. 넌 마술도 안 봤냐?"

"……미국 쇼에서는 상대방이 그린 그림도 안 보고 맞췄다는데 그건 도구를 사용한 게 아니잖아. 초능력을 가졌으니까 가능한 거지."

"그림도 도구……."

재용이 말하다가 멈칫하더니 진지한 얼굴로 고개를 약간 숙이고 양손

들어 제 쪽으로 까딱거렸다.

"니들한테까지도 숨겨 왔는데…… 현준이 땜에 도저히 안 되겠다. 내가 진짜 초능력이 뭔지 보여 줄게."

"됐네. 이 사람아."

"제발, 장난 좀 치지 말고. 사람 심각한데."

머리 들이민 둘에게 속삭이는 재용을 이번엔 열과 현준이 시시껄렁해했다.

"참, 진짜 초능력을 보여 주겠다는데도 뭐라 하네. 그린 그림 안 보고 맞추는 건 일도 아니야. 뭐, 굳이 안 보겠다는데 억지로 보여 줄 맘은 없고. 보여 줘? 말아?"

"……그게 뭔데?"

"보여 줘? 말아?"

마지못한 척 현준이 되묻자 재용이 한 번 더 이죽거렸다.

"재지 말고 그냥 해 봐."

"어디 한번 해 보든가."

열과 현준의 해 볼 테면 해 보라는 투에 재용은 가소롭기 짝이 없다는 듯이 말을 이었다.

"니들 독심술이라고 알지? 상대방의 생각을 읽어 내는 거. 그걸 이 자리에서 보여 주겠다 이 말이지. 이것에 비하면 그린 그림 안 보고 맞추는 건 암것도 아니고. 그럼, 알기 쉽게 초보 단계부터 시작한다. 먼저 현준이 니가 생각하고 있는 숫자를 맞춰 볼 테니까 일부터 십까지 중에서 숫자 하나를 머릿속으로 정해라."

"아무거나 정하라고? 근데 꼭 십까지여야 돼?"

"아무 숫자나 괜찮지만 니가 어려워할까 봐 그러지. 네 편할 대로 해도 상관없고."

"쳇, 내 맘대로 정할게."

"정했어? 잘 들어. 시작한다. 니가 정한 숫자에 3을 더해라. 더했으면 다시 7을 더하고. 거기에서 5를 뺀다. 뺐냐? 뺐으면 다시 4를 더하고."

"잠깐, 잠깐. 너무 복잡해 다시 하자."

"그러니까 십까지에서 정하랬지."

"아니야 됐어. 시작해."

"천천히 다시 시작한다. 니가 정한 숫자에 3을 더해라. 더했으면 다시 7을 더하고. 거기에서 5를 뺀다. 뺐냐? 뺐으면 다시 4를 더한다. 거기에서 또 5를 빼고 그리고 6을 더한다. 한 번 더 5를 빼고 마지막으로 니가 처음에 정한 숫자를 빼고…… 계산됐냐?"

"……응."

"음…… 지금 니가 생각하고 있는 숫자가 5지. 맞지?"

"어, 어떻게 알았어?"

"정말?"

현준은 재용을 놀라 바라보았고 열은 떨떠름하게 둘을 번갈아 보았다.

"짜아식, 하하하!"

"재용아, 어떻게 알았어?"

"정말 맞췄다고?"

"응, 숫자 5가 맞아."

둘의 호기심 가득 찬 눈빛에 재용은 거만스레 코를 치켜세우고 눈을 내리떴다.

"어뗘? 열이 니도 한번 해 볼 겨?"

"좋아."

재용은 열에게 정한 숫자에 4를 더하고 6을 더하라 했고 거기에서 5를 빼고 다시 6을 더하라고 했다. 이어 5를 뺀 다음 3을 더하고 한 번 더 5를 빼라 했고 마지막으로 네가 처음에 정한 숫자를 빼라고 했다.

"음…… 지금 니가 생각하고 있는 숫자는 4지."

"헉, 진짜 맞추네."

"짜아식들, 우하하!"

둘이서 제아무리 생각해도 술수를 눈치챌 길이 없었다. 재용을 닦달해도 천장 올려다보며 콧구멍만 벌름거릴 뿐 좀체 말하지 않았다. 현준이 그런 그를 뚫어지라 보다가 번뜩 뭔가 떠올랐다는 듯 테이블을 '탁' 치며 소리쳤다.

"야! 그게 아니잖아! 처음에 내가 생각한 숫자가 아니잖아!"

"하하하. 이제 알겠냐?"

재용의 말장난은 그전에 친하게 지냈던 혜숙이 누나가 제게 재미 삼아 들려준 농말이었다. 혜숙 누나는 마로니에 단골로 국문과를 다닌 키 크고 빼빼 마른 여자였다. 과 사람들과 자주 찾은 그녀는 여주인 동생 행세하는 재용과 막역해졌다. 재밌는 얘깃거리도 많이 알았지만 새침한 얼굴로 능청스럽게 하는 말투는 하잘것없는 얘기에도 흥미진진했다. 한때는 그녀가 마로니에에 오기만을 기다렸고, 한동안 졸졸 따라다녔다. 술은 입도 못 댄 재용이 용케 마주앙을 마실 수 있게 된 것도 그녀 덕이었다.

까딱했으면 네 살 연상의 애인 있는 여자에게 빠질 뻔한 우세스러운 추억도 있었다. 그녀는 어느 무렵 부지불식간 마로니에 발길을 끊었다. 후에 대학을 졸업하고 섬마을 임시 교사로 발령 났다는 소식을 여주인이 전해 주었다. 재용은 군대 간 키 작은 과 선배 애인과는 잘 되고 있는지 모르겠다며 걱정까지 덧붙였다. 그러고는 들었던 재미난 얘기 중 하나를 둘에게 풀어놓았다.

버젓한 학벌과 빼어난 미모를 갖춘 한 젊은 여성이 홀아비 중년 사업가와 결혼을 했다. 여성은 초혼이었고 사업가는 의당 재혼이었다. 돈 많은 사업가에게는 어린 아들자식이 하나 있었다. 결혼하고 새엄마의 살가운 보살핌에 어린 자식은 친엄마마냥 잘 따랐다. 내심 걱정하던 남편도 흡족해했고 남들 보기에도 오순도순했다. 그렇지만 여성은 애시당초 그 집 재산을 차지하는 게 목적이었다.

가장 큰 걸림돌은 이제 국민학교를 들어가는 의붓자식이었다. 의붓자식을 죽이기로 결심한 여성은 완전 범죄를 꾀했다. 하지만 세상에 완전 범죄가 결코 쉽지 않다는 걸 오래지 않아 깨달았다. 시간은 자기편이고 좋은 머리에 공부까지 한 터라 생각을 바꾸었다. 교통사고 위장 살인이 아니라 진짜 교통 사망 사고를 우선순으로 택했다. 갓 들어갈 국민학교는 집 근처가 아닌 교통사고 빈번한 주변 학교로 물색했다. 차로 다니기엔 어중간하고 대로변과 골목길을 이리저리 돌아가야 하는 사립 국민학교로 정했다.

그런데 한 가지 이상한 것이 있었다. 아이가 입학한 뒤 통학할 때는 절대 혼자 가게 하지 않았다. 어린아이를 혼자 가게 두면 사고 나기 더 쉬울 텐데 등하굣길을 꼭 데리고 다닌다는 것이었다.

"이상하지? 이상하지? 새엄마는 그 아일 혼자 가게 하면 교통사고가 나기 더 쉽고 알리바이도 완벽했을 텐데 왜, 굳이, 꼭 데리고 다녔을까?"

"……가다가 차가 오면 확 밀어 버리려고?"

"확 밀면 안 되지. 암도 모르게 슬쩍 밀어야지."

두 눈 똥그랗게 뜨고 묻는 재용의 질문에 현준이 대답하자 열은 딴청을 피웠다.

"살해가 아니라 진짜 교통사고사라니까 그러네."

"……"

"……"

"그게 말이지…… 새엄마는 그 아이가 죽는 걸 자기 눈으로 직접 확인하고 싶어서였대."

"에이, 설마?"

"어째 좀 섬찟하네."

"누나 말이 사람 심리가 그런 거라네. 자기네 어떤 교수가 얘기해 줬대나 뭐랬대나."

재용은 현준의 등쌀로 그녀가 들려줬던 얘기를 가물가물한 기억에 물어물어 두어 개 더 해 주었다. 현준은 "학교 가서 애들한테 써먹어야겠다."라며 해낙낙했고 열도 재미있었는지 시종 귀를 기울였다. 자리가 파할 즈음에는 유리겔라의 숟가락은 온데간데없고 혜숙 누나의 간데온데없음을 셋은 서운해했다.

"피고인은 당해 요한복음교회 부목사로서 금전 사취를 목적으로 재림 예수를 자칭한 목사 정광식을 도와 종말론을 퍼뜨리고 거짓 설교로 교세 확장에 적극 가담한 사실과 비현실성을 인지함에도 종말론을 앞세워 신도들의 재산 헌납을 강요하고 천국행 번호표 판매와 안수 기도 등 비과학적 치료로 거액을 편취한 범죄에 동조한 사실도 인정된다. 또한 기독교 정식 신학대 출신임에도 중졸 출신의 가짜 목사 정광식의 종말론적 사고를 성경 교리에 정교하게 짜 맞추고 조직 및 자금 관리 등 교회 운영에도 깊숙이 개입해 중추 역할을 자행한 범죄 사실을 부인하기 어려워 책임을 면할 수 없다. 피고인의 이 사건 범행으로 인해 천여 명의 정신적 피해와 수억 원의 재산 손실이 발생한 점, 종말이 이뤄지지 않아 빚과 정신적 고통 때문에 두 명이 비관 자살하는 등 그 후속 피해가 적지 않은 점 등을 고려하면 피고인을 엄히 처벌함이 마땅하다. 다만 피고인이 수사 초기부터 자신의 범행을 자백하고 뉘우치며 반성하고 있는 점, 피해자들의 재산 복구를 위해 수사에 적극 협조한 점 등의 유리한 정상이 있다. 이처럼 사건 변론에 나타난 모든 양형 요소를 종합하여 주문과 같이 형을 정한다."

주문. 피고인을 징역 삼 년에 처한다.

본명 윤길수. 사이비 교회 부목사였고 지금의 삼촌 스님이 바로 그였다. 이때가 1976년이었고 그의 나이 서른여섯이었다. 열이 엄마 윤정자에게는 신동 소리 듣는 서글서글한 동네 오빠였다. 씨족 마을이라 사촌의 사촌쯤 되는 먼 친척이기도 했다. 촌 동네는 험준한 산줄기를 등졌지만 앞녘에는 너른 평야가 가로놓였고 강물이 그 사이를 굽이쳐 빠져나갔다. 남쪽 바닷가와도 그다지 떨어지지 않아 타지에 비해 먹고삶이 고달프지 않았다.

아버지끼리는 갑장에다 사대가 맞아 무엇이든 같이했고 어머니끼리는 '언니' '동상' 하며 허물없이 지냈다. 여동생 없는 그는 부모들 우애만치나 네 살 아래 외딸 정자를 자상스레 챙겼다. 중학교 후배이자 군청 서기보 보던 열이 아버지를 어머니에게 소개한 이도 삼촌 스님이었다. 그는 형제 셋 중 아버지의 유일무이한 자랑거리였다. 팔불출을 마다치 않을 정도로 자식 자랑이 제 아비 삶의 보람이었다. 그의 아버지는 읍내 중학교 일등을 놓치지 않던 잘난 자식을 도청 소재지 고등학교로 유학 보냈다.

아버지 기대와 달리 촌구석 신동은 도회지 신동이 되지는 못했다. 장래 판검사 아들은 언제부터인가 고시 공무원 아들이 돼 있었고 고시 공무원 아들은 또다시 교사 아들이 돼 있었다. 아버지는 못내 아쉬웠지만 선생 아들놈도 고만조만 괜찮다고 자위했다. 동네 사람 다들 그가 사범대학 들어가 공부하고 있는 줄만 알았다. 건데 그 자식 놈이 소박한 아버지의 가슴에 대못을 박았고 억장을 무너뜨렸다.

그가 대학 갔다고 한 지 삼 년째였을 봄이었다. 벚꽃 만발한 오일장 날 길수 아버지와 정자 아버지는 나들이 삼아 읍내 장터에 나섰다. 장터 대폿집서 자전거포 이 씨와 셋이 육낙에 막걸리 잔을 기울였고 얼큰해지려는 참이었다. 낯빛 붉어진 이 씨가 주저주저하다 조심스럽게 말문을 열었다. 읍내 약방집 아들놈이 형님네 길수가 다니는 학교를 합격해 이번에 입학했더란다. 기꺼운 마음에 길수 형을 만나려 찾아봤는데 윤길수라는 학생이 없더란 것이었다.

이런 소문이 읍내에 돌아 어쩔 수 없이 자기가 형님께 실토하게 됐다고 민망해했다. 정자 아버지는 "맛난 안주에 술 잘 처먹고 뭔 헷소리냐."라며 길길이 날뛰었다. 짐짓 멱살이라도 부여잡아야 할 길수 아버지는 막걸리 사발을 들이붓더니 초점 잃은 눈빛으로 담뱃불을 댕겼다. 무언가 짚이는 구석이 있는 듯 보였다. 당시 길수는 개척 교회에 빠져 헤어나질 못했었다.

같이 하숙하던 대학생 형을 따라 윗동네 판자촌 교회에 간 게 발단이었다. 아버지의 꿈을 좇던 아들은 언제부터인가 하나님의 역사를 좇았다. 복음을 따르는 영적 삶은 학교 성적과 반비례했다. 학교 성적이 떨어진 만큼 성령으로의 영적 삶이 충만해져 갔다. 사범대 갈 실력은 되었으나 졸업 앞두고 고민 없이 삼 년제 신학교를 선택했다. 하나님의 종으로서 지당한 결정이었다.

아버지는 물론이거니와 동네 사람 다들 그가 사범대학 합격해 다닌 줄만 알았다. 무릇 신실한 사역자의 참된 길을 가기 위한 거짓됨은 어쩔 도리가 없었다. 지 아비 가슴에 대못 박은 자식은 그렇게 해서 아버지와 척을 졌고 고향 집과는 연락을 끊었다. 하나, 열이 엄마에게는 소식을 끊지 않고 얼굴 잊어 먹을 만하면 연락을 취해 왔다.

열이 삼촌 스님을 처음 본 건 아홉 살 때였고 아버지 장례식에서였다. 그가 사기 및 횡령죄로 징역 살기 이 년 전이었으니 1974년이었겠다. 열이네는 아버지가 젊은 나이에 간암 말기 판정을 받자 큰 병원 있는 이곳으로 이사했다. 어머니의 헌신에도 불구하고 아버지는 일 년여 투병 끝에 세상을 떴다. 공무원 의료 보험 시행 이전이라 몇 푼 안 되는 퇴직금과 집 팔고 돈 되는 것은 싸그리 긁어모아 올라왔었다.

그는 은빛 넥타이에 하얀 양복에다 백구두를 신고 검정 서피의 두꺼운 책을 끼고 장례식장 안으로 들어왔다. 약간 큰 키에 홀쭉한 편이었고 포마드 바른 머리와 뿔테 안경은 단정했다. 한두 발짝 뒤에는 깜장 양복 입은 남자가 따르고 있었다. 돌아갈 때는 뒤따르던 남자가 열어 준 비까번쩍한 미제 자가용 뒷문에 올라타 유유히 사라졌다. 열에게 있어 아홉 살 적의 그 모습은 아직도 선연했다. 그때 엄마에게 목돈을 쥐어 주고 갔다는 것을 열은 다 커서야 들었다.

열이 엄마 말을 빌자면 삼촌 스님은 신학교 졸업 후 서울로 올라갔다. 목사고시를 위해 한 신학대학에 편입해 일 년을 더 공부했다. 다시 대학 부설 신학원에서 이 년을 수학했고, 마칠 때까지 주독야경을 이어 갔다. 그가 전도사 과정을 밟고 있다고 전한 뒤 수년간 소식이 끊겼다. 목사고시에 합격했는지 목사 안수를 받았는지 열이 엄마로서는 알 턱이 없었다. 그러다 불쑥 그에게서 연락을 받았다. 서해안 가까운 도시에서 부목사 노릇을 하고 있다며 소식과 아울러 연락처를 알려 왔다.

또 열이 엄마는 그가 교회에 홀딱 빠진 데에는 성령의 능력을 체험해서였다 했다. 언젠가 그 교회 저녁 예배에서 몹쓸 병을 기도로 고친다는 목사의 안수를 받다가 신비 체험을 했단다. 홀연히 환한 빛이 어렸고 '네 죄가 사함을 받았느니라'는 하나님의 음성이 생생히 울렸다고 털어놓더란 것이었다. 삼촌 스님이 서울로 올라가기 전 엄마를 만나 해 주었던 이야기였다.

엄마는 '기도로 병이 낫는다는 게 아마 그 교회도 정상적인 교회는 아니었던 모양'이라고 했다. 그러니 그가 '재림예수'니, '말세'니 하는 것들에 쉬이 빠져들었을 거라 지레짐작했다. 그랬다가도 "그처럼 명석하고 분별력 뛰어난 오빠가 이상한 데 빠졌다는 게 도무지 이해 안 되고 믿기지 않는다."라며 반신반의했다.

재판 과정에서 드러난 사실은 전도사 윤길수가 가짜 목사 정광식을 만난 것이 1967년 시월경이었다. 이틀간 열린 서울의 대전도 부흥회에서였다. "대규모 부흥회를 봐 두는 것도 목회에 도움 된다."라는 담임 목사의 권유가 있었다. 이 시기 한국 교회는 '민족 복음화 운동'으로 부흥회 열풍에 휩싸일 무렵이었다. 거기서 윤길수와 정광식의 우연찮은 만남이 이루어졌다.

정광식은 자신을 본래 유명 교회 장로로 뜻이 있어 과천의 작은 교회에서 사역하고 있다고 소개했다. 듣도 보도 못한 생경한 교단의 교회였지만 윤길수는 으레 그러려니 했다. 보릿고개를 갓 벗어난 육십 년대 대한민국의 현실은 엄혹하고 암울했다. 서슬 퍼런 국가법은 공포로 불안한 민중을 짓눌렀고 갈피 못 잡는 정치판은 어지러웠다. 빈곤과 빈부 격차, 부정부패와 지역 차별은 극심한 사회 혼란을 불러왔고 민중은 한 치 앞을 볼 수 없었다.

아이러니하게도 누구 말짝시나 '배고픔에 울고 굶주림에 우는 불쌍한 나라였고, 동해물과 백두산이 마르고 닳도록 죽도록 일해야지' 근근이 입에 풀칠하는 그런 나라였던 것이다. 불안과 공포, 빈곤에 허우적대며 갈 길 잃은 민중은 종교에 매달렸다. 이 시절 개신교 신도 수가 폭발적으로 늘어나고 정체 모를 교회가 우후죽순 생겨난 이유였던 셈이다.

윤길수는 정광식의 성경 주해에 관한 해박함에 호감을 느끼고 부흥회 내내 함께했다. 특히 요한계시록의 비유 해석은 놀라우리만치 새로웠다. 이를 기회로 둘은 이따금 기별을 주고받는 사이가 되었다. 이듬해 사월경 정광식은 "요즘 과천 청계산이 무척 아름다우니 유람 겸해 놀러 오시라."며 자신이 의지하는 교회로 윤길수를 초대했다.

윤길수는 고향 집 사정을 핑계 삼아 교회에 양해를 구하고 토요일 몰래 과천을 찾았다. 청계산 자락에 있는 교회는 현재의 서울대공원 자리였다. 비포장도로를 달려 버스에서 내린 뒤 십 리를 더 걸어 들어가야 하는 그곳은 과연 절경이었다. 환대받고 다음 날 정광식을 따라간 교회에서 주일 예배를 본 것이 화근이었다.

교회 단상에는 일곱 목사라는 이들이 앉아 있었고 그중 가장 나이 어린 목사가 나와 강대상 앞에 섰다. 앳된 티를 갓 벗은 얼굴에다 짧은 스포츠머리에 건장했다. 설교는 성경을 덮어 둔 채 창세기부터 요한계시록까지 비유로 짝을 맞춰 풀어 나갔다. 두 시간여에 걸쳐 구절구절 짝 맞추기를 하는데 단 한 구절도 틀린 데가 없었다.

성경을 통달하지 않고는 도저히 불가능한 비유 풀이였다. 직접 보지 않았다면 절대 믿지 못할 노릇이었고, 이것은 분명 하나님의 역사였다. 윤길수는 단숨에 빠져들었다. 그길로 전도사 과정을 중단하고 정광식 판잣집에 얹혀 역군으로서의 영적 생활을 시작했다. 여담이지만 정광식은 유명 교회 장로 출신이 아니었다. 양주 '덕소 신앙촌' 대형 화재 때 이곳으로 넘어온 박태선 전도관 출신이었다.

하늘의 계시를 받았다는 어린 목사는 마태복음 24장 22절을 들어 '세상이 끝날 큰 환란이 있을 것이고, 택한 자들은 살아남아 구원을 받을 것이다'라며 하나님의 심판을 예언했다. 심판의 날은 1969년 9월 1일이었다. 1966년 3월 1일을 기해 정확히 삼 년 반인 천이백육십 일 후라고 제시했다. 오직 청계산 안으로 들어온 십사만 사천 명만이 구원받으리라 내세웠다.

심판이 끝나고 불바다가 잠잠해지면 새 하늘과 새 땅 신천지가 열리리니. 이 신천지에서 구원받은 자들은 만국의 왕이 되어 하늘 아래 세상을 다스리리라 설파했다. 불과 이태 전 오륙십 명 살던 촌락은 각지에서 몰려들어 팔백 세대 오천 명에 달하는 군락을 이루었다. 구원과 교세 확장에 앞다투어 헌금했고 전 재산을 털어 갖다 바친 신도도 부지기수였다. 정작 그토록 고대하던 1969년 9월 1일에는 아무런 일이 일어나지 않았다. 9월 14일, 9월 30일, 11월 1일 역시 아무 일이 없었다.

시한부 종말론 불발은 신도들의 이탈로 이어졌다. 정광식과 윤길수도 1970년 삼월경 그들과 가까웠던 한 신도의 고향인 서해 인근 도시로 옮겨 가 자리를 틀었다. 그리고서 차린 것이 재차 시한부 종말론을 앞세운 요한복음교회였다. 윤길수는 검찰 측 심문에서 시한부 종말론을 신앙적으로 믿었느냐는 물음에 이렇게 답했다.

"아닙니다. 믿지 않았습니다. 일어날 리도 없을 테고. 그저, 보통 사람들이 말하는 기성 교회와 청계산 교회는 교리 해석 차이만 있을 뿐 하는 행태가 별반 다를 바 없어 후에 정광식 목사와 같이했을 따름입니다."

비 갠 뒤 일요일 이른 아침. 시가지 끝의 마지막 신호등에 멈춰선 완행 버스 차창 밖 거리는 스산했다. 새벽 내 쏟아졌던 비로 버스 안은 눅눅했고 거리는 축축했다. 땅에 닿을 듯 짙게 내리깔린 잿빛 구름 저편 사이로 하늘이 파르라니 내비쳤다. 회백색의 보도블록과 전봇대와 셔터 내린 점포들은 암회색 구름과 어울려 바랜 흑백사진 같았다. 빗물 머금은 파란 가로수만이 얕은 피사계 심도로 찍은 사진처럼 또렷했다.

버스는 시가지를 벗어나자 포장되지 않은 질퍽한 도로를 덜컹거리며 달려 나갔다. 양옆으로 넓지 않은 들녘이 이어졌고 야트막한 신자락이 멀리서 에워싸고 따랐다. 구월의 선들바람이 차창 틈새를 살랑거렸고 길가 풀꽃을 한들거렸다. 짙푸른 산자락과 노릇한 푸른 들녘이 높고 드넓어지면서 끊어졌다 이어지기를 거듭했다. 강물과 시냇물은 흘러넘쳤고 논도랑 밭도랑 물은 차고 넘쳤다. 이곳저곳 다 거쳐 읍내 버스터미널로 들어가는 완행버스는 갓 접어든 가을의 한가운데로 치달았다.

한참을 달리던 버스가 수원지를 끼고 빙 돌아 나오다가 급작스레 처박혔다 팅겨 올랐다. 움푹 팬 물구덩이를 미처 비켜 가지 못해 오른쪽 앞바퀴가 주저앉아 버렸다. 운전수는 고치는 데만 족히 한 시간은 잡아먹겠다며 전화하러 건넛마을 쪽으로 사라졌다. 몇몇은 해장할 데를 찾아 내렸고 남은 이들은 갈 데 없이 따라 내렸다. 산으로 둘러싸인 수원지는 간들거리는 바람에 퍼런 잔물결이 일었다. 구름은 걷혔지만, 파르스름한 하늘은 구름 없이도 비를 뿌릴 것처럼 잔뜩 찌푸렸다. 한 시간 반이면 다다를 암자가 이제는 세 시간이나 걸리게 생겼다.

열이 삼촌 스님을 두 번째 본 건 중 일 겨울 방학 때였다. 그때 찾아갔던 절은 지금 찾아가는 암자와 그리 멀지 않은 곳이었다. 절은 언뜻 보면 제대로 된 큰 사찰의 말자쯤으로 보였다. 콘크리트 친 바닥에 아담하게 들어선 대웅전 한 채와 뒤쪽으로 사랑채 비스름한 오래된 기와집이 있었다. 대웅전의 깔끔 떤 단청이 지은 지 얼마 안 된 티를 내는 게 흠이었다. 절당은 삼촌 스님보다 나이 들어 보이는 주지 스님과 젊은 스님 그리고 늙은 보살이 전부였다.

월급 받고 출퇴근하는 늙은 보살은 밥 지어 주고 청소, 빨래해 주는 것이 일이었다. 주지 스님도 사는 집이 따로 있는지 '포니' 타고 출퇴근했고, 덜떨어진 듯한 젊은 스님은 주지와 전처 사이의 자식이었다. 주지인 월광은 사주명리로 이쪽에선 꽤 알아주었다. 특히나 사업운 잘 보기로 소문난 모양이었다. 대웅전은 중소기업 사장 사모의 통 큰 시주로 세워졌고 때때로 서울에서까지 공양주가 찾아오곤 했다. 돌이켜 보면 주지 스님은 대처승으로, 절은 군소 불교 종단을 자처한 정체 미상의 불사였다.

삼촌 스님이 이곳에 눌러앉게 된 계기는 감옥소 동기인 땡중 월진의 천거 때문이었다. 윤길수의 징역살이는 하늘이 보호하사 서울서 조폭질하던 고향 후배가 방장이었고 감방에서 편히 지낼 수 있었다. 그가 만기 출소를 얼마간 앞두고 간통죄로 들어온 이가 가짜 중 월진이었다. 죄질이 난잡해 입방 신고식 날부터 하루도 거르지 않고 조짐과 수모를 당했다. '가재는 게 편이고 초록은 동색'인지라 윤길수 덕에 시달림을 면하게 되었고 보답으로 도움을 줬던 것이다. 월진은 주지 월광과 가깝기도 했지만 부탁을 거절 못 할 뭔가를 쥐고 있는지 자신했었다.

열의 스스러운 두 번째 대면에 삼촌 스님은 "어디 가서 '호로자식 놈' 소리나 듣고, 없는 애비 땜시 신세 조졌다는 소릴 네 어미가 들어선 안 될 것 같아 너를 불렀느니."라고 무정스럽게 말했다. 엄한 말투완 달리 지낼 좁다란 방에 들자 곰보빵, 앙꼬빵, 오란씨가 방바닥 쟁반에 놓여 있었다. 바로 옆 앉은뱅이책상 위에는 다섯 권짜리 고우영 만화 〈삼국지〉와 〈주간 스포츠〉 같은 잡지들이 차곡했다. 작달막한 농짝은 깨끔한 이불과 베개를 머리에 이고 윗목을 지켰다.

절간의 일상은 느리고 한가로이 흘렀다. 열은 아침 예불을 올리고 아침 공양 후 밥값으로 대웅전 청소를 젊은 스님과 했다. 낮전은 삼촌 스님의 겨울 텃밭 관리를 돕거나 뒷산을 운동 삼아 오르내렸다. 낮후는 점심 공양하고 대개 방구석에서 뒹굴뒹굴하며 시간을 때웠다. 저녁 공양에 이어 저녁 예불 드리고 한 시간가량 삼촌 스님식 설법을 듣고 답하는 것으로 하루를 마쳤다.

어린 나이에 지루할 법하지만 딱히 그런 것만은 아니었다. 종종 읍내 나가 만화책 빌려오고 간 김에 고기를 사 와 저녁에 구워 먹었고 두 스님은 소주를 곁들였다. 삼촌 스님이 생닭이라도 사 오랄 참에는 다음 날 점심 공양에 늙은 보살이 삼계탕을 내왔다. 거기다가 절집 사람들 입맛이 비슷한지 주전부리가 끊이지 않았다. 어찌 보면 삼촌 스님이 아버지마냥 든든했고 넉넉한 절간을 좋아라했을 수도 있겠다.

열은 까마득한 중국 삼국 시대를 무대로 영웅호걸이 천하 패권을 다투는 고우영의 만화 〈삼국지〉에 푹 빠졌다. 그림체 하며, 서사에 야사가 더해지고 지략과 모략이 뒤엉켜 재미를 더했다. 이제껏 최고로 추켜세우던 허영만의 〈각시탈〉은 외람지게도 짼이 되지 않았다. 일제 놈들 수탈에 맞서 응징하던 주인공은 이미 말 타고 중원을 호령하고 있었다. 해지도록 봐서 질릴 만할 터인데 다시 집어 들면 실경 보듯 상상의 나래가 펼쳐졌다.

공부랑은 담벼락 쌓은 탓에 글로 된 스포츠 주간지에는 손이 가질 않았다. 하지만 하오의 견딜 수 없는 따분함이 기어이 손을 뻗게 만들었다. 주간지를 뒤적이다 한 대목이 눈에 들었다. 프로 레슬링의 '목 조르기'와 '팔 꺾기' 방법에 관한 사진과 설명이었다. 하릴없어 갈고 닦은 기술은 어느 자세에서든 목 조르기와 팔 꺾기가 가능해졌다. 차츰 기량이 일취월장해 걸렸다 하면 아무도 빠져나가지 못했다. 이때부터 누구한테도 지지 않을 대책 없는 자신감이 절로 붙었다.

삼촌 스님의 저녁 설법은 다도를 겸했고 녹차 마시는 데도 예의와 절차가 있다는 걸 열이 처음 알았다. 삼촌 스님식 설법은 '불교 교의를 풀어 밝히는' 설법이 아니라 '자신의 생각을 밝히는' 설법이었다. 열은 이해 못 할 아리송한 설법에 삼촌 스님이 사이비 교주거나 고정 간첩일지 모른다는 의심을 한 적도 있었다.

설법은 "네까짓 것한테 말해 봤자 무얼 알겠냐만"으로 시작해 "아무리 떠들어 봤자 귓등으로 들리겠지만 훗날 인생사 고달프면 내 말을 깨치리니 끌끌……."로 끝맺었다.

설법의 요지는 강할 '강'에 놈 '자' 자를 쓴 이른바 '강자론'이었다. 인간이란 동물은 자고로 육식동물이다. 육식동물은 약육강식과 동족포식이 자연의 섭리이고 인간 역시 여기서 한 치를 벗어나지 못한다. 단지 인간이 여타 육식동물과 다른 것은 생각하고 궁리한다는 차이뿐. 세상은 여전히 또 다른 작태로 약육강식과 동족포식이 행해지고 있다.

완력만으로 강자가 될 수 없고 완력이 없다 치더라도 강자가 될 수 없는 건 아니다. 먹이 사슬 하위종 인간이 동물의 최상위종에 올라선 것은 간사하고, 교활하고, 욕심 많고, 이기적이기 때문이다. 자신의 이해득실에 따라 아첨하고, 속이고, 모략하고, 배신하고, 위해하기를 주저하지 않는다. 이 또한 생각하고 궁리한 끝에 나온 산물이다.

그런즉 강자가 되기 위해선 더 많이 생각하고 궁리해라. 세상살이에서도 최소한의 요건이다. 강자의 덕목은 절제와 관용이지만 위선과 기만에도 능해야 한다. 상대방 말과 행동의 속뜻을 살피고 헤아려야 한다. 동무는 가려 사귀고 믿지 못한다면 등 뒤에 두지 말아야 한다. 저잣거리 왈패나 막돼먹은 개백정이라도 언행이 일치하면 사귈 만하다. 적은 만들지 않는 게 상책이고 싸우지 않고 이기는 게 중책이다. 하책으로 굳이 싸운다면 수단을 가리지 않고 싹을 잘라야 한다.

뜻을 이루려면 그에 대한 경험과 지식을 쌓아라. 경험과 지식 없이 절대 일을 벌여선 안 된다. 일을 행함에 있어 급소와 맥락 파악이 가장 중하고 그것은 경험과 지식에서 나온다. 헛돈, 헛시간 쓰지 않고 몸과 마음을 축내지 않는 길이다. 미련한 족속들이 객기나 얇은 귀로 뛰어들어 거덜 내고 아작나는 것이다. 조급함이 일을 그르치니 급할수록 서둘지 말고 돌아가야 한다. 세상은 잘 살면 되지 성실히 살 필요는 없다. 잘 사는 것과 성실히 사는 것이 엄연히 다름을 깨달아야 한다.

사회 규범과 통념에 연연하지 말라. 쥐고 가진 놈들이 손쉽게 개돼지를 부리기 위해 엮어 놓은 굴레와 허울일 뿐이다. 굴레와 허울에서 헤어날지 말지는 오롯이 자신 몫이다. 세상은 고릿적부터 사람됨이 오를 자리를 만들지 않고 오른 자리가 사람됨을 만들었다. 사람 위에 사람 없고 사람 밑에 사람 없다. 상대의 신분에 머리 숙이지 말고 하는 말과 행동을 눈여겨야 한다. 자신보다 뛰어나면 인정하되 복종치 말고 넘어서려 애써야 한다. 못 배우고 없는 게 죄가 아니라 처지를 부끄럽게 여기고 비굴히 처신하는 게 죄다.

인간에게 기대하지 말라. 인간은 자신의 이득에 부합치 않으면 언제든 등을 돌린다. 자신이 곤경에 처했을 때 가까웠다고, 베풀었다고 내 편이 돼 주고 도와주리라는 건 오산이다. 인간의 본성은 원래 은혜를 모르고, 변덕스럽고, 뻔뻔하고, 야비하기 때문이다. 고로 득 될 게 있다면 가까이하지 않아도 천연덕스럽게 다가가고 베풀지 않아도 달라붙어 입안의 사탕처럼 군다. 간, 쓸개 다 내줄 것처럼 알랑대다가도 수 틀어지면 금세 돌아서고 시샘과 분에 못 이겨 해마저 입힌다.

"절대 강자가 되기 위해서는 과신하지 말고, 무리 짓지 말고, 소양과 평정심을 갖추는 데 힘써 나아가고, 인간을 냉철히 판단하고 유하게 대해야 하느니라."

"중생은 죽어서도 그 업에 따라 육도의 세상에서 생사를 거듭하니 현세에 있는 동안 공덕을 쌓아야 하느니라. 도적질하거나 빼앗지 말며, 가난한 자에게 베풀고, 약하고 어려운 자를 도와야 하느니…… 이리 말해 봤자 네까짓 게 무얼 알겠냐마는 훗날 인생사 고달프면 깨치리니 끌끌."

타이어와 부속을 갈아 끼운 완행버스는 네 시간이 지나서야 한갓진 촌길 정류장에 멈춰 섰다. 열이 손에는 엄마가 바리바리 싸 준 음식과 파란 비닐 대나무 우산이 들렸다. 열은 정류장 건너편 마을 오르는 어귀를 어정쩡히 바라보았다. 엄마 말대로 어귀 너머에 집이 한 채 보였다. 암자가 아닌 다 쓰러져 가는 슬레이트 지붕 집이었다. 녹슨 길쭉한 연통 위로 허연 연기가 희끄무레 피어올랐다.

마당에 들어서자 삼촌 스님이 군불아궁이를 지펴 축축한 구들장을 말리고 있었다. 그런 삼촌 스님을 뒤쫓아 싸 온 음식으로 점심을 차리고 밥상 앞에 마주 앉았다. 밥상에는 북어 뭇국과 흰쌀밥에 두부전, 소고기전에다 양념 된 조기구이가 올랐다.

"그래, 어머니는 별고 없으시고?"

"예, 스님."

"됐다, 고만해라. 절에서 쫓겨났으니 삼촌이라 부르거라."

"……예, 삼촌."

"지난 꿈에 네 아비가 하도 생생하게 보여 널 불렀느니라."

"예……."

"그래, 이제 학교 졸업하고 무얼 할 생각이냐?"

"군대도 갔다 와야 하고, 아직까지 마땅히 생각한 게……."

"너는 지질맞아도 먹고사는 데는 걱정 없을 팔자니 너무 염려하거나 서두르지 말거라. 네 사주는 외로울 '고'가 못처럼 박혀 있어 좋은 사람과 인연을 소중히 해야 하나 기대하지는 말고."

"예, 삼촌."

"자, 먹자."

삼촌 스님은 반주로 따라 놓은 소주잔을 들었고 열도 숟가락을 집어 들었다. 조용히 숟가락 젓가락만 오가다가 삼촌 스님이 다시 말을 떼었다.

"나는 네 어미 걱정과 다르게 네가 밖으로 싸돌아다녀도 괜찮다고 생각하느니. 공부 머리도 안되고, 집에 돈이 있는 것도 아니니 그나마 할 줄 아는 것에서 먹고살 방도를 찾아야 할 게 아니냐. 다행히 너는 토가 많은 사주라 스스로 네 한 몸은 챙길 수 있을 것 같고…… 그렇다고 깡패 짓거릴 해선 절대 아니 되고."

"예, 삼촌."

열이 대답하고는 두리번거리며 삼촌 스님에게 조심스럽게 물었다.

"삼촌, 여기서 쭉 계실 겁니까……."

"왜 궁색해 뵈느냐? 내쫓긴 했어도 용전을 꼬박꼬박 통장에 넣어 주는 걸 보면 아직 내가 그 절에 쓸모가 있는 모양이다. 내 뜻을 전했으니 도로 돌아갈 수 있을 터 괘념치 말거라."

"예, 삼촌……"

삼촌과 조카는 이내 말문을 닫았고 진진한 밥상을 물릴 때까지 숟갈질 젓갈질이 줄곧 되었다.

*

전도관 '감람나무' 박태선은 호생기도원 '주님' 김종규를 낳고 호생기도원 주님 김종규는 장막성전 '어린종' 유재열을 낳고 장막성전 어린종 유재열은 신천지 '이긴자' 이만희를 낳았다. 재림예수 '이만희'를 일으킨 자가 유재열이었고 재림예수 '유재열'을 눈뜨게 한 자가 김종규였으며 재림예수 '김종규'를 키워낸 자가 후에 창조주마저 된 박태선이었던 셈이다. 이들은 성경 교리에 심취하고 신비 체험을 하면서 하나님으로부터 자신이 재림예수임을 계시 받은 공통점이 있었다.

한국기독교계 이단 사상 가장 나이 어린 교주는 대한기독교 장막성전 '어린종' 만 17세의 유재열이었다. 국제종교문제연구소 탁명환(1937-1994) 소장의 저《기독교 이단 연구》에 따르면 유재열은 충북 청주 출생이다. 1949년생으로 부친 유인구와 모친 신종순 사이에서 장남으로 태어났다. 고 이 자퇴할 때까지 성남(광주대단지) 한 고등학교의 촉망받던 기계체조 선수였다.

유재열의 대한기독교 장막성전은 거슬러 올라 호생기도원에서부터 줄기가 시작된다. 1964년 동작구 상도동 사자암 아래 호생기도원이라는 사이비교를 차린 이가 김종규(본명 김용기)였다. 김종규는 1925년 강원도 인제에서 출생했다. 스물셋 때 경찰에 투신해 6·25 전쟁 동안 가족 모두를 잃는 아픔을 겪었다. 그 충격으로 십여 년간 정신병과 합병증을 앓았다. 병을 고치기 위해 박태선 전도관을 전전하다가 어느 날 하늘의 계시를 들었다.

계시를 좇아 고향에 내려와 교회를 다니게 되고 사흘 만에 지병이 낫는 성령을 체험했다. 이를 토대로 서울에 올라가 사자암 아래 방을 빌려 첫 기도회를 연 것이 출발이었다. 신유, 안찰, 방언, 통변 등의 신비 체험을 앞세워 종말론을 교리화하고 주로 치병으로 교세를 확장했다. 김종규는 "호생기도원이 말세의 피난처요 지상천국이며 주의 재림이 이곳에서 이뤄지리라." 전파했다. 신도들은 그를 '주님' '아버님'이라고 불렀다.

처음 십여 명이던 신도는 점차 불어 오백여 명에 이르렀다. 거기에는 중국어 방언을 은사한 유재열 모 신종순과 뒤따른 부 유인구, 외삼촌 신종환이 끼어 있었다. 유재열이 그곳을 드나든 것은 기계체조 일본 원정 전 혹여 일본어 방언을 받을 수 있을까 해서였다. 유재열은 그렇게 호생기도원을 다니다 예수의 환상을 보고 열성 신도가 되었다. 이후 계시에 따라 학교를 그만두었고 강필, 통변의 은사를 입었다.

1965년 초 한창 교세가 일던 호생기도원에 분란이 휩싸였다. 김종규가 기도원에서 여신도들과 문란하게 정사를 벌인 게 원인이었다. 육십여 명의 여신도와 관계한 것이 드러나 반대파에 의해서 쫓겨났다. 내쫓긴 김종규를 재림예수라 떠받든 오십여 명이 붙좇았고 여기에 유재열 가족도 있었다. 김종규와 따르는 무리는 청계산 저수지가 있는 과천면 막계리로 거처를 옮겨 갔다. 그 시기 부 유인구는 월북한 동생 유인수의 의사 면허증으로 의사 행세하며 생계를 이어 갈 때였다. 옮겨 와서 과천 삼거리에 의원을 개업하지만 얼마 안 가 폐업했다. 진료 환자들의 갖은 죄상이 훤히 투시돼 보이더니 '간판을 떼라'는 계시를 하늘로부터 받던 것이다.

이곳에서도 김종규의 여색을 탐하는 버릇은 고쳐지지 않았다. 재차 여신도들과 불륜을 저지른 일이 탄로 났다. 기도원 야간 경비 중에 실상을 목격한 유재열이 주위에 알렸고 소문이 퍼졌다. 유재열 가족을 위시한 스물일곱 명은 이탈하기로 작정하고 과천 삼거리 유인구 집에서 모임을 하게 된다. 유재열이 두루마리를 받아먹고 지구가 피 흘리는 현시를 목도했다는 신도들이 바로 이 사람들이었다.

장막성전의 창교 신화는 거룩했다. 1966년 3월 1일 유재열이 우물가에서 몸을 씻고 있는데 갑자기 형체 모를 빛이 강렬하게 비췄다. 놀라 씻다 말고 방 안으로 뛰어들자 빛도 따라 들었다. 유재열은 그 자리에서 돌연 쓰러져 버렸다. 이 광경을 지켜보던 스물일곱 명의 신도 중 유인구 눈에 환상이 영상처럼 스쳐 갔다.

유재열이 두루마리를 먹고 있었다. 다 먹은 뒤에는 누운 채로 종이테이프 같은 것을 입안에서 계속해 끄집어냈다. 그러더니 그것이 한 권의 성서가 되었다. 성서를 펼쳐보던 유재열이 홀연히 눈물을 흘리며 울었고, 또 한 장을 넘기고는 이마를 찌푸리며 인상을 썼다. 하나님의 심판을 보았기 때문이다. 유재열이 두 손을 모으자 손 위로 지구 모형이 나타났다. 지구 모형을 두 손으로 돌리다가 이를 갈면서 힘주어 부서뜨리니 피가 흘러내렸다. 저 때 유재열이 펼쳐보았다던 성서 구절이 에스겔 2장 8절에서 10절까지와 요한계시록 10장 9절에서 11절까지였다.

4월 4일 유인구와 신종환의 주도로 여덟 명은 청계산 윗녘에 '증거장막'이라는 초막을 짓고 들어간다. 부 유인구, 외삼촌 신종환, 유재열, 김창도, 정창래, 김영애, 백만봉, 신종환 아들 신광일이었다. 그들은 그로부터 성령의 뜻대로 기도에 임했고 바야흐로 '대한기독교 장막성전'의 서막이 올랐다. 육 개월이 다 되어 갈 즈음 유인구를 통해 하나님의 음성이 들려왔다. 유인구는 하나님의 영을 받들어 임마누엘 왕이 되었다. 임마누엘 왕은 남은 일곱 명에게 성스러운 영명을 내렸다. 모세(신종환), 삼손(유재열), 미카엘(김창도), 사무엘(정창래), 디라(김영애), 솔로몬(백만봉), 여호수와(신광일)였다.

이들은 성령과 보혈을 하나님과 언약한 증거로 삼았다. 하나님 말씀을 듣고 공책에 받아쓰셨다는 언약서와 자신들의 동맥을 잘라 받아 냈다는 링거병 두 개의 보혈급 피였다. 이로써 여덟 명은 왕과 천사와 제사장으로 거듭났다. 일곱 목사와 장로(모세)의 탄생이었다. 신천지 총회장 이만희가 쓴《요한계시록의 실상》에는 조금 차이가 있다. 호생기도원 김종규의 부정을 보고 이탈한 여덟 명이 과천 유인구의 집에서 다락방 모임을 가졌다. 이때 청계산에 올라가 백 일간 양육을 받으라는 하나님의 계시가 있었다.

"나는 선지자의 영이 아니고 여호와의 성신이니 지금 내가 하는 말이 곧 법이니라. 나는 임마누엘 왕에게 명하고 임마누엘 왕은 천사들에게 명하고 천사들은 백성들에게 명하라. 백성들은 천사들에게 순종하고 천사들은 임마누엘 왕에게 순종하고 임마누엘 왕은 나에게 순종하라. 이 언약과 선지자와 사도들로 전한 약속을 믿고 지키면 삼 년 반 안에 약속한 모든 것을 이루어 줄 것이고 만약 지키지 아니하면 머리 위에 준 것을 거두리라."라는 조건부 언약을 하고 백 일 양육에 들어갔다고 쓰였다.

성령으로부터 양육을 받은 여덟 명은 9월 24일 장막성전을 내걸고 본격적인 선교에 돌입했다. 장막성전이 막계리에 들어서면서 김종규의 호생기도원과 대결하는 양상을 띠게 된다. '멸망의 가증한 것'(마24:15)이라 다그치고 겁박해 결국 김종규를 몰아내고 호생기도원을 장악했다. 또다시 쫓겨난 김종규는 충북 증원군 천둥산으로 옮겨 몇몇 신도와 집단 생활하다 소멸되었다.

신천지의 뿌리였던 장막성전의 종내 뿌리는 호생기도원인 셈이었다. 하나님과 맺었다는 언약서와 지은 죄를 대속한다는 보혈급 피는 유재열의 신통한 '성경 짝 맞추기'와 맞아떨어져 급속도로 신도를 끌어모았다. 맞물려 양주군 덕소 신앙촌에 대형 화재가 발생해 많은 전도관 신도들이 유입됐고 장막성전의 종말론에 열광했다. 이때 넘어온 이들 중 한 명이 신천지 총회장 이만희였다.

교세가 크게 늘자 어디나 그렇듯 권력 다툼이 일어났다. 장로들을 중심으로 한 아버지파와 목사들을 중심으로 한 어린 종파로 갈렸다. 도화선은 부자간의 불화였다. 유재열이 서울 등지에서 가정 예배를 보는 날에는 유인구가 유달리 좋아하는 통닭을 사 와야 했다. 어쩌다 빈손으로 돌아온 날에는 야단맞았고 어떨 때는 얻어터지기까지 했다. 또 아버지의 지나친 간섭에 대들다가 맞은 적도 여러 차례 있었다. 신도로부터 어린 종님으로 신격화된 유재열은 아버지의 부당한 처우로 체면과 권위가 말이 아니었다.

갈등의 시발점은 하잘것없는 통닭이었지만 곧 교리 해석 싸움으로 번졌다. 유재열은 아버지와 갈라선 것을 두고 "나의 계시와 아버지의 계시가 전에는 같았으나 이후 계시가 같지 않음을 보면서 아버지가 사탄의 계시를 받고 있음이 틀림없다."라고 했다. 유재열은 장막성전의 7천사·8군왕에 대해 해석하기를 "내가 일곱 천사 중의 한 천사이며 팔 군왕은 일곱 천사에다 모세 장로까지 합한 숫자"라고 했다. 이에 반해 유인구는 "일곱 목사가 일곱 천사이며 팔 군왕은 장로들 중에서 나온다."라고 했다. 더욱이 두루마리를 먹은 것이 삼손이 아니라 임마누엘 왕인 자신이었다고 주장했다.

마침내 1967년 6월경 아버지 임마누엘 왕이 아들 삼손에 의해 축출되는 사태가 벌어졌다. 장막성전을 이끌었던 유인구가 하나님과의 언약서를 불사르고 떠나 버린 것이다. 서울의 모 회사 사장이 마련해 준 집에 칩거한 유인구는 거의 미치다시피 상태가 악화됐다. 이 년 뒤 장막성전으로 돌아왔으나 계시와 환상을 보지 못했고 죽은 사람이나 다름없이 지냈다. 그럼에도 유재열은 자신과 아버지를 요한계시록의 '두 증인'으로 내세웠다.

보혈급 피로 십자가를 그린 사령장 직인은 임마누엘 왕 유인구에서 삼손 유재열로 바뀌었다. 이 무렵부터 장막성전은 폭발적인 교세 성장을 이뤄 낸다. 하나님의 영을 받은 어린 종은 마태복음 24장 22절 '그날들을 감하지 아니하면 모든 육체가 구원을 얻지 못할 것이나 그러나 택하신 자들을 위하여 그날들을 감하시리라'를 들어 시한부 종말론을 예언했다.

그날이 1969년 9월 1일이었다. 두루마리로 성경을 만들어 낸 1966년 3월 1일을 기해 정확히 삼 년 반인 천이백육십 일 후였다(장막성전 성탄절인 3월 14일을 기점으로 1969년 9월 14일이라는 당시 신도의 증언도 있다).

어린 종은 "하나님의 말세 심판이 임하고 세상은 아마겟돈 환란이 일어나 불바다가 되리니, 오직 심판의 유일한 피난처인 장막성전 안으로 들어온 십사만 사천 명만이 구원받으리라. 심판이 끝나고 불바다가 잠잠해지면 새 하늘과 새 땅 신천지가 열리리니, 이 신천지에서 구원받은 자들은 전 세계의 왕이 되어 각 지역을 다스리리라." 설교했다. 불과 오륙십 명이 살던 촌락은 각지에서 몰려들어 이 년 만에 팔백 세대 오천 명에 달하는 군락을 이뤘다. 신도들은 사령장을 받으려 앞다투었고 구원의 증표인 '인'을 맞기 위해 거액을 헌납했다. 전 재산을 갖다 바친 이도 부지기수였다.

신도들이 구원받기 위해 재물과 믿음을 다하는 동안 정작 교주 유재열은 무심했다. 불바다 심판에도 개의치 않고 신도들의 헌금으로 1968년 봄에는 과천 너머의 서울 사당동에 금은방을 차렸다. 또한 자신의 호화 주택을 지었고 고급 승용차를 탔다. 요정, 나이트클럽, 호텔 등지에서 여인들과 밤낮없이 향락을 일삼은 건 말할 것도 없었다.

말세가 닥친다는 1969년 9월 1일 아무 일이 일어나지 않았다. 재차 예언한 9월 14일, 9월 30일, 11월 1일 역시 아무 일이 일어나지 않았다. 말세 심판이 불발되자 이만희를 포함한 신도들이 대거 이탈했다. 이듬해 4월경 솔로몬 백만봉이 성남에 장막성전을 본뜬 재창조교회를 세웠다. 뒤이어 여호수와 신광일과 모세 신종환이 합세했고, 후에는 이만희도 뒤따랐다.

그러는 사이 나머지 장막성전 신도들은 하루하루 피가 말라갔다. 대부분 전 재산을 갖다 바쳐 오갈 데 없는 처지였고 유재열이 저당 잡힌 부채마저 떠안아야 했다. 검찰 수사 결과 막계2리에서는 이십여 명의 영양실조 사망자가 나온 것으로도 밝혀졌다.

1971년 9월 이만희가 사기·공갈·폭행 등 혐의로 유재열과 김창도를 고소했다. 1975년 9월에는 유재열 일당 관련 진정서가 경찰에 접수됐다. 유재열의 비서를 지낸 김 모 씨 등이 교주와 목사들의 만행을 폭로해 엄벌을 촉구했다. 그제서야 유재열과 김창도 등 네 명이 사기·공갈·무고·폭력 행위 등 처벌에 관한 법률 위반 등 혐의로 구속됐다.

이 사건이 신문과 방송에 보도되면서 유재열의 장막성전은 세간의 큰 관심을 끌었다. 1976년 2월 14일 검찰은 교주 유재열에게 징역 15년을 구형했지만 재판부는 징역 5년을 선고했다. 같은 해 7월 1일 항소심에서는 어찌 된 영문인지 재판부가 원심을 파기하고 징역 2년 6개월에 집행유예 4년을 선고했다. 풀려난 유재열은 1980년 미국으로 떠났고 1985년 한국에 돌아왔다.

그 후 건설 회사를 설립해 현재는 부동산으로 막대한 부를 쌓아 올렸다. 종국에 가서는 장막성전 유재열이 또다시 이 땅에 '재림예수' 여럿을 태생시킨 결과를 초래했다. 신천지예수교 증거장막성전 '이만희'가 그랬고 재창조교회 '백만봉'과 천국전도복음회 '구인회'가 그랬고 실로등대교회 '김풍일'과 무지개장막성전 '심재권' 등이 그러했다.

4

임표체읍 부지소운

*

　재용이 텅 빈 교실에서 긴 다릴 책상 아래로 뻗은 채 걸상 등받이에 기대 천장을 올려다보고 있었다. 멀뚱히 그러고 있을 때 교실 뒷문이 급작스레 열렸다. 자발없이 주간에 빌붙어 수업받던 반장이 허겁지겁 '꼰대가 급히 찾는다'며 빨리 교무실로 가 보라 했다. 야간 대부분은 취업반이라 현장 실습 핑계로 학교를 안 나왔고 진학반 서넛은 주간 진학반에 얹혀 수업을 들었다. 개중에는 취직이든 진학이든 관심 있는 애도 있으련만 선생들은 야간 애들이 출근하든 출석하든 별반 관심 없었다. 계단을 내려 복도를 지나는 동안 누구 하나 맞닥뜨리지 않았다. 교정의 목련은 춘삼월 호기는 간곳없고 파리한 이파리에 알알이 맺힌 열매가 주홍빛을 더했다. 덩그런 학교는 쌀쌀한 가을 날씨만치나 쓸쓸했다.

　재용은 교무실 문을 찬찬히 열고 들어섰다. 저쪽 교감 자리에서 교감, 학생 주임, 담임이 모여 속닥거렸다. 문 열리는 기척에도 본척만척 대화를 계속했고 자못 심각한 분위기였다. 서 있는 재용에게 담임은 자기 책상 쪽에 가 있으라는 듯 제 책상을 손가락으로 가리켰다. 담임 옆자리 의

자를 끌어와 앉고는 곁눈질로 동태를 살폈지만 왜 불렀는지 가늠할 수 없었다.

대화를 끝내고 교감과 학생 주임은 교장실로 가는 눈치였고 담임은 다가오며 담배를 꺼내 물어 불을 붙였다. 담임이 자리에 앉자마자 재용이 입을 열었다.

"무슨 일로 부르셨습니까? 선생님."

"재용아…… 일이 생겼다."

"예?"

"글쎄…… 동욱이가 오늘 아침에 연탄가스 중독으로 죽었다고 경찰서에서 연락이 왔다."

"예에? 정말입니까?"

"……."

"하…… 그럴 수가……."

재용은 친구 동욱이 죽었다는 말이 실감 나지 않아 얼빠진 표정으로 담임을 바라보았다. 담임은 무언가 생각하는 척하다가 말을 이었다.

"네가 동욱이하고는 많이 친했지. 동욱이 부모님이 고향 섬에서 식당을 하신다고?"

"예. 거기 해수욕장에서 아버님, 어머님이 횟집을 하고 계십니다."

"……세 든 집주인이 발견했는데 고향 집 연락처를 잊어버려 경찰서에서 학교로 전화를 해 왔다. 고향 집에 연락을 해 줘야 하는데 어떻게 말해야 할지 참……."

스승은 제자가 죽었다는 얘기를 그의 부모에게 차마 말할 용기가 없단 건지, 난처하단 건지 알 길 없었다. 담임 안색이 난처한 것만은 틀림

없었다. 보아하니 학교는 책임이 없는 걸로 잠정 결론지었고 담임은 죽은 자기 반 아이의 뒷수습이 걱정이었다.

"내가 수업 때문에 당장 못 가니까 우선 재용이 네가 경찰서와 병원에 들러 상황 알아보고 나서 나한테 전화해라. 그러면 동욱이 부모님께 연락하고 병원으로 갈 테니까."

"예……."

담임은 양복 안주머니에서 지갑을 꺼내 천 원짜리 세 장을 건넸다.

"바로 택시 타고 가고."

"알겠습니다……."

교무실을 나와서도 재용은 기막히고 막막해 어쩔 바를 몰랐다. 얼빠진 사람처럼 교문으로 힘없이 발걸음을 옮겼다. 이동욱은 삼 년 내내 옆에서 지지고 볶던 단짝이었다. 남쪽 끝 섬마을에서 중학교 마치고 올라온 섬놈이었고 삼 남매 중 맏이였다. 취업반인 동욱은 이 학기부터 현장 실습생이 되었고 재용은 맘이 바뀌어 진학반으로 옮겨 갔다. 그는 항상 형 노릇 하려 들어 애들 사이에서 '영감'으로 통했다. 어른스럽게 굴기도 했거니와 거무튀튀한 생김새에 이마 주름살이며 능글맞은 짓거리가 영락없었다.

누가 영감 아니랄까 고 일 생활기록부 장래 희망란에 '착한 남편'이라 적어 내 혼쭐나기도 했었다. 진심으로 예쁜 마누라 얻어 토끼 같은 자식 낳고 알콩달콩 사는 게 꿈이었다. 그러기에 자동차 회사 지방 공장 취업이 목표였고 야간 주제에 제 나름 열심히 준비했다. 작년 여름 방학에는 그의 꼬드김에 열과 현준일 데리고 사박 오일 동욱의 집을 놀러 갔었다.

재용은 지난여름 파란 했던 동욱과의 무용담이 애달픈 추억거리가 돼 버려 더더욱 착잡했을 게다.

하기야 지난 한 해에만 연탄가스 중독사고로 사천이백 명이 죽고 중증 환자가 십칠만 명에 달했다. 이 역시 가구 일부의 조사 결과를 대입한 전국 표본에 불과해 정확한 통계조차 없었다. 주로 못사는 동네에서 일어난다지만 교수도, 교장도 죽어 나갔고 판사도 실려 나가는 판국이었다. 정부는 매년 때만 되면 대책 세운다고 법석을 피웠으나 말뿐이었다. 십여 년간 연구·조사에 투입했단 비용이 고작 강남 아파트 한 채 값에도 못 미쳤다.

게다가 시행한 대책이라곤 딸랑 '아이디어 공모전' 하나가 다였다. 중독 환자에 구세주와 같은 고압 산소 치료기도 전국 대형 병원에 겨우 한 대씩 설치돼 턱없이 부족했다. 심지어 일본 정부가 10인용 고압 산소 치료 시설을 기증하겠다고 나섰어도 운영할 예산이 없었다. 낯부끄럽지만 주는 떡도 못 받아먹는 처량한 신세가 바로 이 나라의 현실이었다.

재용은 교문을 나서다가 제정신이 들었는지 발걸음을 되돌렸다. 걸음을 주간 진학반으로 재촉해 담임이 반장을 찾는다고 불러내었다.

복도를 벗어나자 재용이 반장에게 다짜고짜 물었다.

"너 반 비상 연락망 가지고 있지?"

"갑자기 비상 연락망은 왜? 무슨 일 있어?"

"……동욱이가 오늘 아침에 연탄가스로 죽었단다."

"정말이야?"

"그럼, 이런 걸로 거짓말하겠냐……."

"……."

풀 죽은 목소리에 아무 소리 못 하자 재용은 담임에게 받았던 삼천 원 중 이천 원을 반장 손에 쥐여 주었다.

"어렵겠지만 어떻게든 비상 연락망으로 반 전체에 연락 좀 해라. 얼척 없이 죽은 것도 서러운데 외롭게 혼자 보낼 순 없잖냐. 나도 꼰대 대신 경찰서하고 병원 갔다 와서 동욱이랑 가까웠던 애들한테 연락 돌릴 테니까."

"연락한다고 애들이 올까?"

"만약 못 온다는 넌들한텐 내가 그러더리고 헤. 동욱이 얼굴 한빈 띠올려 보고 못 온다고 하라고. 반장, 너도 동욱이가 알게 모르게 많이 도움 줬잖아."

"알았어……."

"진학반 야간 애들한테도 말해서 도움받고. 내일 아침 열 시까지 삼거리 병원 앞에서 모이는 걸로 하자. 복장은 교련복으로 통일하고. 나한테 연락 할 게 있으면 마로니에로 전화해라. 밤 열 시까지는 거기 있을 거니까."

그는 문간방에서 추리닝 차림으로 누워 숨졌다. 몸뚱이는 이미 부패 했고 세 평 남짓한 방 안은 사체 썩은 냄새로 고약했다. 사흘 하고도 한 나절쯤이라고 추정했다. 추워진 날씨에 올 들어 처음 연탄을 땐 것이 화 근이었다. 아궁이 굴뚝과 연결된 가스 배출기가 고장 나 벽 틈새로 스며 든 연탄가스에 중독돼 사망했다. 창문과 방문이 모두 닫혀 있어 통풍마 저 되지 않았다. 사흘 넘게 회사도 몰랐고 학교도 몰랐고 집주인도 몰랐고 친구도 몰랐던 것이다.

재용은 병원 공중전화 부스에서 담임이 동욱 부모와 통화 끝내기를 기다리고 있었다. 자식 죽었다는 전화는 배 타고 읍내 나간 남편 대신 어머니가 받았다. 동욱 어머니는 까무러쳤고 다행히 옆에 고모 내외가 있어 고숙이 전화를 넘겨받았다. 동욱 아버지에게 긴급히 연락을 취하겠지만 당장 올라갈 순 없을 것 같다며 안절부절못했다. 내일 아침 첫차가 되든, 택시를 대절하든 최대한 빨리 올라가 오전 중에는 도착하겠다고 했다.

"선생님, 통화는 되셨습니까?"

"오늘 올라오는 건 안 될 것 같고, 낼 오전 중에는 도착하시겠다고 그런다."

"알겠습니다."

"그럼, 나도 낼 학교 출근했다가 열 시경에 병원으로 갈 테니 너도 시간 맞춰 병원에서 보자."

"……."

"왜? 무슨 문제라도 있냐?"

"……허망하게 죽은 동욱일 외롭게 보낼 수 없어서 반 전체가 참석하기로 했습니다. 학교에선 야간이라 별 신경 쓰는 것 같지도 않고요. 사전에 말씀드리지 못해 죄송합니다."

"흠……."

재용이 동욱 장례에 올지 말지 모르는 반 애들을 전체가 온다고 말해버렸다. 담임은 그냥 짧게 "낼 보자."라며 전화를 끊었다. 담임이 거기까지 미처 생각지 못해 무안했는지, 무엄하게 굴어 기분 나빴는지는 알 수 없었다. 그날 저녁 반장이 제구실 한 덕택에 마로니에는 전화가 끊이지 않았고, 반장과 몇은 찾아와 내일 일을 상의했다.

다음 날 열 시 되기 전 재용과 반장 그리고 동욱과 가까웠던 대여섯이 미리 만났다. 십시일반 거둬들인 돈으로 병원 장례식장 매점에서 흰 장갑을 사 왔다. 시간이 되자 삼거리 병원 앞에는 교련복 입은 애들 사십여 명이 모여들었다. 열과 현준도 교련복 입고 느릿느릿하니 나타났다.

"왔냐."

"쪽팔리게 교련복은……."

"현준이도 용케 빠져나왔네."

"둘도 없는 친구가 연탄가스로 죽어서 고향으로 옮기기 전에 꼭 가야한다고 우겼더니 보내 주더라."

재용의 인사말에 열과 현준은 침울한 얼굴로 씁쓸히 말했다.

애들한테 장갑 나눠 주며 각자 역할을 설명하고 있을 때 담임과 함께 교감, 학생 주임이 모습을 보였다. 선생들을 본 애들은 희색이 만면했고 선생들은 기특한 애들을 격려했다. 이어서 동욱이 실습 나갔던 선반 회사 사람들이 담임을 찾았다. 담임이 그쪽 회사에 연락해 오게 한 모양이었다.

열한 시가 넘어갈 즈음 병원 정문 차도에 먼지를 뒤집어쓴 장의차 한 대가 멈췄다. 시금털털한 중형 버스에서 초췌한 동욱 아버지, 어머니가 내렸고 고숙과 고모가 뒤이었다. 이제나저제나 기다리던 재용이 앞서 아버지, 어머니를 알아봤다. 애들은 사 열 종대로 늘어섰고 선생들과 회사 사람들이 그들을 맞았다. 어른들이 저쪽에서 얘기를 나누는 동안 애들은 흐트러지지 않고 그대로 있었다. 사죄와 위로와 사례의 말이 오가고 장례 절차가 논의되었다.

객지서 부모보다 먼저 간 자식이라 장례를 치르지 않고 화장해 고향 근처 바다에 뿌리기로 했다. 곧이라도 쓰러질 듯한 어머니는 고모가 부축해 장의차로 갔고 망연한 아버지 대신 고숙이 일 처리를 진행했다. 병원에서 수속 마치고 시신을 인도받아 병원 장례식장에서 염했다. 염이 시작되자 안에서 어머니와 고모의 애통한 곡소리가 하늘을 찔렀다. 어른들은 병원 뒤꼍에 있었고 애들은 염습실 밖을 둘러싸고 있었다.

오후 네 시가 돼서야 모든 게 끝이 났다. 애들 여섯이서 관을 메었고 재용은 맨 앞에서 메었다. 반장의 "전체에, 차려엇! 경롓!" 구호가 병원 앞마당에 울려 퍼졌다. 양옆을 이 열로 도열한 애들이 엄숙하게 경례를 붙였다. 영정 없는 관은 서서히 애들 사이를 빠져나갔다. 어른들도 숙연히 광경을 지켜보았다. 관을 멘 여섯이 화장터까지 따라나섰으나 아버지와 고숙은 한사코 말렸다. 그렇게 장의차는 털털거리며 고향을 향해 하염없이 떠났다.

모두가 자리를 뜨자 저만치에서 지켜보던 열과 현준이 다가와 착잡한 재용을 다독였다. 현준이 한숨 섞인 혼잣말로 "그나저나 동욱이랑 지낸 여름 방학이 엊그제 같은데……."라며 말끝을 흐렸고 "글쎄, 말이다……."라는 열의 말이 공허하게 들렸다. 재용은 지리했던 장마 끝에 유난스레 불볕더위가 기승부린 지난여름을 떠올렸다.

"암튼, 왕복 교통비만 있으면 된다니까 그러네. 숙식은 식당에서 해결하면 되고. 점심 두 시간, 저녁 두 시간씩 바쁠 때 식당 일 도우면 되고. 열심히 하면 동욱이 아버지가 용돈도 주실 거고."

"그으래?"

"갈 거야? 말 거야?"

"사 박 오 일이라……."

"열아, 우리 그러지 말고 가자."

재용이 열을 꾀었고 현준도 거들었다.

"야, 나 아니면 누가 이런 기획 만들겠냐. 글고, 비키니 입은 여대생들과 밤을 불태울지 누가 알겠냐고요. 하하하."

"히히."

"……."

그래도 열이 한동안 말 없자 재용은 다시 말을 붙였다.

"근데, 열이 니는 회 먹어 봤냐?"

"생선회? ……옛날에 한번 관장님 따라가 '아나고'는 먹어 봤지. 왜?"

"아니, 나는 한 번도 안 먹어 봐서."

"정말? 회도 한번 못 먹어 봤단 말이야?"

재용 말에 어이없다는 얼굴빛으로 현준이 끼어들었다.

"쩝, 먹어 볼 기회가 없었지."

"우린, 집에서 밥 먹을 때도 아버지가 회를 좋아하셔서 맨날 밥상에 올라오는데."

"그래, 니 팔뚝 굵어 좋겠다."

한 달여의 기나긴 장마가 끝나고 이제 막 바캉스 피크철에 접어든 월요일 늦은 오후였다. 셋은 체육관 대로변 점방의 길쭉한 나무 의자에 나란히 앉아 있었다. 체육관으로 찾아온 재용이 현준과 미리 입을 맞췄는지 한통속이 되어 열을 꼬드겼다.

말인즉슨, 재용의 학교 친구 동욱이네가 남쪽 섬 해수욕장에서 횟집을 하고 있다 했다. 할 일 없으면 내려와 식당 일 도우며 며칠 놀다 가라고 전화가 왔다는 거였다. 잠은 식당에서 자면 되고 끼니 제공에 회를 양껏 먹게 해 주겠다고 했단다.

그렇지 않아도 열은 요사이 집에서 지내기가 도통 거북스러웠다. 동생 숙이 국민학교 적 친구가 고아원을 도망 나와 집에 묵고 있었다. 방학인지라 계속 마주쳐 어색했고 빤스와 러닝만 입고 다닐 수도 없어 몹시 불편했다. 서울로 제 엄마 찾으러 갈 때까지 당분간 지 방 내주고 엄마하고 큰방에서 지내던 참이었다.

"……목요일 갔다가 월요일에 온다는 거지?"

"응. 거기는 금, 토, 일이 제일 바쁘다네."

"알았다아. 일단 관장님께 말씀드려 보고."

열은 대답과 동시에 벌떡 일어나 '체육관에 갔다 온다'며 곧바로 대로변을 건넜다. 관장에게는 놀러 다녀와 더 열심히 하겠다고 약속하고 간신히 허락을 받았다. 하루, 이틀도 아니고 나흘씩이나 관장이 체육관을 청소해야 하니 마땅했다. '쇠뿔도 단김에 빼랬다'고 관장 허락이 떨어지자 그 자리에서 친구들끼리 가는 난생 첫 바캉스 계획을 짰다.

이번 주 목요일 출발하기로 하고 필요한 것은 각자 나눠 준비키로 했다. 라디오 카세트와 카메라는 현준이 자랑삼아 가져오기로 했다. 재용은 소싯적부터 등산이 취미인 아버지의 텐트, 버너, 램프 등을 챙기기로 했다. 또 아버지 등산 배낭이 두 개 있다며 하나를 열에게 빌려주기로 했다. 뻘쭘한 열한테는 손전등, 물파스, 모기향을 맡겼다.

집에 돌아온 열은 혼자만 좋은 데 가는 것 같아 미안쩍은지 다음 날 저녁에야 말을 꺼냈다. 평소답지 않게 조심스레 얘기했더니 '얼른 가라'며 숙은 물론이고 엄마가 반색했다. 모녀는 내심 숙이 친구보단 하나뿐인 아들과 오빠가 적이 불편했었던 것 같다. 숙인 친구에게 눈치 보여 미안했겠고 엄마는 다 큰 아들 옆에서 재우려니 그러했겠다.

중앙 기상대가 폭염을 예고한 목요일 아침. 빈자리 없는 임시 증차 버스가 셋을 태우고 시외버스 공용터미널을 빠져나갔다. 버스는 찌는 무더위에 차창을 전부 젖힌 채 국도를 타고 헉헉대며 달렸다. 중간에 두 곳을 더 들렀고 버스 안은 발 디딜 틈 없었다. 가만있어도 땀이 흘러내릴 판에 앞뒤 양옆으로 부대끼니 비릿한 땀내가 진동했다. 거기에 으레껏 담배까지 피워 대 멀미가 날 지경이었다.

콩나물시루 버스는 또다시 한 시간을 달려 선착장에 도착했다. 종착지인 읍내 버스터미널 바로 못 미쳐 해수욕장으로 가는 선착장이었다. 선착장도 배를 타려는 사람들로 바글거렸다. 버스에서 내린 뒤 철부선에 실려 섬에 떨궈졌고 다시금 버스에 태워져서야 해수욕장에 다다랐다. 오후 네 시가 다 되어서였다.

재용은 꽃무늬 남방에 착 달라붙은 백바지가 미끈했고 맨발에 흰 쪼리를 꿰었다. 청록색 줄무늬 셔츠의 현준은 통 넓은 청바지를 입었다. 밑단 접은 청바지 아래로 빨간 로고의 가죽 운동화가 눈에 끌렸다. 학교에서 한 번 도둑맞고 두 번째 산 나이키였다. 열은 하얀 반팔 러닝에다 파란색 추리닝 한쪽 바짓가랑이를 무릎 아래까지 걷어붙였다. 평소 아껴 신던 '삼선' 들어간 '스파이크 운동화'와 깔이 맞았다. 재용과 열은 등산배낭을 어깨에 메었고, 한 손에 라디오 카세트 들고 카메라를 목에 건 현준은 여행 가방을 가슴에 가로질러 걸쳤다.

셋은 내린 버스 정류소에서 몇 발짝도 안 떼 환호성을 질렀다. 순간 누구랄 것 없이 배낭과 가방을 내려놓고 윗도리와 신발을 벗어던졌다. 뙤약볕에 타들어 가는 모래 바닥을 냅뛰어 바닷물로 뛰어들었다. 해수욕장은 구름 한 점 없는 하늘 아래 탁 트인 바다가 펼쳐져 수평선과 하늘이 맞닿아 있었다. 바다는 짙은 쪽빛이었고 하늘은 옅은 쪽빛이었다. 오른편 너머로 보이지 않을 것 같은 까마득한 다도해의 섬들이 올망졸망 한눈에 들어왔다.

활처럼 휜 해변은 아지랑이 피어오르듯 아물거렸고 해송 숲에 기대어 왼쪽으로 기다랗게 뻗어 있었다. 보드라운 은빛 모래가 오르내리는 파도에 쓸려 결 고운 소리를 내었다. 해변의 끝과 끝은 옹색한 방파제가 각기 작은 고깃배를 품었고 주위를 나직한 산이 감싸 안았다. 해변에는 알만한 회사들의 하계휴양소 천막이 쳐 있었고 파라솔도 군데군데 펴져 있었다. 피서객들이 들이닥치기 직전인지 해변은 북적대지 않았다.

한참을 첨벙거리다 나온 셋은 그 채로 배낭과 가방 챙겨 해변을 따라 걸어 올랐다. 만면에 웃음이 가시지 않는 현준이 들떠 물었다.

"열아, 여기 오길 정말 잘했지? 너무 좋지?"

"생각보다 괜찮네."

"기똥차겠지. 이 형아가 무얼 하면 대충하는 거 봤냐? 하하하."

"그래, 니 팔뚝 굵다."

열은 콧구멍 벌름대는 재용을 빈정거렸고 현준이 거푸 물었다.

"근데, 친구 식당은 어디야?"

"해변 끝이라고 했으니까 끝까지 가 보면 알겠지."

두리번거리며 해변을 걸어 가던 재용은 잠시 발길을 멈추었다. 해송 사이로 얼핏 비치는 허옇고 낡은 시멘트 배수 시설 쪽으로 방향을 틀었다. 재용의 느닷없는 행보에 현준이 말끄러미 쳐다보았다.

"왜? 머가 있어?"

"아니, 잠깐만 보고."

재용이 가까이 다가가자 현준은 뒤따랐고 열은 움직이지 않고 눈만 따랐다. 둘러보던 재용이 되돌아오면서 혼자 중얼거렸다.

"여기가 괜찮겠네……."

"머가?"

"……혹, 무슨 일 생겨 셋이 흩어지게 되면 일단 저기 뒤쪽에 모이는 걸로 하자."

"그게 무슨 말이야?"

"아니, '만사 불여튼튼'이라고 혹시 모를 일을 대비하자는 거지."

"여기서 무슨 일이 일어날 수도 있단 말이야?"

"사람 일이란 게 알 수 없으니까……."

재용은 무언가 떠올리는 듯한 낯빛으로 곱씹듯이 말했고 재차 뭐라 말하려다 입을 닫았다. 둘의 대화를 듣고 있던 열이 한마디 했다.

"남의 동네 와선 말쌈이라도 하는 거 아녀. 여긴 섬이라 내빼기도 힘들고."

"누가 우리한테 시비라도 건단 말이야?"

"……."

"별 쓰잘데 없는 걱정 말고. 그나저나 가슴 탁 트여 좋네."

"열아, 그렇지? 정말 좋지?"

"그니까, 그냥 만사 불여튼튼이라고 했잖아……."

십여 분 더 걸어가자 해변 끝머리가 모습을 드러냈다. 걸어오는 셋에게 저만치서 누군가 손을 흔들어 댔다. 동욱이 재용 일행이 올 때쯤에 맞춰 마중 나와 있었다.

"멀대, 왔냐! 기다리고 있었다!"

"하하하. 영감! 잘 지냈냐?"

"그래도 길 안 잃어 먹고 잘 찾아왔다?"

"버스가 미어터져서 죽을 뻔했다."

"좋은 디 오려면 그 정돈 감수해야제."

재용은 기껍게 맞는 동욱에게 열과 현준을 소개했다.

"이쪽이 내가 말한 동욱이고. 이쪽은 열이, 이쪽은 현준이."

"얘기 많이 들었다. 어서들 와라."

"만나서 반갑다."

"만나서 반갑다."

"점심도 못 먹었제? 가자. 어무니가 저녁 차리고 계신다."

"회는?"

"니는 그걸 말이라고 하냐."

동욱네 식당은 해변 끄트머리의 한 귀퉁이를 차지하고 있었다. 엮은 나뭇가지로 둘러싼 모래밭에 평상 여남은 개를 깔아 놓았고, 한 켠에 수족관과 주방을 두고 여느 식당처럼 꾸며 놓았다. 식당 위로는 굵고 긴 쇠봉에 노끈으로 매듭져진 값싼 방수포를 이리저리 덧대 쳐놔 비와 볕을 막았다. 너부죽한 평상은 밥도 팔고 술도 팔고 민박집 방 노릇도 했다.

그런 식당이 가지런히 이십여 개가 줄지었다. 또 그 양 끝으로 크지 않지만 서커스 천막 쳐 놓은 것 같은 디스코텍이 하나씩 들어서 있었다. 위편의 어촌마을은 집 담벼락마다 똑같이 민박 간판이 내걸렸다. 해변과 어촌마을을 구분 짓는 길거리에는 행인과 상인들로 어수선했다. 아케이드 게임장과 공기총 사격장 등이 자리했고 야비위 비스무레한 판때기 노름판도 벌어졌다. 리어카와 삼륜차도 먹거리, 재밋거리를 늘어놓고 오가는 피서객을 호객했다. 해변 저쪽에선 올긋불긋한 파라솔과 껌정 고무 튜브 빌려주는 곳이 햇빛을 받아 반짝거렸다.

식당에 들자 동욱 아버지와 어머니, 두 어린 동생이 반갑게 맞았다. 셋은 수건을 챙겨 해송 숲 텐트촌 앞에 있는 공동 세면장에서 씻고 돌아와 평상에 올랐다. 평상 위에 차려져 다 함께한 밥상은 오달지게 푸졌다. 아버지가 회 쳐 내온 우럭과 아나고는 흔한 횟집의 얄팍한 회와는 뿐새부터 달랐다.

큼지막이 듬성듬성 썬 거뭇하고 뽀얀 속살의 우럭은 탱글탱글 씹히는 맛이 감칠맛을 더했다. 하얀 고봉밥처럼 수북이 담긴 아나고는 뼈째 잘게 썰려 오돌오돌 씹힐수록 고소했다. 상추와 깻잎에 한 점 올려 마늘과 풋고추 얹고 막된장을 듬뿍 바른 쌈은 한입에 가득 찼다. 우럭 머리와 뼈로 끓인 매운탕 하며, 짭조름히 졸인 갈치무조림 하며, 이곳에서밖에 안 난다는 우럭조개 데침 하며…… 셋에게는 평생 기억되고 회자될 호사를 누렸다.

호사스러운 식사를 마치고 동욱이 당연하다는 듯 '자, 배불리 먹었으니까, 일 시작하자'며 일어섰다. 앞에서 듣기 겸연쩍은지 동욱 아버지와 어머니가 '친구들 오느라 피곤할 텐데 내일부터 하라'고 말렸다. 대번에 동욱은 '오늘부터 손발 맞춰 봐야 내일부터 잘한다'며 큰일이라도 날 것 같이 손사래를 쳤다. 그 말 들은 재용이 "하여간 누구 아니랄까 봐."라고 혀를 찼고 셋도 덩달아 일어섰다.

당장 온 날 저녁부터 식당 일을 시작했다. 점심시간 열한 시부터 한 시까지와 저녁시간 다섯 시부터 일곱 시까지 돕기로 했다. 동욱이 문 밖에서 손님을 끌어들이고 재용은 주문받고 현준은 쟁반 나르고 열은 설거지를 맡았다. 말할 것도 없이 회는 아버지가 쳤고 음식 장만은 어머니 몫이었다.

*

해수욕장에서의 하루는 짧디짧았다. 셋은 늦잠을 잤고, 일어나 바닷가를 산책하고 아침 겸한 점심을 게 눈 감추듯 비웠다. 점심때 식당 일을 돕고 나서 한바탕 물놀이로 더위를 식혔다. 껌정 고무 튜브는 동욱의 알음알이에 공짜로 빌렸다. 어머니가 내준 차가운 수박과 참외는 꿀같이 달았다. 모래찜질 채로 오가는 비키니 입은 여자 구경에 시간 간 줄 몰랐다.

현준이 주사위 두 개로 홀짝 맞추는 야바위판을 기웃거리자 재용이 끌어왔다. 한 판에 백 원 하는 물방개 뽑기는 누가 먼저랄 것 없이 들이덤볐다. 이천 원을 쓰고 기껏 삼백 원짜리 고무 물총 한 개를 건졌다. 플라스틱 권총 물총에 혹해 덤벼들었다 애먼 돈만 날렸다. 식당 일은 다들 체질에 맞았는지 손발이 척척 맞았다.

어제저녁에 이어 점심에도 꽤 많은 손님이 들었다. 아버지 말마따나 '여편네 잔소리에 이골 난 서방 놈마냥' 제구실을 톡톡히 해냈다. 동욱 아버지와 어머니의 흡족한 기색이 역력했다. 특히 재용의 서글서글하고 붙임성 있는 입담은 손님들의 호평이 잇따랐다. 현준은 시키면 시킨 대로 열과 성을 다했고 열두 설거지만큼은 후딱후딱 해치우는 기민함을 발휘했다.

이른 저녁을 먹고 저녁 시간 또한 적잖은 손님들로 바쁘게 보내고 있었다. 일곱 시가 다될 즈음 한 남자가 식당에 급히 들어섰다. 누굴 찾는 듯 휘둘러보고는 밖으로 나가 동욱과 수군거렸다.

남자가 쌩하니 돌아간 뒤 동욱은 식당 안으로 머리만 디밀고 재용을 불렀다.

"재용아! 빨랑 끝내자. 다 같이 갈 디가 있다."

"갈 데? 어딘데?"

"좋은 데!"

"아부지! 지 잠깐만 성길이 삼춘 가게 좀 갔다 올게요."

"성길이한텐 왜?"

"사람이 없다고 좀 도와달라고 그러네요."

"빨리 갔다 오너라."

현준은 방금 나간 손님상을 날랐고 그 자리를 재용이 말끔히 정돈했다. 열이 가져온 상을 깨끗이 설거지하고 뒷정리 후 셋은 밖으로 나갔다. 재용이 앞서가는 동욱에게 다시 캐물었다.

"진짜 어딜 가냐니까?"

"좋은 데."

"그러니까, 좋은 데 어디?"

"아따, 따라와 보면 알아야."

동욱이 뭐가 그리 바쁜지 종종걸음 쳤고 셋은 그와 보조를 맞추느라 종종대며 뒤쫓았다.

넷이서 간 데는 식당촌 양 끝에 있는 디스코텍 중 한 곳이었다. 성길 삼촌 가게가 다름 아닌 여기였다. 조금 전 남자는 성길 삼촌이라는 사람의 셋째 동생인 성식이 삼촌이었다. 입구에 이르자 저쪽에서 성식 삼촌이 젊은 여자 넷과 이리로 오고 있었다. 이십 대 초반쯤 돼 보이는 여자들은 핫팬츠와 민소매로 늘씬한 키와 볼륨 있는 몸매를 뽐냈다.

듣자 하니 사정이 이러했다. 초저녁 시간대 디스코텍을 들어온 손님들은 먼저 온 손님이 없으면 되돌아 나가 버렸다. 한여름이라 저녁 여덟 시까지는 사방이 대낮같이 훤해 저들끼리만 술 마시고 춤추기엔 민망했을 터이다. 이런 탓에 아가씨든 여대생이든 반반한 젊은 여자들을 공짜 술로 구슬려 초장부터 홀에서 놀게 했다. 항시 서너 팀을 섭외해 둬야 개장 시간에 한두 팀 정도가 와 주었다.

오늘따라 일곱 시가 다 되도록 한 팀도 오지 않았고 벌써 왔다 가 버린 손님이 두 테이블이나 되었다. 세 번째 들어온 남녀 쌍쌍을 서비스 술로 붙잡아 놓고 애가 타 여기저기 찾아다녔던 모양이다. 동욱이 아쉬운 대로 지 친구들이라도 괜찮겠냐 했더니 훤칠한 재용을 봤는지 와서 놀라고 했다는 거였다. 성식 삼촌은 여자 일행을 서둘러 들여보내고 조금 있다가 동욱 일행을 들여보냈다. 동욱은 자리만 만들어 주고 바삐 식당으로 돌아갔다.

디스코텍 안은 어스름했다. 사이키와 미러볼의 현란한 섬광 속에 나이트클럽에서나 봄직한 테이블 위의 빨간 캔들들이 시선을 잡아끌었다. 스테이지와 디제이 박스만 각목 엮은 바닥에 장판을 깔았고 그 외에는 모래 바닥이었다. 반바지 입은 웨이터가 병맥주 세 병과 마른안주를 내놨다. 언뜻 본 여자 일행 테이블에는 마른안주가 아닌 과일안주가 놓였다.

늘씬한 여자들은 스테이지에서 뒤엉켜 흐무러지게 춤을 추고 있었다. 현준은 첨 경험한 별세계에 어쩔 줄 몰라 붉게 상기되었고 열은 맨숭맨숭 따라놓은 맥주잔을 홀짝거렸다. 얼마 지나지 않아 손님들이 속속 들었고 뜨거운 한여름 밤의 꿈도 불어나는 손님 수만큼 불타올랐다. 불타오른 여름밤은 그렇게 무르익어 갔다. 요란한 음악이 끈적한 음악으로 바뀌자 그녀들은 테이블로 돌아왔다.

아까부터 여자 일행을 지켜보던 재용이 누가 말릴 틈도 없이 일어서 다가갔다.

"안녕하세요? 저기, 혹, 서울에서 오셨어요?"

앉아 있는 넷에게 재용은 두 손을 얌전히 모으고 환한 낯으로 공손하게 치근거렸다.

"……."

"왜요?"

모두 본체만체하다가 그중 다릴 꼬고 앉아 손부채로 쇄골에 흐르는 땀을 식히던 여자가 되물었다. 몸매와 달리 화장기 없는 얼굴은 청순했고 짧은 깻잎머리가 어울리는 여자였다.

"이렇게 아름다운 분들이 여기 분이라면 제가 모를 리 없을 텐데. 처음 뵙는 얼굴들이라서. 하. 하. 하."

그러면서 재용은 앉아도 되냐고 묻지도 않고 슬그머니 옆 빈자리에 앉았다. 아까 딴청 부린 여자 셋은 재용을 외면한 채 헛웃음 치며 킥킥거렸다.

지그시 응시하던 깻잎머리 여자가 웃음기 띤 눈빛으로 농 비슷하게 말을 던졌다.

"그런데 거기 분은 혹시 고삐리 아니세요?"

"에? 무슨 그런 실례의 말씀을. 제가 젖비린내 나는 고삐리로 보인단 말씀입니까? 하하, 어이가 제 뺨을 때리는군요."

"아, 네에. 그럼, 저기 일행 중 뚱뚱한 분은 고삐리 아니세요?"

"아, 쟤요……. 사실은 고등학생 사촌 동생인데, 바캉스 따라온다고 하도 떼써서 어쩔 수 없이 데려왔습니다. 하. 하. 하."

지가 봐도 변명할 여지가 없었는지 재용은 살짝 더듬거렸다. 깻잎머리 여자가 그러냐는 듯 고개를 끄떡이더니 덧붙였다.

"아아, 그래요. 그런데 혹시, 댁 이름이 재용 씨 아니세요?"

"예에? 아니, 내 이름을 어떻게 아세요?"

재용은 깜짝 놀라 두 눈을 땡그랗게 떴다.

"품, 들어오기 전에 밖에서 댁 사촌 동생이 댁한테 '재용이'라고 부르던데요."

"윽."

"저희는 고삐리 상대 안 하니까 존 말로 할 때 저리 가세요."

여자 일행이 하나같이 박장대소했다. 재용은 군말 없이 일어나 구십 도 굽혀 인사하고 뒤도 안 보고 돌아왔다.

"아무 말도 하지 마라."

"……."

"……."

딱지 맞고 온 재용에게 현준이 말을 꺼내려 하자 울컥해 단박에 입을 막았다. 어느새 홀은 반 이상이 들어찼다. 남녀들은 엉클어져 여념 없이 춤을 추었고 또 다른 '재용이'들이 이곳저곳서 찝쩍대었다. 재용의 나가 자는 성화에 열은 꾸물꾸물 따라나섰고 현준도 한없이 아쉬운 발걸음을 떼었다. 등 떠밀려 나가는 현준의 뒤통수에 대고 가지 말란 듯이 로드 스튜어트의 〈영턱스〉가 경쾌하게 메아리쳤다.

Billy left his home with a dollar in his pocket and a head full of dreams. He said somehow, some way, it's gotta get better than this. Patti packed her bags, left a note for her momma, she was just seventeen. There were tears in her eyes when she kissed her little sister goodbye~~ Young hearts~ be free~ tonight, time~ is on~ your side.

빌리는 사람들에게 어떻게든 지금보다 나아질 거라며 가득 찬 꿈을 안고 무일푼으로 고향을 떠났지 겨우 열일곱 살인 패티도 가방을 싸고 엄마에게 쪽지를 남겼고 여동생과 작별 키스를 할 땐 그녀의 눈망울엔 눈물이 고였어 그들은 밤새 차를 몰아 빠져나가는 동안 서로를 꼭 껴안았고 흥분했지 인생은 한 번뿐이니 두렵지 않을 때 시도해 보자고 인생은 손에 쥔 한 줌의 모래와 같고 시간은 너무 짧아 머뭇거리면 도둑맞을 테니까

파라다이스는 없었지만 그들은 더없이 행복하게 해안 도시로 향했어 사랑을 나눌 방 두 개짜리 아파트를 얻어 서로의 품에서 행복을 찾았고 귀에 피어싱한 빌리는 운전수가 돼 열심히 픽업 트럭을 몰았지 빌리는 고향에 있는 패티 부모에게도 사정을 얘기하려 편지를 썼어 이런 식으로 떠나서 정말 미안하다고 하지만 누구도 들어주려 하지 않았고 그래서 그냥 도망쳤다고 그리고 패티가 4.5킬로그램의 건강한 사내아이를 낳았다고

젊은이들아 오늘 밤은 자유로워져라 시간은 너희 편이야
사람들이 너흴 무시하지 못하게 해
사람들이 너흴 밀어내지 못하게 해
너희 관점을 바꾸게도 두지 마
젊은이들아 자유롭게 달려라 자유로워져 자유롭게 사는 거야
시간은 너희 편이야
젊은이들아 오늘 밤은 자유로워져라

ROD STEWART 11번째 정규 음반(1981년) 〈Young turks〉 중에서

＊

"햐, 해가 넘어간다. 하늘색 좀 봐봐. 온통 빨갛게 물들었어."

현준의 감탄사가 새어 나왔다. 앞바다 오른편 산 너머로 서서히 지던 황금빛 석양이 한순간 하늘을 온통 벌겋게 물들이고 스러졌다. 붉은빛 하늘에 자줏빛이 멍 들더니 형용할 수 없는 빛깔로 천지를 뒤덮었다. 어 둑해져 가는 나지막한 산에도, 바다에 이는 짙푸른 물결에도, 불빛 밝히 는 윗녘 거리에도 잔양이 서려 왔다.

셋은 저무는 석양을 헤번에 앉아 넋 놓고 구경했다. 해가 떨어지고서 도 노을빛에 정신 팔려 한동안 말을 잇지 못했다. 사흘째의 짧디짧은 하 루도 또다시 정신없이 지나갔다. 노느라 정신없었고, 먹느라 정신없었 고, 일하느라 정신없었다. 재용은 어제의 낭패를 잊었고 현준은 어제의 황홀감을 잊지 못했다.

셋은 식당 일 돕고 나서 한가로운 저녁녘을 느긋하게 즐기고 있었다. 현준의 라디오 카세트에서는 재용의 타박에도 아랑곳없이 주구장창 임 수정의 〈연인들의 이야기〉가 흘러나왔다.

"넌 질리지도 않냐?"

"이 노래가 얼마나 좋은데. 이렇게 녹음하려고 시내 레코드방에서 천 오백 원이나 줬는데."

"이럴 줄 알았으면 블론디 테이프를 가져오는 건데. 쩝."

그래도 낯짝이 있는지 현준은 옆에 놓인 헝겊 주머니를 주섬주섬 뒤 적여서 테이프 하나를 갈아 끼웠다. 우순실의 〈잃어버린 우산〉이 어둠

이 고이 내린 해변을 깊고 애잔하게 파고들었다. 셋 다 노래가 끝날 동안 아무런 말이 없었다.

그러다가 현준이 문득 생각이 났다는 듯 재용에게 말을 걸었다.

"근데, 재용아. 처음 여기 온 날 무슨 일 생기면 저기로 모이라는 게 무슨 뜻이었어?"

"……아니 그냥."

"그냥, 뭐?"

"아니……."

"아니, 뭐?"

"……그게 말이지."

말할 듯 말 듯 밍기적거리다 재용은 도리 없었는지 어려이 얘길 시작했다. 일생일대의 치욕을 당한 중 삼 때 이야기였다. 늘상 위 또래 여자 꽁무니만 졸졸 쫓아다니던 제게 중 이짜리 여중생이 관심을 보였다. 재용도 왠지 맹랑하고 당돌한 게 싫지 않아 은근히 마음이 내켰다. 화사한 어느 봄날이었을 것이다. 아마도 이팝나무가 새하얗게 눈꽃을 피웠을 무렵이니 오월의 한 일요일이었겠다.

둘은 시내에서 만나 버스 종점으로 가기 위해 시내버스를 탔다. 버스 종점은 시 경계를 넘어 군 소재지 사이의 어디쯤이었을 게다. 간이역이 보이는 건널목 삼거리 우측으로 들어서부터 종점까지는 아름드리 이팝나무가 늘어선 가로수 길이었다. 가로수 길은 종점에서 걸어 이십여 분 걸리는 반대편 하천까지 이어졌다. 사람들이 모르는 이맘때의 풍경 좋은 장소였다. 버스 종점에는 할머니가 장사하는 점방 겸한 국숫집도 있었다. 그러니까 재용은 버스 뒷자리에 나란히 앉아 가서, 가로수 길을 다정히 거닐고, 국숫집에서 국수를 함께 먹을, 뭐 그럴 심사였다. 재용이 말로는 한 해 전 찾아낸 지 삼 대 데이트 코스 중 한 곳이었다.

그런데 그곳에서 사달이 났다. 하천 다리를 건너 돌아 나오는 중에 그 지역 고삐리 세 놈과 마주쳤다. 껄렁거리는 폼이 만만찮아 정신이 퍼뜩 들었지만 때는 이미 늦었다. 지나치려는데 한 놈이 불러 세웠다. '어린놈이 건방지게 째려보고 간다'며 시비를 걸어왔다. 세 놈에게 둘러싸여 셀 수 없이 걷어채고 얻어맞았다. 여자애와 같이라서 도망칠 수도 없었다. 실컷 터지고 애지중지하던 카시오 전자시계와 삼천 원을 빼앗겼다. 요행히 대낮이어선지, 일이 커질 것 같이선지는 몰라도 여자애는 손대지 않았다. 그나마 천만다행이라고 여겼고 감지덕지했다.

경황없이 도망쳐 나오면서 재용은 엉엉 울었다. 여자애한테 볼 낯이 없었고, 비굴한 제 꼴에 죽고 싶을 만큼 치가 떨렸다. 이런 일이 설마 자신에게 벌어지리라곤 꿈에도 생각지 못했었다. 시내 바닥이었다면 감히 상상도 못 할 일이었다. 한 발짝도 못 움직이고 사시나무 떨듯 부들부들 떨던 그 애 모습이 아직도 생생했다. 그 사건으로 재용은 지울 수 없는 상처를 얻었고, 여기 온 날 저도 모르게 그때가 떠올라 안절부절 조바심을 태웠다고 실토했다. 그러고는 이렇게 털어놓으니 가슴속 응어리진 게 조금 풀리는 것 같다고도 했다. 열은 내색하지 않고 잠자코 있었다. 현준은 남 얘기 같지 않은지 안쓰러운 마음이 표정에 드러났다.

얼마간 정적이 흘렀고 "나는 있지……."라며 현준이 넌지시 이야기를 꺼냈다. 제 국민학교 적의 지고지순한 첫사랑 실패담이었다. 그녀 이름은 '윤미진'이었고 늘씬하고 단아하고 예뻤다. 유치원을 같이 다녔고 그때부터 좋아했었다. 같은 국민학교에 입학했단 걸 알았을 때 뛸 듯이 기뻤다. 운명의 장난이었을까, 사 학년까지 한 번도 한 반이 된 적 없었다. 기구한 운명에 먼발치서만 훔쳐보며 하늘을 원망했다.

그런 현준의 마음이 하늘에 닿았고 오 학년 때 기어이 한 반이 되었다. 세상을 다 가진 것처럼 행복했지만 딱 접때뿐이었다. 어렵사리 용기 내 우물우물 아는 척했는데도 그녀는 자신을 기억조차 못 했다. 기생오라비같이 생긴 녀석이 반장이었고 그녀가 부반장이었다. 둘이 사귄다는 소문이 돌았지만 절대 믿고 싶지 않았다. 설사 그렇다 쳐도 누구 말대로 사랑은 움직이는 거니까. 단지 그녀와 친해지고 싶었을 뿐인데 말은커녕 눈길 한번 주지 않았다. 현준은 오 학년 내내 애들에게 '돼지'라고 놀림받았다. 분에 겨워 엄마한테 일러바치고 울고불고도 해 봤다. 엄마는 "부잣집 도련님 같아서 애들이 질투하는 거."라 했다. 곧이들리진 않았지만 그렇다고 현준의 남다른 먹성이 줄 리도 만무했다.

눈물을 머금고 그녀를 단념하게 된 사건이 있었다. 언젠가 고모가 생시 첨 본 캔으로 된 콜라와 금박지에 곱게 싸인 초콜릿을 사 왔다. 미군 부대에서 나온 게 아니라 "미국에서 직접 물 건너온 것"이라고 했다. 당시만 해도 롯데 '가나초코렛'이 두 해 지나서야 출시됐고 캔이란 건 듣도 보도 못한 물건이었다. 앙증맞은 둥그런 새빨간 양철통에 하얀 알파벳 필기체로 휘갈긴 미제 콜라는 현준이 봐도 썩 멋졌다. 고모가 누나들과 제게 선물이라며 한 개씩 나눠 주었다.

먹고 싶은 마음이 굴뚝같았지만 그녀를 위해 꾹 참았다. 어떻게 건넬지, 어떤 말을 하고 건넬지 며칠 밤을 고심했다. 하굣길에 남몰래 그녀를 뒤쫓아 반 애들과 헤어지길 기다렸다. 그녀가 혼자서 골목 어귀로 접어들자 헐레벌떡 뛰어가 콜라와 초콜릿을 건네주었다. 정작 건넬 땐 암말도 못 했고 도망치듯이 자리를 떴다. 그 다음다음 날 반장 녀석이 비웃듯 지를 힐끔거리며 어제 먹은 미제 깡통 콜라를 애들에게 자랑했다. 옆에서 당황해 어쩔 줄 몰라 하던 그녀 모습이 지금껏 선명했다.

어린 마음에도 죽고 싶어질 정도로 초라하고 비참했다. 창피해 학교 안 간다고 엄마에게 땡깡 놓다 아버지한테 죽도록 매를 맞았다. 현준은 밤마다 이불 둘러쓰고 많이 울었다고 고백했다. 가수 임수정을 좋아하게 된 것도 그녀 때문이었다. 똑 닮은 어린 임수정이었고 지금도 영락없는 임수정일 거라 믿어 의심치 않았다. 이번에는 재용이 가만히 있었다. 열은 '호강에 초쳤다'며 시답잖은 표정을 지었다. 그러자 현준이 빚쟁이 빚 독촉하듯 '우리도 말했으니 너도 말하라'고 열을 닦달했다.

재용도 합세한 닦달에 열은 마지못해 한참을 생각하다가 이야기를 꺼집어냈다. 그때가 열이 국민학교 육 학년이었다. 아버지 돌아가시고 집 형편이 젤 어려웠을 때라고 기억했다. 반에 구청 앞거리 식당집 아들 녀석이 있었다. 거들먹대고 꼴값 떠는 게 영 밉상인 녀석이었다. 녀석은 학교에 알사탕, 캐러멜 같은 과자를 가져와 없는 집 애들을 놀리거나 웃음거리로 만들었다. 하루는 하는 짓거리가 하도 밉살스러워 이 애들 앞에서 두들겨 패려다 끝내는 봐줬다. 그 뒤로는 알사탕이나 캐러멜을 주기도 하고 친한 척하기도 했다.

꼭 녀석 때문이라고 할 순 없지만 가난한 집구석 자식 놈의 설움을 톡톡히 맛봤다. 이른 가을께였다. 숙제를 안 해 와 화장실을 청소하고 집으로 가는 길에 반 애 둘과 마주쳤다. 그 녀석 생일파티에 가는데 "넌, 안 가냐"고 물었다. 몰랐다고 했더니 "같이 가자" 했다. 뭔가 께름직하긴 했었다. 하지만 '생일파티' 말만 들어봤지 한 번도 가 본 적 없어 어린 맘에 눈치 없이 따랐다. 식당 문에서 애들을 정답게 맞고 있던 녀석이 저를 보자 금세 얼굴색이 변했다.

대뜸 '너는 부르지도 않았는데 왜 왔냐'며 식당 바깥으로 밀어냈다. 열이 표현을 빌리면 동네 남사스러워 얼굴을 들 수 없었다. 문밖 소란에 녀석 엄마가 뛰쳐나와 '친구들과 사이좋게 지내야 착한 아이'라고 못 하게 붙들었다. 그래도 무안해 돌아서려는데 애들 몇이 끌어당겨 억지로 들어갔다. 식당 탁자를 붙여 차려진 생일상에 모두 앉았다. 앉자마자 저마다 책가방과 호주머니에서 생일선물을 내놓았다.

열만 혼자서 멍청히 있을 수밖에 없었다. 돌이켜 보건대 지 인생 최고의 쪽팔린 순간이었다. 녀석은 '생일파티 오는데 선물도 안 가져왔냐'며 편잔을 주었다. 누군가 생일선물 대신해서 생일 축하 노래를 불러 보라 추키었다. 하는 수 없어 '해피 버스 데이 투 유'를 개미만 한 목소리로 불렀던가 싶다. 저만큼 놓인 불고기가 먹고 싶었어도 주눅 들어 손을 뻗질 못했다. 별수 없이 눈앞에 있는 밑반찬만 깨작거렸다.

이후로 열이 오히려 녀석을 피해 다녔던 것 같다고 이실직고했다. 이제 와 생각해 보니 녀석은 알게 모르게 저를 따돌렸던 것 같다고도 했다. '조금만 아니, 쬠만 더 컸더라면 부르지도 않았는데 결코 가지 않았을 것'이라며 열은 그날 따라갔던 걸 땅을 치고 후회했다.

셋이서 칠흑 같은 바다를 우두커니 앉아 바라보고 있을 때 멀리서 '피슈우웅' '피슈우웅' 소리가 연이어 들려왔다. 셋은 소리를 쫓아 그쪽으로 고개를 돌렸다. 불꽃들이 '타닥타닥' 뻥튀기 기계의 강냉이 튀밥처럼 튀어나와 저편 밤하늘을 수놓았다. 계속해서 쏘아 오르는 막대기 폭죽들이 '피슈웅'거리며 컴컴한 하늘을 보기 좋게 헤쳐 놓았다. 불꽃은 해변 끝의 어둡고 침침한 하늘을 밝혔다 끄길 반복했다. 한동안 그러다가 잠잠해졌고 밤하늘은 다시 컴컴해졌다.

"근데, 몇 시냐?"

"아홉 시쯤 된 것 같은데……."

열이 묻자 재용이 얼추 짐작했다.

"열 시 넘으려면 아직도 한 시간은 남았네. 동욱이 친구가 저녁에는 방파제 쪽이 꿉꿉하지 않고 시원하다 그랬는데."

"그럼, 그만 일어나 방파제나 갔다가 식당으로 가자. 가다가 가게에서 시간도 물어보고."

재용은 현준의 두리뭉실한 말을 간명하게 정리했다.

셋은 자리에서 일어나 궁둥이에 묻은 모래를 털어 내었다. 아까 동욱이 영업 끝나면 파티를 준비할 테니 열 시 넘겨 식당으로 돌아오라 했었다. 읍내 나간 사람한테 부탁해 마주앙은 아니지만 '싼마이' 샴페인도 사 났다면서. 열여덟 피 끓는 청춘들의 찬란한 꿈과 우정을 위하여 근사한 파티를 열어 보자고…….

*

아홉 시를 조금 넘긴 시각이었다. 셋은 마을길로 돌아 섬 끝자락에 붙은 가등 하나 없는 으슥한 방파제 둑을 따라 걸었다. 방파제 가녘엔 그물, 통발, 밧줄 같은 어구들이 널브러졌고 생선 궤짝과 쓰레기 더미가 여기저기 쌓여 있었다. 대체나 어디선가 습습한 바람이 불어왔다. 습습한 바람은 축축한 밤공기를 갈랐다. 해변에서부터 걷기 시작한 지 이십여 분 지나 어둠 속으로 어렴풋이 방파제 끝이 보였다. 일렁이는 검푸른 밤바다가 방파제 밑 시멘트로 덧칠된 돌덩이를 가녀리게 찰싹거렸다.

열은 담배 한 개비를 추리닝 윗도리에서 꺼내 물어 성냥불을 붙였다. 불붙은 쪽을 아래로 내려 손바닥으로 감싸 쥐고 담배 연기를 내뿜었다. 재용은 바닷가 쪽 방파제 아래에 다리를 내려뜨리고 걸터앉았다. 현준은 손전등으로 이리저리 비춰 가며 살피다 재용의 옆자리에 앉았다. 열도 담배를 다 피우고 둘의 옆자리를 차지했다. 그리고선 바지 주머니를 들춰 은단 껌을 빼냈다. 셋 다 껌을 까 입에 털어 넣고 사이좋게 오물거렸다.

검푸른 바다 위로는 까마득한 별 무더기가 희물그레 밤하늘을 휘덮고 있었다. 그즈음이었다. 지나왔던 방파제 저편에서 남자 목소리가 희미하게 들리는가 싶더니 여자 목소리가 잇따랐다. 일제히 아무것도 보이지 않는 어두컴컴한 저쪽으로 시선을 돌렸고 귀를 쫑긋 세웠다. 현준이 손전등을 켜려 하자 열이 못 하게 말렸다.

그러기를 잠시, 알아들을 수 있을 만큼 점차 소리는 가까워졌다. 가까워질수록 남자들 목소리는 험했고 여자들 목소리는 애처로웠다. 퉁탕거리는 소리에 연이어 목소리가 들려왔다.

"야, 이리 내려와 봐야. 배 아래로 내려와 보라니깐."

"빨랑 안 내려가! 이것들이 말을 안 듣네."

"제발, 이러지 마세요. 오빠들. 식당으로 다시 가요. 네?"

"제발, 살려 주세요. 저희들 돌아갈게요."

"이것들이 누가 잡아먹냐? 빨리 내려가라니까!"

"우리, 집에 갈래요. 제발요. 그냥 돌아가요."

"이 쌍년들이!"

밑에서 욕지거릴 내뱉은 놈은 도로 방파제로 오른 듯했고 이윽고 뺨 때리는 소리가 철썩였다. 울먹임은 흐느낌으로 변했고 이번엔 주먹질했는지 '철퍼덕' 소리와 비명이 일시에 터져 나왔다. 듣고 있던 재용과 열은 소곤소곤 속삭였다.

"열아, 어째 상황이 심상치 않은 것 같다."

"말이 씨가 됐네. 하필 남의 동네 와서……."

"그래도 신고라도 해 줘야 하는 거 아냐? 돌아갈 시간도 됐는데."

"몇 명인 것 같냐?"

"……남자 셋에 여자도 셋 같은데."

"어떻게 하끄나?"

"일단 일어서자. 여기 이대로 있어 봤자 해결될 일도 아니고. 하다못해 신고라도 해야지 않겠냐."

"알았다아. 봐서 상황 심각해지면 니는 현준이 데리고 무조건 튀어라."

자리를 털고 일어나며 재용은 현준에게서 손전등을 넘겨받았다. 열과 재용이 앞장섰고 현준은 라디오 카세트를 꼭 쥐고 등 뒤에 바짝 붙어 따랐다. 놈들이 들으라는 듯 열은 "야, 인제 그만 돌아가자."라고 한마디 했고 재용이 손전등을 켜 그쪽을 비추었다. 이삼십 미터쯤 떨어진 곳에서 단박에 놈들의 욕설질이 날아왔다.

"야, 이 씨팔 놈아! 후레쉬 안 꺼!"

배에 내려갔던 놈 같았다. 재용이 손전등을 끄지 않고 아래 방향으로 내렸다. 열은 고갤 비스듬히 젖혀 눈을 지릅뜨더니 입속말로 웅얼거렸다.

"재용아, 근처에 쇠 파이프나 몽둥이 같은 거 있는지 봐 둬라."

열과 재용은 일부러 주춤주춤 서슴대면서 걸어 나갔다. 두 놈이 악다구닐 쓰며 다가왔고 한 놈은 여자들을 붙들고 자리를 지켰다. 두 놈 모두 스포츠머리에 까무스름한 낯판이었고 배꼽 '기지바지'에다 구두를 신었다. 거리가 바싹 좁혀지자 한 놈 손에 번쩍거리는 게 보였다. 등산용 칼이었다. 셋은 놈들에 떠밀려 방파제 좌측면으로 내몰렸다. 그놈들 너머에서는 '제발, 살려 달라'는 울부짖음이 들려왔고 울부짖음은 곧바로 비명으로 바뀌었다.

"이런 존만한 새끼들이 어디서 기어 나와 알짱거리냐. 엉!"

"대가리 피도 안 마른 새끼들이 뒤질라고 환장했네. 확 회 쳐 묵어 뿔라."

열은 일절 대꾸하지 않았다. 바다 쪽을 등지고 재용과 현준을 뒤에 둔 채로 놈들과 마주 섰다. 칼 든 놈이 코앞까지 다가들었다. 열이 물러설 듯이 오른발을 뒤로 빼고 몸을 모로 세우려는 찰나, 재용이 돌연 놈의 얼굴에 손전등을 들이비췄다. 그 순간을 열은 놓치지 않았다. 왼발을 한 발짝 내디디면서 오른 주먹이 허공을 헤집었다. 너무 크게 휘두른 탓에 턱에 적중하지 않고 목덜미에 꽂혔다. 아차 했는지 왼 주먹은 짧게 놈의 바른쪽 옆구리에 꽂았고 다시 오른 주먹을 짧게 끊어 내 턱에 정확히 명중시켰다.

'퍽' 소리가 묵직하게 울렸고 놈은 '찍'소리도 못 내고 꼬꾸라졌다. 옆에서 자지러지게 놀란 놈도 얼굴과 옆구리에 양 주먹이 날아들어 맥없이 갈지 자로 주저앉았다. 뒤에서 오도 가도 못하고 지켜보던 놈 역시 전광석화같이 달려 나가 발길질로 가슴팍을 내리꽂았다. 나동그라진 놈을 무지막지하게 걷어찼고 매가리가 풀리자 끌어와 두 놈 옆에 꿇렸다. 재용이 쓰레기 더미에서 찾아낸 밑동에 콘크리트 쪼가리 발린 쇠 파이프를 가지고 쫓아왔다. 그새 여자들은 도망쳐 보이질 않았다.

떨어뜨린 칼을 챙긴 열은 쇠 파이프를 손에 쥐고 나서려는데 재용이 잡아끌었다. 서너 걸음 옮겨가 손으로 입을 가리고 들리지 않게 우물거렸다.

"니 말대로 남의 동넨데 대충하는 게 좋을 것 같다."

"이런 시키들은 완전히 조져 놔야 나중에 뒤끝이 없지, 어설프게 조져 놓으면 다시 기어올라서 절대 안 되지."

열이 다 들리도록 딱 잘라 말하고는 무릎 꿇린 세 놈을 빙 둘러보다 느직느직 머리맡까지 다가갔다.

"느그들, 몇 살 처먹었냐?"

"……."

"이런 시키들은 꼭 맞아야 말을 듣더라."

열은 말을 끝맺기도 전에 칼 들고 설쳤던 놈 등짝을 쇠 파이프로 사정없이 내려쳤다. '악' 소리와 동시에 앞으로 고부라졌다.

재차 쇠 파이프를 쳐들자 아까 여자들을 붙들고 있던 놈이 말을 더듬었다.

"열, 열아홉……"

열이 그놈을 흘낏 보더니 쇠 파이프로 고부라진 놈 등짝을 또다시 들입다 후려쳤다. 이참에는 악을 바락바락 질러 대었다.

"음마, 말하는 싸가지 봐라. 내가 니 친구냐? 이 시키야."

"열, 열아홉 살입니다!"

놈은 희번덕거리는 열의 눈빛과 처들린 쇠 파이프에 기겁해 대답했다.

"뭐여, 느그 고삐리들이여? 고 삼이라고?"

"작년에 학교는 잘렸습니다."

"그럼, 금방 그 여자들도 고뻴이고?"

"예……."

"원래부터 아는 사이여?"

"아닙니다. 여기서 만났습니다."

"어린놈들이 벌써부터 까져 갖고 몹쓸 짓이나 하고. 끌끌."

열은 짧게 쥔 쇠 파이프로 대답했던 놈의 어깨를 쿡쿡 찌르며 거듭 물었다.

"그럼, 여기 살아?"

"아닙니다. 여기는 그냥 놀러 왔습니다."

"음…… 아무리 생각해도 여자 손댄 것만큼은 용서가 안 된다. 느그 좀 많이 맞아야 쓰것다."

열이 윗도리 소맬 걷어붙이고 쇠 파이프를 단단히 움켜쥐자 재용이 나서서 극구 말렸다. '이런 것들은 뒈질 만치 맞아 봐야 세상 무서운 줄 안다'며 열은 완강했지만 끝내 재용의 만류로 놈들을 패지 않았다. 결국 세 놈을 빤스만 입힌 채 고깃배에 무릎꿇림시켰고, 홋줄 풀어 방파제 한

가운데로 떠다밀었다. "어디 '개쪽' 한번 당해 보라"고 을렀지만 뒤쫓아오지 못하게 할 심산이었다. 방파제를 되돌아 나오며 열은 쇠 파이프만 챙기고 옷가지와 칼은 바다에 던져 버렸다.

재용이 마을길로 들어설 즘 괜한 일에 끼어든 것 같아 찜찜했는지 혼자서 중얼거렸다.

"어째, 똥 싸다 만 느낌이네."

"뭔 소리여? 니가 말려 놓고는."

"아니, 처리는 잘한 것 같은데…… 뭔가 개운치 않아서."

"쪽팔려서라도 뺄짓이야 하겠냐."

"그러긴 한데, 그 촌놈들 말 뽀다구나 하는 짓거리가 만만치 않아서……."

"……."

재용은 열과 대화를 주고받다가 말없이 뒤따르는 현준을 돌아보았다.

"근데, 현준이 닌 괜찮은 거냐? 전혀 말이 없다?"

"으응…… 아직도 다리가 후들거려 걷질 못하겠어."

같이 돌아선 열도 걱정스러운지 진지하게 말했다.

"이럴 때 다리에 힘 빠지면 골로 가는 수가 있다."

"응……."

현준의 맥없는 대꾸에 열이 말을 이었다.

"쫄릴 땐 숨을 코로 깊숙이 들이마서 천천히 내쉬면서 '니 까짓 것쯤이야'라고 속으로 되뇌어 봐. 그럼 정신이 날 테니까."

"알았어…… 근데, 쌈한다는 게 이렇게 무서울 줄 몰랐어. 니들과 나쁜 놈들을 멋지게 해치우는 걸 쭉 상상해 왔는데. 아까 칼 든 놈 봤을 땐 정말 죽는 줄 알았어."

"현준아, 나도 오늘 밤 죽는 줄 알았다. 호랑이한테 물려 가도 정신 줄만 안 놓으면 산다잖아. 너무 심각해 말고 좋은 경험했다고 치자."

재용은 평소처럼 웃지 않고 현준을 다독거렸다.

불빛 밝힌 거리에 이르자 저만큼 식당 앞에서 동욱이 서성거리고 있었다. 재용은 동욱의 왜 늦었냐는 타박에 들어가 얘기하자면서 그를 식당 안으로 밀어 넣었다. 아직 숙박 손님이 없던 터라 식당 평상 위에 파티상을 차려 놓았다. 샴페인과 맥주, 소주에 안줏거리 이것저것이 먹음직스러웠다.

넷은 싸구려 샴페인을 터뜨려 "피 끓는 청춘들의 찬란한 꿈과 우정을 위하여"를 힘차게 외쳤다. 단숨에 들이켜 잔을 비운 동욱이 셋 다 힘없어 보인 게 수상쩍어 "뭔 일 있었냐"라며 다시금 캐물었다. 재용은 어줍은 표정으로 조금 전 있었던 일을 동욱에게 들려주었다.

"뒤탈은 없겠냐?"

동욱은 주판알 굴리듯 요리조리 눈알을 돌리다 재용의 물음에 시선을 고정했다.

"음, 생김새 보면 여기 놈이나 읍내 고삐리들이 아닌 건 확실한디…… 암튼, 낼 알아봐야 쓰것다. 아버지랑 성식이 삼촌한테도 얘기는 해 놔야 할 것 같고."

"그건 또 뭔 소리여? 아버지랑 성식이 삼촌한테는 왜?"

재용이 동욱의 뜬금없는 답변에 빤히 쳐다보며 되물었다.

"가끔 이런 일들이 있어서…… 야! 염려 마라. 이래 봬도 내가 명색이 우리 섬 보안관 오른팔인디 뭔 문제야 있것냐!"

"하하하. 보안관? 그게 뭔데?"

"허허, 니는 〈튜니티〉 영화도 안 봤냐? 정의와 주민들을 수호하는 그 보안관이제."

"그럼, 그 보안관이 누군데?"

"어제 봤던 그 성식이 삼촌. 글고, 그 위의 성길이 삼촌이 여기 번영회 회장이자 우리 섬 실질적인 대빵이제. 성식이 삼촌은 읍내까지 소문난 '막캥이'였는디 해병대 갔다 와 사람 됐고. 성길이 삼촌은 베트남 파병 다녀온 귀신 잡는 해병대 출신이고. 염려 안 해도 된다니깐."

"그러니까, 니가 성식이 삼촌이란 사람의 '딱가리'란 말이지. 하하하."

"딱가리라니! 오른팔이라니까!"

"딱 봐도 딱가리네. 우하하!"

"허 참, 곧이 안 듣네…… 암튼 낼 일은 낼 일이고 오늘은 원 없이 마시고 놀자. 다 함께 건배!"

재용이 가라앉은 분위기를 띄우려 억지스레 크게 웃어 댔고 내리 잔을 채워 주던 동욱도 장단을 맞춰 주었다.

홍청홍청해야 할 열여덟 청춘들의 한여름 밤 '일탈'은 이처럼 꺼림한 듯 안 한 듯, 홍에 겨운 듯 만 듯 애매하게 흘러갔다. 재용은 내심 다시 놈들과 맞닥뜨릴 것을 걱정했을 테고, 사실 동욱도 걸리는 게 한 가지 있긴 했었다. 고삐리란 말에 안도했지만 재작년부터 읍내 깡패들이 지네 마을과 합의하에 들어와 발붙이고 있었다.

                                        *

"자자, 빨랑 일어들 나라. 아부지랑 어무니 오실 시간이다."

다음 날 늦은 아침 진즉 일어나 공동 세면장에 다녀온 동욱은 구석의 모기장 쳐진 평상에서 자는 셋을 깨웠다. 깨우기 전 질퍽하게 벌였던 어젯밤 술판도 말끔히 치워 놓았다. 도통 반응이 없자 동욱이 모기장 들춰 젤 가쪽에 누운 재용의 팔죽지를 흔들었다.

"끙, 지금 몇 시냐……."

뭉그적거리던 재용은 눈을 뜨지 못하고 흐리멍덩히 말했다.

"아홉 시 다 돼 가야."

"아홉 시…… 뭐? 아홉 시?"

순간 눈을 번적 뜬 재용이 상반신 일으켜 옆에서 곯아떨어진 열과 현준을 허둥지둥 깨웠다. 열은 홑이불을 머리 위로 잡아끌더니 몸을 뒤척여 돌아누워 버렸다. 현준은 작정하고 마신 탓에 옴짝달싹 못 했다. 재용의 등쌀에 열인 미적미적 일어났지만 새벽 내 게워 낸 현준인 여전히 사지를 헤매고 있었다. 열은 동욱이 건넨 얼음물 주전자를 들이켜 가까스로 몸을 가눴다. 꿈적 않는 현준에게는 게보린을 먹인 뒤 둘이 떠메다시피 해 식당 밖으로 데려나갔다.

셋 다 맨발에, 열이 목엔 수건이 걸렸고 재용 손엔 비눗갑이 들렸다. '지금 세면장 가 봤자 한참을 기다려야 한다'며 '바닷물에 들어가 정신 차려가라'는 동욱 말을 따랐다. 바닷물에 드러누운 지 얼마쯤 지나 현준의 꼬인 혀가 풀리자 셋은 텐트촌 입구에 있는 공동 세면장으로 향했다. 동욱이 말대로 세면장은 붐볐고 기다랗게 늘어선 줄의 끝에 섰다.

"괜찮혀?"

재용은 제 등에 머리를 묻고 흐느적대는 현준에게 그 채로 물었다.

"머린 안 아픈데 목말라. 사이다 마시고 싶어."

현준의 입에서 다 죽어 가는 소리가 새어 나왔다.

"그러니까, 그만 마시라고 할 때 그만 마셨어야지. 쩝."

"기억도 안 나."

마뜩잖아 하던 재용이 돌아서 현준을 부축하며 열을 바라보았다.

"열아, 안되겠다. 현준이 소나무 아래서 쉬게 하고, 가서 사이다 사 올게. 니는 줄 서고 있어라."

"……."

재용은 텐트촌 안에 매점이 있다는 앞사람 말을 듣고 바로 위 텐트촌으로 올랐다. 텐트촌에 들어서 재용이 두리번거리고 있을 때였다. 갑자기 텐트촌 안 저만치에서 큰 소리가 들려왔다.

"그 새끼다!"

재용은 깜짝 놀라 말소리 들리는 방향을 쳐다보았다. 저편의 여럿 중 하나가 제 쪽을 향해 손가락질하고 있었다. 어제 얻어맞았던 놈들과 딱 봐도 깡패 면상과 옷거리를 한 놈들이었다. 단번에 알아본 재용은 뒤도 안 보고 그대로 공동 세면장으로 쏜살같이 내뺐다. 뒤미처 떼로 쫓아 몰려온 놈들로 세면장은 아수라장이 되어 버렸다.

"열아! 열아! 어제 그놈들이다!"

재용은 저쯤에서 열이 저를 보자 있는 힘껏 외쳤다. 순간 둘은 누구랄 것 없이 현준에게로 달음질했다. 앞서 이른 열이 다급히 현준을 일으켜 세우고서 뛰어오는 재용에게 말했다.

"재용아, 현준이 델꼬 동욱이 가게로 튀어라."

재용도 허둥거리는 현준을 다그쳤다.

"현준아! 정신 차려! 어제 그놈들이다. 빨리 튀어!"

재용이 현준을 이끌어 허겁지겁 달아났고 열은 서너 걸음 뒤에서 따랐다.

정신없이 세면장을 빠져나온 셋은 왔던 길을 되돌려 한참을 죽어라 뛰었다. 이 정도 뛰었으면 어지간해서는 지칠만한 거리였다. 재용과 현준도 지쳐 열의 코앞에서 허덕대고 있었다. 열은 뒤를 힐끔 돌아보았다. 앞장서 쫓아오는 두세 놈에게 아까보다 되레 따라잡히고 있었다. 뒤에서 쫓아오는 놈까지 모두 일곱이었고 그나마 다행인 건 손에 들린 게 없었다.

"야아, 안되것다. 여기서 시간을 벌 테니까 너흰 계속 뛰어라. 구령 붙여 뛰고!"

"⋯⋯."

"구령 붙여 뛰라고! 그래야 안 지쳐!"

"⋯⋯하낫둘! 하낫둘! 하낫둘! 하낫둘!"

재용과 현준은 그제야 말귀를 알아먹고 구령 붙여 뛰기 시작했고 열은 우뚝 멈춰 돌아섰다.

열의 느닷없는 행동에 앞장선 놈들이 멈칫하더니 쫓진 못하고 그 자리에서 할딱거리며 쌍욕을 날렸다. 열은 들은 척도 않고 양손을 허리에 재고 숨을 골랐다. 앞선 놈들이 더디게 다가오는 사이 나머지 놈들이 따라붙었다. 열은 슬금슬금 뒷걸음질 치다가 놈들이 바짝 거리를 좁히자 다시 냅다 뛰었다. 거리를 벌리면 숨을 고르고 또다시 거리가 좁혀지면 냅뛰기를 두어 번 되풀이했다.

마을 앞 해변 길에 이르러서야 너머의 식당촌 거리에서도 재용과 현준의 모습이 보이지 않았다. 이젠 놈들과의 거리가 채 열 걸음이 되지 않았다. 그곳에서 조급히 휘둘러 보던 열이 갑작스레 방향을 틀어 해변으로 뛰어들었다. 놈들은 '옳다구나' 바다 쪽을 향해 너르게 펼쳐 포위했다. 놈들로 봐선 다 잡은 물고기나 마찬가지였다. 지근한 피서객들은 기겁해 흩어졌고 멀찍한 피서객들은 구경거리 난 양 기리를 두고 모여들었다.

그때 열이 바로 못미처 모래밭에 파묻힌 쇠 파이프를 찾아냈다. 어젯밤 마을 길을 빠져나오면서 던져뒀던 쇠 파이프였다. 열은 쇠 파이프를 움켜쥔 오른손을 비스듬히 늘어트리고 돌아서 놈들을 마주했다.

"이 씨팔 새끼 보소. 당장 그 쇠 파이프 안 내려놔. 새끼야!"

한 놈이 남방셔츠 들춰 허리춤의 손잡이에 붕대 감긴 회칼을 드러내 보이며 씩씩거렸다.

"퉤, 니 같으면 내려놓으라고 내려놓겠냐."

열은 쇠 파이프 다잡은 오른손을 아래로 털어 내듯 탁탁 내뻗치며 되받아쳤다.

"이 새끼가 간이 배 밖으로 나왔네. 배때기를 갈라놔야 주둥아릴 다물 것냐. 시팔 새끼야!"

"느그는 '쪽수'만 많아지면 용감해지더라."

"이 씨팔 새끼가 정말 뒤질라고 환장을 했네."

"니는 쌈을 말로 하냐. 모지리 같은 시키……."

열은 주눅 들지 않고 말장난 비슷하니 응수했고, 기어이 놈이 회칼을 뽑게 만들었다.

하지만 놈들은 입심과 다르게 쉬이 다가들지 못했다. 어느 놈이든 사정권에만 들면 열의 쇠 파이프는 가차 없이 휘둘러졌다. 가슴팍에 두 손으로 가볍게 곧추세운 쇠 파이프는 까딱거리다가도 한 번씩 휘저을 때면 바람 소리가 쌩쌩 일었다. 일곱이서 회칼까지 들고 이러지도 저러지도 못하자 외려 놈들이 갈피를 못 잡았다.

안 되겠다 싶었는지 대가리로 보이는 놈이 뒤에서 뒷짐 진 채 소리를 질렀다.

"뭐해 새끼들아! 빨리 가게 가서 곡괭이 자루라도 챙겨 오지 않고!"

어제 얻어맞았던 놈 중 두 놈이 위쪽 해변 길로 뜀박질했고, 열의 시선이 소리 지른 놈에게로 옮겨 갔다.

"우리 그러지 말고, 죽을 일 아니면 서로 목숨 걸지 맙시다."

"뭐라고? 이 새끼가."

"일곱 놈이 한 놈 다구리 놓을라고 하는 게 쪽팔리지도 않습니까? 어디 동네 양아치도 아니고."

"이 새끼가 뚫린 주둥아리라고. 오늘이 니 초상 날인 줄 알아라."

"끌끌, 말이 안 통하네."

이번에는 열이 먼저 움직였다. 허리 아래로 내려갔던 열의 쇠 파이프가 다시 가슴팍으로 모아졌다. 놈들에 밀려 발등이 바닷물에 잠길 만큼 내몰렸던 형세에서 서서히 위쪽으로 밀어 올렸다. 뛰는 것은 자신 있는 데다가 칼 빼든 놈 둘에, 뒷짐 진 놈 하나 해서 다섯이라면 등을 내주지 않을 자신 또한 있었을 성싶다. 서너 발짝 밀어 올리면 한두 발짝 밀려 내렸다.

그러기를 수차례 반복했다. 그 와중에 욕설이 난무했고, 밀어 올리면 회칼이 파고들고 밀려 내리면 쇠 파이프가 날바람을 일으켰다. 쉽사리 밀어 올리지도 내리지도 못했다. 그렇다고 양쪽이 안달 내거나 무리해 헛수를 두지 않았다. 아마도 놈들은 곡괭이 자루 가져올 시간을 버는 듯했고 열은 순경이나 하다못해 성식이 삼촌이라도 쫓아와 주길 기다렸을 테다.

이렇게 공방이 지리해질 즈음 해변 길 식당촌 방향에서 한 무리가 나타났다. 맨 앞에 성식 삼촌이 아까 두 놈 중 한 놈의 괴춤을 꿰어 우악스럽게 끌어오고 있었다. 또 한 놈은 디스코텍 웨이터 두 명이서 드세게 달라붙어 끄집었다. 그들을 뒤로 둘러싸고 따르는 동욱이 아버지, 동욱이, 재용이, 현준도 있었다. 희색만면한 열의 눈길에 놈들도 무심결에 뒤를 돌아보았다. 곡괭이 자루를 가져오라고 시켰던 놈들이 난데없이 끌려오는 영문을 몰라 어안이 벙벙한 눈치였다.

성식 삼촌이 해변을 내려서면서 고함을 꽥 내질렀다.

"야, 새끼들아! 느그들 지금 뭐하는 짓이여!"

대가리로 보이는 놈은 상황 파악이 안 되는지 다가올 때까지도 멀뚱멀뚱 바라보고만 있었다.

"아니, 성님이 여긴 웬일이고, 갸들을 왜 붙잡고 있소?"

"니가 이 새끼들을 안다고?"

"우리 동네 꼬마들인데 여기 놀러 왔소."

"니 보러 왔다고?"

"……아니, 남의 애들을 뭣 땜시 붙들고 있냐고라?"

"그으래?"

놈이 붉으락푸르락하는 것엔 아랑곳하지 않고 성식 삼촌은 재차 다짐받듯 물었고 동욱이 아버지가 대신 나섰다.

"이놈들이 어젯밤 여자애들을 겁탈하려 폭행했다고 그 애들 아버지가 읍내 경찰서에 신고해서 시방 지서에서 잡으러 오고 있네."

"에?"

"내가 아까 이놈들을 지서에 신고했더니 그렇지 않아도 본서에서 연락 받았다고 바로 온다고 했네."

"……."

놈은 입을 꾹 다물고 똥이라도 씹은 듯 표정이 심하게 일그러졌다. 때마침 왼편 해변 길에서 바삐 자전거를 타고 오는 순경 둘의 모습이 보였다. 회칼을 빼 들었던 두 놈은 어물쩍 칼을 허리춤에 숨겼고 네 놈이서 슬그머니 뒷걸음질하다 달아나기 시작했다. 그땔 놓치지 않고 열이 한 놈을 쫓아가 쇠 파이프로 등짝을 후려갈겼고 놈은 모랫바닥에 엎어졌다. 어젯밤 등산용 칼을 들이댔던 놈이었다.

동욱과 재용이 잽싸게 달려들어 놈의 목덜미와 등어깨를 짓눌렀다. 그 광경을 본 순경들도 자전거를 내동댕이치고 해변으로 뛰어내렸다. 동욱 아버지가 "박 순경! 이놈이 그놈이여!"라며 붙잡힌 놈을 가리켰고 순경들은 쫓아와 놈에게 수갑을 채웠다. 나머지 두 놈도 읍내 경찰서에서 알려 준 인상착의를 확인하고 체포했다. 열은 긴장이 풀렸는지 그 자리에 풀썩 주저앉아 버렸다.

열의 '왜 이렇게 늦었냐'는 볼멘소리에 셋은 미안쩍게 웃어넘겼지만 사실 이나마도 운이 좋았다. 재용과 현준이 간신히 동욱네 식당을 뛰어 든 시각. 요행히 성식 삼촌이 웨이터 둘과 평소 안 하던 해장 겸한 아침 식사를 하러 와 있었다. 거기에다 식사를 마치고 동욱이가 아버지와 성식 삼촌에게 어젯밤 사건 얘기를 끝마칠 무렵이었다. 재용에게서 급박한 상황을 전해 들은 성식 삼촌은 대번에 박 사장파 디스코텍 패거리 놈들이란 건 알아챘다.

동욱 아버지도 당장 임시 지서의 마을 후배 박 순경에게 전화를 걸었다. 박 순경은 "그렇지 않아도 새벽에 본서로 해수욕장 강간치상 사건이 접수됐다."며 "사건 경위와 형사과에서 오전 중에 출동한다는 연락을 받았다."라고 했다. 박 순경에게 위치를 일러 주고는 급히 식당을 나서는데 공교롭게 그 두 놈이 식당 앞으로 뛰어갔다. 곧바로 그놈들을 붙잡아 마을 앞 해변으로 서둘러 쫓아왔던 것이다. 그새 어물어물 돌아서려는 대가리 놈을 박 순경이라는, 나이 들어 보이는 순경이 불러 세웠다.

"이 사장, 자네도 이 사건과 관련이 있는 것 같으니까 지서까지 같이 가세."

"……."

박 순경은 동욱 아버지에게도 말을 이었다.

"형님, 오전 중에 본서 형사과 사람들이 들어온다고 하니까 동욱이 친구들도 같이 지서 가서 진술서만 써 주면 됩니다. 잘하면 서장님 표창장을 받을지 모르것네요."

　버스 정류장 옆 하계 임시 지서 가는 길에는 열과 재용, 현준 말고도 동욱, 동욱 아버지, 성식 삼촌도 선선히 뒤따랐다.

*

　섬 사정은 의외로 복잡했다. 이곳은 옛날서부터도 꽤 알려진 해수욕장이었지만 지금만큼은 아니었다. 대여섯 해 전 제주 가는 쾌속선이 생기면서 군 단위급 행정구가 전국적으로 일약 유명해졌다. 거기에 국도 연장 공사가 마무리돼 이동 시간이 대폭 단축됐고 금의환향한 향토 군수의 치적 쌓기도 한몫했다. 이젠 여름이면 피서객이 전국에서 몰려왔고 남쪽 지방에선 손꼽히는 해수욕장으로 발돋움했다.

　그렇다 보니 '구린내에 파리 떼 꼬인다'고 이즈음부터 돈 냄새를 맡은 폭력배들이 찝쩍대기 시작했다. 읍내 깡패들이 젤 먼저 수작을 꾸몄다. 암만 변변찮은 논두렁 깡패들이었어도 두목 노릇 하는 읍내 주류 도매상 박 사장은 만만찮았다. 위쪽 대처에서 조폭 짓하다 고향에 돌아와 주류 유통업으로 기반을 닦은, 서른여덟 먹은 작자였다.

　예전에도 읍내 깡패들의 행패가 없진 않았지만 자기네를 알아봐 주지 않는다는 정도였지 막 하지는 못했었다. 뉘 집 자식 놈인지 빤히 아는 터라 명분 없인 더욱이 그랬다. 더군다나 베트콩과 육박전까지 벌인 전투에서 살아남아 인헌무공훈장을 받은 성길과 뚜껑 열리면 물불 안 가린다는 '막캥이' 셋째 성식이 있었다. 이 형제는 '쪽수'발로도 대적하기 수월찮은 상대였다.

박 사장은 코딱지만 한 동네여서 내놓고 제 맘대로 못 하자 머리를 썼다. 남들 모르게 연줄 있는 위쪽 대처 깡패 패거리를 시켜 해수욕장에서 행패를 부렸다. 처음엔 피서랍시고 대여섯씩 들어와 상주하면서 입도 상인들만 골라 깽판을 쳤고 피서객들에게 시비를 걸었다. 하루에도 두세 번씩 생짜를 놓았다. 그런 식으로 몇 번 섬을 들락거리더니 인제 아예 대놓고 읍내 깡패들과 형님, 동생 하며 어울려 들어왔다. 대처 놈들이 생짜를 쓰면 읍내 놈들이 말리는 시늉을 했다.

섬사람들은 '깡패 새끼들이 우글거린다'는 소문이 나기 시작하면 돌이킬 수 없단 걸 잘 알고 있었다. 이것이 빌미가 돼 삼사 년 전 성식 삼촌이 섬에 들어온 박 사장 친동생을 곤죽 내놨고 씽방은 킬부림 직진까지 갔었다. 사태가 이쯤 되자 읍내 경찰서 형사과장이 나섰다. 이들은 고등학교 선후배 사이였다. 박 사장이 성길 삼촌 삼 년 후배였고 성길 삼촌은 형사과장 오 년 후배였다. 형사과장의 중재로 박 사장과 성길 삼촌이 타협을 보고 합의서에 도장을 찍었다.

가장 큰 수입원인 이른바 '청소세'라 불리는 입도 상인들의 자릿세는 일 할을 올려 반반씩 나누기로 했다. 수금은 박 사장 패거리가, 돈 관리는 마을이 맡았다. 박 사장은 청소세에 더해 디스코텍 운영권과 납품 단가 인하를 조건으로 섬 업소들의 장기 주류 공급권마저 챙겼다. 근처 도회지 주류 도매 회사들도 이곳에 납품하려 열을 올리고 있을 때였다. 당시야 주류 도매 회사라는 게 깡패가 하든지 깡패를 끼고 하든지 하는 시절이었다. 박 사장이 도회지 주류 도매 회사와 맞상대하기에는 힘에 부쳤을 테니 일거양득인 셈이었다.

마을 사람들 입장에선 납득할 수 없는 일방적으로 불리한 합의였다. 얻은 건 청소세로 인한 입도 상인들과의 분쟁을 피할 수 있는 것이 고작이었다. 성길 삼촌도 낯이 서지 않았다. 그렇지만 셋째가 당장 징역을 갈 판이었고 행패가 이대로 계속된다면 걷잡을 수 없는 상황이 올 수 있었다. 그는 합의 전 마을 사람들에게 용서를 구하고 거듭 사죄했다. 마을 사람들은 지금까지 그가 섬을 위해 쌓은 공로나 성정을 봐서 일언반구 없이 동의해 줬다.

성길 삼촌은 마을 사람들의 불만을 구실 삼아 그나마 합의서에 단서를 하나 달았다. 박 사장파와 관련된 인물이 섬 안에서 범법을 저지를 경우 합의를 무효화하고 박 사장파와 관련된 인물은 두 번 다시 섬 안으로 들어올 수 없다는 조항이었다. 그리해 합의에 이르렀고 이를 주선한 형사과장이 책임지고 향후 합의 이행 여부와 잘잘못을 따지기로 했다. 결국 박 사장은 원하는 대로 뜻을 이뤘고 이렇게 삼 년째를 맞았던 것이다.

박 사장은 원래 자신을 대리해 해수욕장 이권을 친동생에게 맡길 심사였지만 성식한테 대갈통이 깨진 뒤엔 쪽을 못 썼다. 그 덕에 박 사장을 대리해 해수욕장 이권을 도맡은 것이 '곡괭이 자루를 가져오라' 시켰던 그놈이었다. 이자는 예전 박 사장이 위쪽 대처에서 조폭 짓하던 때 데리고 있던 똘마니로 아홉 살 아래였다. 박 사장은 판을 벌이기 전 똘똘한 놈을 물색하려 했으나 혹여 저를 제낄까 해서 미덥지 않았다. 그래서 고르고 고른 게 이자였다. 뒷심은 물렀지만, 똘마니 적부터 죽으라면 죽는 시늉까지 했고 말속도 곧잘 알아먹어 박 사장의 신임이 있었다.

박 사장 부름에 자기밖에 없다는 듯 부리나케 대여섯을 끌어모아 달려왔다. 박 사장의 친동생이 곤죽 났을 때만 해도 판이 엎어진 줄 알았었다. '일이 잘될 땐 넘어져도 떡함지에 엎어진다'고 불식간에 덩달아 한몫을 챙긴 셈이 되었다. 박 사장이 정한 상납금만 맞추면 나머진 지 몫이었다. 가만히 있어도 해수욕장이 날로 번창하니 상납금 맞추는 일도, 밑에 애들 챙기는 일도 별거 아녔다. 희희낙락 여름 한 철 장사해서 일 년을 놀고먹고, 남모르는 떡고물까지 떨어지니 여느 반듯한 유흥업소 사장이 안 부러웠다.

박 사장을 여전히 하늘처럼 떠받들었어도 역시나 자리가 사람을 만들었다. 새파란 나이에 디스코텍 사장 자리는 거드름이 자연스레 몸에 뱄고 눈에 뵈는 것이 없어졌다. 언제부턴가 '이 사장님'이런 호칭이 귀에 익어들렸고 디스코텍이 제 것인 양 행세하는 건 당연지사일 터였다. 게다가 박 사장 형제는 성길 형제가 껄끄러워 이곳을 자주 오지 않았다. 박 사장의 '범법만은 절대 저지르지 말라'는 서슬 시퍼런 엄명도 이미 먼 나라 얘기가 돼 버렸다.

그날 등산용 칼 들고 나댔던 놈이 이자의 조카였다. 비록 집에선 내놓은 자식새끼였지만 큰누나 아들놈에게만큼은 삼촌 노릇을 톡톡히 했다. 조카 놈은 저를 추종해 보란 듯이 '애깡패'가 되었다. 삼촌은 그런 조카가 기특했고 조카도 그런 삼촌이 자랑스러웠다. 건데 명색이 경찰서 '조직폭력배 관리 대상'인 자랑스러운 삼촌은 정작 하릴없어 손가락이나 빼는 신세였다.

낮에는 시내 당구장에서 죽치고 저녁에는 반기지 않는 술자리를 기웃거렸다. 그도 그럴 것이 속해 있는 조직이 빵빵한 것도 아니었고 하물며 선배들이 끌어 주고 밀어줘야 하는데 아무도 찾질 않았다. 뒷심 무른 저까지는 순서가 오지 않았단 말이 맞겠다. 돈 없고 백 없는 신세에 또래는 물론이고 잘나가는 후배들마저 외면할 지경에 이르렀다. 이러니 성공한 삼촌의 모습을 조카에게 보여 주고 싶고, 동네방네 소문내고 싶은 건 인지상정이었을 게다.

사건의 세 여고생은 삼 학년 같은 반 친구들이었다. 각각 고막 파열·타박상 등 전치 4주와 늑골 골절·타박상 등 전치 3주, 손목 인대 파열·타박상 등 전치 3주 상해를 입었다. 그중 한 명이 윗녘 도회지에서 여상을 다니는 읍내 개인 택시기사 딸이었다. 이때만 해도 여상고를 졸업하면 은행 취업은 떼 놓은 당상이라 장한 딸이기도 했다. 여름 방학을 맞아 도회지에 사는 반 친구 둘이 내려와 집엔 거짓말하고 해수욕장으로 놀러 갔었다.

그날 밤 험한 꼴을 당한 세 여고생은 기겁해 자신들의 민박집으로 도망쳤다. 혹시나 그놈들이 들이닥칠까 봐 불도 못 켜고 방문 걸어 잠근 채 바들바들 떨어야만 했다. 하는 수 없이 아버지에게 경칠 줄 뻔히 알면서도 민박집에 부탁해 집으로 전화를 했다. 안절부절못한 아버지는 전화를 끊자마자 당장 지인의 낚싯배를 빌려 섬으로 들어왔다. 촌 동네들이야 거의가 자자손손 한자리를 지켜 와 법보다는 혈연, 지연이 가까웠다. 더욱이 고립된 섬이야 더 말할 것도 없었다. 그녀 아버지 또한 이런 실정을 잘 알았다. 아버지 일행은 가타부타 언급 없이 셋을 태워 섬을 빠져나갔고 육지에 닿자 바로 읍내 경찰서로 가 신고했다.

이 사건으로 얼마 안 가서 형사과장, 성길 삼촌, 박 사장이 읍내 요릿집에서 만났다. 박 사장 측의 합의서 불이행에 따른 무효화를 통보하기 위한 자리였다. 상황은 삼 년 전과 정반대로 뒤집혀 박 사장이 빼도 박도 못할 처지에 놓였다. 특수협박죄에다 까딱하면 요즘 시도 때도 없이 벌이는 치안 본부의 '폭력배 일제 단속'에 저마저 엮어 갈 판이었다. 박 사장은 군소리하지 않고 머리를 숙였다. 잘못을 인정하고 합의서대로 따르겠다고 말했다. 재합의가 이뤄진 뒤 박 사장은 조심스레 해수욕장 정리에 대해 제 의견을 내놨다.

주류 공급권은 여타 주류상보다 싼값에 납품하고 있으니 그대로 인정해 줄 것과 디스코텍을 실비로 넘길 테니 섬에서 매입해 줬으면 한다는 내용이었다. 성길 삼촌은 마을 사람들과 상의해 박 사장 의견을 들어주었고 디스코텍을 이백만 원에 마을회에서 매입했다. 향후 디스코텍은 두 곳 다 성길 삼촌이 운영하고 수익에서 삼분의 일을 마을회에 내놓기로 했다. 이후 섬은 의도치 않게 입도 상인들과의 마찰이나 외지 깡패들의 행패도 현저히 줄어들었다. 자릿세는 박 사장과의 행실 덕에 으레 내는 것으로 상인들 사이에 인식되었다. 또 그날의 소문은 육지 조폭들과 섬 청년들 간의 회칼과 쇠 파이프가 난무한 집단 난투극으로 둔갑해 꼬리에 꼬리를 물고 퍼져 나갔다.

열과 재용, 현준은 임시 지서에서 진술서를 쓰고 돌아왔다. 동욱네 식구들이 극구 말렸지만 다 지난 점심시간과 저녁 시간에도 성의를 다해 식당 일을 도왔다. 일 마친 뒤의 해 질 녘 장관은 여전했고 어둠 서린 해변과 검푸른 바다는 한여름 밤 정취가 물씬했다. 두 통이나 남은 필름을 현준이 한 컷 한 컷 정성 들여 카메라에 담았다. 그들과, 그들과 함께했던 사람들과, 그들의 흔적이 묻은 장소들을 어느 것 하나 빼지 않고 추억으로 남겼다.

다음 날 아침 셋이 돌아갈 채비를 마칠 즈음 성식 삼촌이 식당을 찾았다. 해수욕장 번영회 회장인 성길 삼촌을 대신해 주는 거라며 각각에게 오만 원이 든 봉투를 건넸다. 이유 모를 큰돈이라 받기를 주저했지만 동욱의 어거지로 별수 없이 받아 챙겼다. 동욱 아버지도 이만 원씩 넣은 봉투를 수고비로 쥐여 주었다. 셋은 따뜻한 환대에 다시 한번 머릴 숙였고 아쉬움을 뒤로한 채 동욱 어머니, 두 어린 동생과 작별 인사를 나눴다. 동욱 아버지와 성식 삼촌도 해변 왼쪽 끝의 선착장 가는 버스 정류소까지 셋을 배웅했다. 그렇게 호기로운 여름 방학이 지나갔고, 동욱이 대표해서 받아 온 파란 비로드 표지에 금박 독수리 마크가 찍힌 경찰서장 표창장에는 이리 쓰여 있었다.

"귀하는 평소 경찰에 대한 깊은 이해와 관심으로 경찰 행정 발전에 협조하여 오셨으며 특히 칠월 삼십 일 밤 월향리 방파제에서 피해자들을 강제추행한 피의자들을 검거하는 데 기여한 공이 혁혁하므로 이에 표창합니다."

5

숙이 친구 숙희

*

    열이 동생 숙의 국민학교 친구 '숙희'는 고아였다. 세 살 적 얼굴도 알 수 없는 부모에게 버림받은 뒤 고아원에 맡겨져 자랐다. 기가 크고 삐쩍 마른 몸에, 까만 피부와 퀭한 눈빛이 도드라지게 눈에 띄는 아이였다. 숙희는 선생과 다른 애들이 말을 걸어와도 '개미 목소리'로 겨우 대답만 할 뿐 상대방에게 먼저 말을 거는 법이 없었다. 행여 누가 말이라도 붙일라 치면 토끼처럼 화들짝 놀란 모습이 안쓰럽기까지 했다. 숙이 그런 숙희를 육 학년 한 반이 돼 처음 만났다. 둘은 맨 끝자리에 앞뒤로 앉게 되었고, 숙 또한 찢어지게 못사는 집 애라 숙희를 서먹해하지 않았다.

    숙희는 학년이 오를 때마다 매번 똑같은 일을 겪었다. 남자애들이 고아원 아이와 짝꿍 되기 싫어 우는 애도 있었고, 엄마에게 고자질해 자리를 바꾼 애도 있었다. 뭐 하나 내세울 게 없어 마지못해 같이 앉은 애는 온갖 심술 부려 숙희를 괴롭혔다. 다행히 육 학년 올라서는 이런 일이 일어나지 않았다. 숙이 짝꿍도, 숙희 짝꿍도 숙의 찢어지게 못사는 동네 남자애들이었다. 내색하지 못했어도 남자애들은 동네에서 오빠 열의 성깔을 몸소 체험했거나 풍문 들어 숙이 눈치를 보는 신세였다.

육 학년 되어서도 전에 같은 반이었던 남자애들이 여전히 숙희를 '깜시'나 '튀기'라 부르며 놀려 대었다. 얼마 안 가 반 남자애들마저 덩달아 따라 하기 시작했다. 이렇다 보니 누구랄 것 없이 숙희를 업신여기고 하찮게 대했다. 숙은 그걸 보고 참지 못했다. 쉬는 시간 숙희를 골려 먹는 남자애들에게 숙이 작정하고 대들었다. 와중에 한 애가 숙을 밀치자 보다 못한 짝꿍들이 나서 잘난 집구석과 못난 집구석 남자아이들의 싸움질로 번졌다. 싸움은 담임선생이 교실로 들어오고서 일단락되었다. 숙의 똑떨어진 바른 소리에 담임은 숙이 손을 들어 주었고, 그 후론 두 번 다시 '깜시'나 '튀기'란 말이 애들 입 밖으로 나오지 않았다.

잘살면 잘사는 애들끼리, 못살면 못사는 애들끼리 끼리끼리 놀아 어느 축에도 끼지 못했던 숙희는 숙이 덕에 못사는 애들 무리와 어울리게 되었다. 이제는 더 이상 혼자가 아니었다. 때론 숙희가 숙이 집에 놀러 왔었고, 때론 숙이 숙희 고아원에 놀러 갔었다. 숙희가 집에 올 적마다 마음 여린 숙이 엄마는 딸자식같이 대해 줬고 열도 평소답지 않게 과묵하고 사려 깊은 오빠 행세를 했다.

한데 여중학교 진학 후엔 숙희로부터 소식이 뜸해진 듯싶더니 언제부턴가 연락이 끊겼다. 숙이 몇 번 고아원을 찾아가 숙희를 만났지만 학교생활을 힘들어할 뿐 그 이유를 속 시원히 털어놓지 않았다. 그러다 아예 연락이 끊겨 흐지부지 시간이 흘렀고 일 년이 다 돼 가는 어느 날 밤이었다. 숙희가 '고아원에서 도망쳐 나왔다'며 숙이 집을 불쑥 찾아왔다. 어디서 무슨 말을 듣고 왔는지 알 순 없어도 서울 봉천동에 있는 지 어머니를 찾으러 가겠다면서 '후에 꼭 갚을 테니 돈을 빌려 달라' 했다.

숙과 숙이 엄마는 숙희의 어처구니없는 얘기에 기가 차 말이 나오질 않았다. 생판 모르는 어머니를 서울 가서 무슨 수로 찾을 것이며, 진짜 어머니일지 어떻게 알 것이며, 찾는다 해도 어머니가 어떤 처지일지 모르는 마당에 무턱대고 가겠다는데 되레 모녀가 애간장을 태웠다. 숙이 엄마까지 나서서 한사코 말려 봤으나 좀체 말을 듣지 않았다. 서울만 올라가면 어머니를 찾을 수 있다면서 전후곡절은 밝히지 않은 채 막무가내였다. 숙이 엄마는 일단 숙희를 달래 보려 집에서 머물게 했다. 그리해 숙이 집에 머물다가 기어이 숙이 엄마가 준 돈을 가지고 서울로 올라갔다.

나중에 알게 된 사실이지만 서울에 어머니가 있다는 긴 거짓말이었다. 성년이 돼 퇴소한 고아원 언니가 신정 날 내려와 자신이 일하는 서울 봉천동의 미장원 전화번호를 가르쳐 준 게 고작이었다. 그거 하나 믿고 서울로 올라갔던 것이다. 불행히도 막다른 골목에 내몰린 숙희로서 할 수 있는 건 이 길밖엔 없었다.

중 이 여름 방학 들기 직전 체육 시간에 급우 돈 삼천 원을 훔친 도둑년으로 몰려 담임에게 매질 당했다. 또 그 사실을 고아원에 알려 원장으로부터 호된 질책과 체벌을 받았다. 학교는 물론이고 고아원에서도 도둑년으로 낙인찍혔다. 한번 저지른 잘못이 돌이킬 수 없는 화를 불러왔다는 걸 숙희 역시 잘 알고 있었다. 그 한 번의 잘못을 저지른 것은 일 학년 일 학기 중간 무렵이었고 가사 선생인 담임의 수업 시간이었다.

숙희는 담임이 빠뜨리고 온 교재를 가지러 교무실로 갔었다. 교재를 가지고 나오다 담임 옆자리 책상 위에 층층이 쌓아 올려진 오백 원 동전이 눈에 들었다. 뭔가에 홀린 듯 그중 한 개를 저도 모르게 호주머니 속에 집어넣어 버렸다. 작년 유월께 첨 발행된 오백 원짜리 은빛 주화는 탐날 만큼 영롱하게 반짝였고, 어린 소녀의 순간적 욕망을 억누르게 하지 못했다. 이를 수상히 여겨 저편에서 지켜보던 선생에게 끝내 들키고 말았다.

기껏해야 짜장면 한 그릇 값에 불과한 오백 원 동전 한 개를 훔친 대가는 혹독했다. 선생들 사이에선 말할 것 없고 학생들 사이에서도 소문이 퍼져 나가 숙희는 발붙일 자리를 잃었다. 또다시 혼자가 되었다. 비록 잘못했어도 도둑년이라는 수모를 감내하기엔 너무 어린 나이였고, 저를 신뢰하던 여자 담임선생의 매몰찬 돌변은 하늘이 무너질 것 같은 아픔이었다. 그렇지만 체육 시간에 반 애가 분실한 삼천 원은 결코 자기가 한 짓이 아니었다.

숙희는 억울하기보단 혼란스러웠다. 누군가가 일부로 절 불구덩이 속으로 밀어 넣는 듯한 기분이었다. 그 애가 정말 그러한 돈을 가지고 있었는지조차 의심스러울 지경이었다. 이날 체육 수업 마치고 교실로 돌아온 한 애가 '가방 안에 넣어 둔 삼천 원이 없어졌다'며 곧바로 남자 담임에게 고해바쳤다. 모두가 고아이자 전력이 있던 숙희를 의심했고 담임도 마찬가지였다. 누구 하나 숙희 편을 들어주는 이가 없었다.

당연하게도 숙희는 다시금 혼자라는 서러움을 처절하게 맛봐야 했다. 담임은 방과 후 숙희만 남기고 반 애들을 집으로 돌려보냈다. 마주 앉은 담임은 한 시간 가까이 '훔친 사실을 자백하라' 다그쳤다. 숙희는 정말 모르는 일이었고 '모른다'고 대답할 수밖에 없었다. 돌아온 것은 모진 매질이었다. 원산폭격으로 시작된 체벌은 마침내 제 화를 참지 못한 담임의 매질로 이어졌다. 숙희에겐 평생 지워지지 않을 기억이었다.

사람 모양을 한 괴물이 와이셔츠 양 소매를 걷어붙이더니 왼 손목의 투박한 시계를 풀어 제쳐 교탁에 올려놓았다. 둥그렇게 잘 깎인 단단한 지휘봉이 오른손에 들렸고 흉괴한 낯짝으로 손바닥과 엉덩이를 마구잡이로 때렸다. 너무 아파 움츠려 피하면 삐쩍 마른 가냘픈 등어리를 인정사정없이 내리쳤다. 손바닥과 엉덩이가 붉게 물들어 부어올랐다.

결국 매질이 무서워 삼천 원을 훔쳤다고 거짓 자백했지만 십 원 한 장본 적 없는 돈의 행방을 대진 못했다. 담임은 훔친 돈을 내놓으라고 거듭해 매질했으나 마침내 제풀에 지쳐 지휘봉을 내려놓았다. 담임선생으로부터 '지독한 년'이라는 말을 듣고서야 상황이 끝났다. 그렇게만 끝났어도 좋았었다. 고아원에 돌아가자 이번엔 분기탱천한 원장이 기다리고 있었다. 저녁밥도 굶긴 채 원장의 호된 질책과 체벌이 밤늦도록 이어졌다. 몸과 마음이 조각조각 깨어지는 고통은 어린 소녀가 감당키엔 무리였다.

숙이 집을 나온 숙희는 그길로 고속버스에 몸을 실어 쭉 뻗은 고속도로를 타고 서울로, 서울로 내달렸다. 어린 나이에 딱히 달리할 방도도 없었겠거니와 서러웠던 지난날을 잊고 오로지 서울서 새롭게 시작하고 싶었다. 반드시 그러리라 꿋꿋이 마음먹자 남아 있던 알 수 없는 미련이 사라지고 한결 기분이 나아졌다. 텔레비전에서만 봤던 서울에 간다고 생각하니 두렵기도 했지만 살짝 들뜨기도 했다. 그 채로 잠들어 헤어 디자이너로 크게 성공해 보란 듯이 금의환향하는 꿈을 꾸었다. 꿈속에서처럼 성공해 무자비한 그들에게 당당한 모습을 보여 주고도 싶었다.

멀기만 하던 서울에 버스는 어느덧 도착했다. 서울은 살던 곳과 비교되지 않을 정도로 으리으리했다. 생전 못 본 초고층 빌딩과 아파트들 사이로 자동차와 사람들이 넘쳐났다. 서울에선 '눈 감으면 코 베 간다' 들었고, 상경하는 여자들을 납치해 사창가에 넘기는 인신매매가 횡행하던 시절이라 숙희는 긴장의 끈을 놓지 않았다. 고속버스 터미널에 도착해 어수룩이 두리번대지 않고 곧장 나가 버스 정류장을 찾았다. 이리저리 헤매다가 물어물어 시내버스에 올랐다. 과천 간 도로 확장 공사와 사당역 지하철 막바지 공사가 한창인 큰길 사거리에서 재차 헤맨 끝에 봉천동 가는 버스를 간신히 갈아탔다. 봉천동의 한 시장 어귀에 다다라 숙희는 정처 없이 버스에서 내렸다.

시장 너머로 산기슭을 빽빽이 뒤덮은 낯선 동네가 한눈에 들어왔다. 슬레이트 지붕과 기와지붕을 한 시멘트 집들은 하나같이 허름하고 추루했다. 숙희는 조마조마한 마음을 부여잡고 고아원 언니가 일하는 미장원에 전화를 걸었다. 수화기 저쪽에서 '마른하늘에 날벼락' 떨어지는 소리가 들려왔다. 언니가 했던 얘기완 영 딴판인 달동네를 보고 조마조마했던 마음이 여지없이 들어맞았다. 언니가 첫 달 월급 탄 다음 날 말 한마디 없이 미장원을 그만뒀다 했다. 그것도 꽤 오래됐단다. 어디로 갔는지도 알 수 없었다. 박정하리만치 냉랭한 미장원 주인 말투는 숙희 억장을 무너뜨렸다.

하늘이 무너졌어도 솟아날 구멍이 없었다. 하늘은 스스로 돕는 자를 돕지 않았다. 숙희는 당장 어찌해야 할지 몰라 막막했다. 한참을 망연히

서 있다 제 손으로 바지 안단에 비밀스레 지어 놓은 호주머니를 주섬거렸다. 갖고 있는 돈이 손에 잡혔다. 숙희 엄마가 '못 찾으면 바로 내려오라'며 건넨 왕복 차비를 더한 얼마간의 여비에서 남은 돈이었다. 또 노심초사한 숙이 엄마가 적어 준 야쿠르트 대리점 전화번호 종이 쪼가리가 손에 걸렸다.

오만 감정이 서로 엇갈려 부딪치듯 뒤엉켰다. 그렇다고 이제와 돌아갈 수도 없는 노릇이었고, 이대로 물러앉을 수도 없는 노릇이었다. 숙희는 어찌하던 '언니를 꼭 찾아내리라' 굳게 결심하고 마음을 다잡았다. 하나 그러기엔 가진 돈이 부족했다. 바지 안춤의 돈은 팔천몇백 원이 전부였다. 도리질로 불안을 떨쳐 내고 다시 힘을 냈다. 고아원 언니를 찾을 때까진 씀씀이를 줄이기 위해 노숙할 곳을 찾아 나섰다.

여름이라 그나마 다행이었다. 밤 열한 시 넘겨 점포들 불이 꺼진 시장 안을 경비원 눈 피해 도둑고양이마냥 숨어들었다. 구석의 궤짝과 방수포가 그러모아진 틈서리를 찾아내 서울에서의 첫날 밤을 보냈다. 그렇게 시장통의 한뎃잠으로 숙희의 고달픈 서울 생활이 시작되었다. 또 그렇게 '봉지 빵'을 아껴 먹으면서 사흘에 한 번은 도리 없어 목욕탕엘 갔다. 숙희는 열흘여를 일대 미용실이란 미용실은 죄다 훑고 다녔지만 역시나 '서울에서 김 서방 찾기'였다. '모래밭에서 바늘 찾기'란 말이 실감났다.

급기야 열사흘 만에 돈이 떨어졌고 열나흘 만엔 주린 배를 움켜쥐었다. 숙희가 거지꼴이 되어 어딘지도 모를 공원 앞에서 물로 배를 채워야 했던 건 어쩔 수 없었다. 물배가 부르고 세수를 한 뒤 꾀죄죄한 차림이 눈치 보여 벤치에 앉지 못하고 화단 구석데기에 쪼그려 앉았다. 나들이 나온 가족과 연인들의 얼굴은 해맑았고 주위를 빙 두른 아름드리나무들은 푸르렀다. 하늘에서 햇살이 부서져 쏟아지는 공원은 사방으로 눈부셨다. 숙희는 그런 광경을 흐리멍덩한 눈으로 바라볼 뿐이었다.

타의든, 자의든 희망에 부풀어 서울로 올라왔던 열다섯 살 소녀는 이곳에서도 예전과 전혀 다를 게 없었다. 변함없이 덩그러니 혼자였다. 오히려 허허벌판 같은 서울 땅의 설움은 남쪽 촌 도시의 설움과 비할 바가 못 되었다. 그러다가 숙희는 흐느적대며 일어났다. 손엔 호주머니에서 꺼내 든 오백 원 동전 한 개와 십 원 동전 몇 개가 쥐어져 있었다. 남은 오백 원짜리 동전은 언니 만날 때 목욕탕 가려 끝끝내 쓰지 않았던 돈이었다. 숙희는 동전들을 멀뚱히 내려다보다 맥없이 주저앉아 버렸다.

어린 제게 감당키 어려운 현실이 서럽고, 서러웠어도 눈물 한 방울 나지 않았다. 배고프고, 입술과 발이 부르틀 만큼 지쳐 이젠 아무런 생각이 들지 않았다. 이곳에서 하룻밤을 보낸 숙희는 아침나절 단속 나온 순경들에게 하마터면 붙들려 갈 뻔했다. 요행수로 순경을 피해 시장 방향으로 달아날 수 있었다. 유료 공원이라 들어가지 못하고 앞에서 얼쩡대던 껌팔이 아이와 목발 짚은 남루한 젊은 남자, 늙은 거렁뱅이 여자는 그예 붙잡혔다. 길 건너 멈춰 세워진 빗장 잠긴 하얀 탑차에 실려 부랑인 수용 시설로 보내졌다.

더 이상 배고픔을 참지 못한 숙희는 오백 원을 헐어 백 원짜리 빵 두 봉지를 사 허겁지겁 먹어 치웠다. 허기를 달래자 '도둑 기차'라도 탈 요량으로 서울역 방면 버스를 타기 위해 공원과 멀찍이 떨어진 정류장으로 걸어갔다. 두 주 전 서울에 올라와 다졌던 각오는 잊힌 지 오래였다. 서울역에서 내린 숙희는 서성거리다 단박에 '직업소개꾼'에게 걸려 구슬리고 자시고 없이 남산 밑 무허가 하숙집에 팔려 갔다.

그들은 말이 직업소개꾼이지 촌구석에서 가출해 상경한 아이들을 팔아먹는 인신매매 업자나 다를 바 없는 치들이었다. 이런 직업소개꾼들이 서울의 기차역마다 성매매 업소에 팔아넘길 대상을 물색하는 인신매매범들과 섞여 독사처럼 똬리를 틀고 있었다. '수요와 공급의 법칙'에 의해 수요가 있는 곳에 공급이 뒤따라 균형을 맞추는 셈이었다. 이자들은 임금 싼 업소에 아이들을 넘기는 대가로 건당 이삼만 원을 받아 챙겼다.

이러긴 경찰이나 공무원 신분의 '부랑인 단속반'도 매한가지였다. 직업소개꾼들은 돈이 필요해서 그랬고, 경찰들과 구청 공무원들은 실적이 필요해서 그랬다.

서독 바덴바덴에서 열린 '88 하계올림픽' 개최지 선정·발표에서 서울이 확정되었었다. 그때가 이 년 전 구월 말경이었다. 정부는 이날부로 이른바 '사회정화사업'에 본격적으로 착수했다. 그해 시월 전두환 대통령 지시로 '구걸행위자 보호대책'이 내려왔고 '사회정화위원회'가 설치되었다. 이유는 단순했다. 86 아시안게임과 88 올림픽 개최 때 대외적으로 깨끗한 이미지를 심어 주기 위해서였다. 역시 시월 말 '사회정화 국민운동 전국대회'를 기점으로 서울을 위시한 전국에서 대대적인 부랑자 단속에 들어갔다.

단속은 '거리 정화'란 미명하에 해마다 국민대회를 개최하며 더욱 열을 올렸고, 아시안게임과 올림픽대회가 다가올수록 강도는 더해졌다.

양대 국제 대회를 준비하면서 정부의 사회정화사업 우선 정책에 따라 전국 부랑인 수용 시설은 차고 넘쳤다. 설혹 집과 가족이 있더라도 차림새가 초라하거나 거리를 배회하면 부랑자로 몰아 강제 수용 시설에 처넣었다. 이러한 정부 기조로 전국 각지에 수용 시설이 급속히 늘어갔고, 경찰, 공무원들 또한 한 몸이 되어 열심히 발맞추었다.

그것들이 얽히고설켜 대한민국 역사상 최악의 인권 유린이 자행된 전대미문의 '부산 형제복지원 사건'을 만들어 냈다. 1987년 폐원된 부산 형제복지원은 이 시기 시와 경찰의 비호 아래 막대한 국고와 지방비를 받아 챙기며 전국 최대 규모의 부랑인 수용 시설로 거듭났다. 1975년부터 십여 년간 형제복지원을 거쳐 간 부랑인이 3만 8천여 명에 이르렀고 복지원 측 통계로만 사망자 수가 513명에 달했다. 실로 어마어마한 숫자였다.

숙희가 팔려 간 곳은 무허가 하숙집을 세내 운영하는 가족 일당의 범죄 소굴이었다. 가족 일당은 여자아이들만 집단 수용시켜 껌팔이와 앵벌이로 번 돈을 갈취했다. 사십 대 부부와 스물 먹은 아들놈의 감시 속에서 일고여덟 명의 어린 여자애들이 합숙했고 그중 뒤늦게 들어온 숙희 나이가 가장 많았다. 아이들은 지하철, 극장, 다방, 육교 등지에서 껌을 팔았고 구걸을 일삼았다. 껌 팔고 구걸해 온 돈은 소개비, 방세, 밥값 명목으로 한 푼도 남김없이 빼앗았다. 당시 무허가 하숙집은 동숙하면 한 사람당 팔백 원이었고, 오천 원이면 방 하나를 통째로 쓸 수 있어 청소년 탈선 현장이자 오갈 데 없는 인생들의 집합소 같은 곳이었다.

숙희는 이곳에서 일주일 내내 말로 표현할 수 없는 형극을 견뎌 내야 했다. 매질은 다반사였고, 발가벗겨져 벌을 섰고 담뱃불로 지지기까지

했다. 아비, 어미, 자식 놈 따질 것 없이 하는 짓이 똑같았다. 다음 날 어지간히 길들였다 싶었는지 아비 놈과 자식 놈이 숙희를 데리고 나갔다. 끌려온 지 팔 일만이었다. 숙희는 지하철역으로 딸려 가 지하철 객실 양 끝 문을 가로막은 두 놈 사이의 한가운데 섰다. 배웠던 대로 껌 통의 껌과 구구절절한 사연이 깨알같이 쓰인 흰 종이를 앉아 있는 승객들 무릎에 하나씩 올려놓았다. 중간쯤의 점잖아 보이는 한 노부부 앞에 서자 숙희는 누가 손쓸 겨를도 없이 '납치당했다'고 울고불며 매달렸다.

다행스레 노부부는 사태를 파악했고 주위에서도 도움의 손길이 뻗쳤다. 지하철을 내려서도 노부부는 발 빠르게 대처했다. 곧바로 역무원에게 이를 알렸고 역무원은 112에 신고했다. 지하철을 따라 내려 저만치서 지켜보던 놈들은 전화로 신고하는 걸 보고 이내 자취를 감춰 버렸다. 역무원이 가세해 바로 위 파출소로 가면서도 노부부는 경계를 늦추지 않았다. 그 덕택에 숙희를 무사히 파출소에 인계할 수 있었다.

숙희는 몇 번이고 머리 숙여 감사를 표했고 그때 비로소 퀭한 두 눈에서 '달구똥' 같은 눈물이 뚝뚝 떨어졌다. 파출소에서 진술한 뒤 하룻밤을 묵은 숙희는 이튿날 하얀 탑차에 실려 '시립 부녀 보호소'로 넘겨졌다. 신원 파악과 조사가 끝나고 입감할 방이 정해졌다. 또 하루가 지나 숙이 엄마와 어렵사리 연락이 닿은 후에도 뭔가 미덥지 못한 높은 담장의 교도소 같은 부녀 보호소에서 하룻밤을 더 지새웠다.

오후 늦게 대리점에 들른 숙이 엄마는 숙희에게서 연락이 온 사실을 그제야 알았다. 담당자가 남긴 전화번호로 급히 전화 걸어 이 사람 저 사람 연결 끝에 숙희 소식을 듣게 되었다. 숙이 엄마는 숙희를 서울로 떠나보낸 뒤 내내 걱정했지만 듣도 보도 못한 부녀 보호소라는데 황망하기 이를 데 없었다. 당장 집으로 돌아와 숙희 소식을 아들딸에게 알리고 서울 갈 채비를 했다. 숙이 엄마는 따라나서려는 아들을 뿌리치고 삼촌 스님한테 도움을 청했다.

다음 날 삼촌 스님을 대동하고 아침 일찍 서울로 올라갔다. 출소 절차를 마쳐 부녀 보호소 철제문 밖으로 나온 숙희 꼴을 본 숙이 엄마는 망연자실했다. 더한층 야위고 파리한 몰골에 행색은 '거지새끼'가 따로 없었다. 그러다 서로 얼싸안았고 오랫동안 눈물바다를 이루었다. 밤 기차 타고 내려오는 동안 전해 들은 숙희의 전후 사정은 숙이 엄마와 삼촌 스님의 가슴을 후벼팠다. 내려와서도 숙희는 고아원과 학교에 되돌아갈 엄두를 내지 못하고 한동안 숙이 집에서 지냈다. 숙이네의 깊어지는 근심에 결국 삼촌 스님이 발 벗고 나섰다.

믿을 만한 사람 소개로 이곳과 멀지 않은 아래 소도시의 평범한 육십대 부부가 숙희를 입양하게 되었다. 동갑내기 부부는 작은 배 과수원을 하고 있었고, 두 딸을 출가시키고 근래 적적하게 보내는 차였다. 내외 다 심성이 착해 숙희의 고단했던 세상살이를 충분히 이해했다. 이렇게 숙희는 짐승 우리 같은 그곳에서 가까스로 빠져나와 새로운 삶을 찾았다. 돌이켜 보면 쉬이 바깥 구경하기 힘든 윤락가에 팔려 나가지 않은 것이, 부산 형제복지원 같은 끔찍한 곳에 잡혀가지 않은 것이 천만다행이라면 천만다행이었다.

*

"세상천지에 이런 곳이 또 어디에 있습니까. 이곳은 복지원이 아니라 민간인을 포로처럼 수용하면서 정부 지원금을 착취하는 사설 형무소입니다. 거리를 방황하는 진짜 보호받아야 할 사람은 몇 명만 데려다 놓았을 뿐 나머지 사람들은 대부분 강제로 잡혀 왔습니다."

"일단 이곳에 잡혀 오게 되면 볼모 신세가 돼 죽어서야 떠날 수 있는 감옥과 같은 곳입니다."

1987년 1월 31일 부산 형제복지원에서 열린 신민당 진상 조사에서 수용자가 한 진술 내용들이다. 면담을 가진 수용자들은 이구동성으로 복지원에서 풀려나게 해 달라 호소했다. 그 와중에 또 다른 수용자 수십 명이 회의실로 몰려와 자신들에게도 '말할 기회를 달라'고 하나같이 격양된 목소리를 냈다. 부산시 사상구 주례동 산 18번지. 냉정산 기슭에 자리한 형제복지원은 한때 4천 명 가까운 원생을 위탁받아 운용하던 국내 최대의 부랑인 수용 시설이었다.

공장, 숙소, 식당은 말할 것 없고 교회·병원·학교·이발소·목욕탕까지 있었고, 박인근 원장이라는 왕이 존재하는 그야말로 하나의 작은 왕국이었다. 이곳은 대지 2만 8천여 제곱미터(약 8천5백 평)의 교도소 같은 높은 담장 안에 건물 34동과 봉제·편물·용접부 등 6개 직업 교육 시설, 29개의 자활 사업장을 갖췄다. 재봉·편물·용접기 등 총 6백45대 장비를 구비하고 일시에 8백 명을 교육할 수 있었다. 당시에만 재산 가치가 수백억 원대에 이를 정도의 엄청난 규모였다.

1987년 폐원된 이 복지원은 헌병 부사관이던 박인근이 전역 후 장인이 하던 형제육아원을 1962년 인수해 1971년 '부랑인 보호 시설' 인가를 따냈다. 1975년 부산시와 '부랑인 일시 보호 위탁 계약'을 맺으면서 현재의 부지인 국유림을 헐값에 불하 받아 이전했고 시와 지방 경찰의 비호 아래 십여 년간 급속하게 성장했다.

형제복지원이 저지른 만행은 상상을 초월했다. 수용자들이 복종하지 않거나 저항하면 굶기든가 두들겨 팼고, 이로 인해 죽은 사람과 자살한 사람은 뒷산에 암매장했다. 게다가 일부 시신은 3백에서 5백만 원을 받고 의과대학의 해부학 실습용으로 팔아 치웠다. 복지원 내에선 하루 10시간 이상의 강제 노역은 물론 기합과 구타가 일상이었고 이·동성 간 성폭행, 살해 등 참혹한 범죄가 밤낮으로 벌어졌다.

수용자들의 생활은 개나 소만도 못했다. 식사는 꽁보리밥에다 산업 폐기물로 지정돼 팔 수 없는 선지피와 시래기를 넣어 끓인 소위 '똥국'이 나왔다. 버려진 썩은 배추로 담근 김치와 상한 전어로 삭힌 젓갈이 반찬이었다. 그나마 오 분도 안 되는 식사 시간에는 폭언과 구타가 끊이지 않았다. 굶주림에 지쳐 대다수가 영양실조 상태였고 수용자들은 이곳에서 살아남기 위해 구더기와 쥐새끼마저 잡아먹었다.

병을 앓아도 간단한 치료조차 받기 힘들었다. 폐결핵 환자들은 아예 별도 소대를 꾸려 햇빛과 난방이 안 들어오는 너절한 방에 몰아넣었다. 그들은 그저 죽을 날만을 기다려야 했다. 수용소 부적응자나 반항하는 자에겐 임의로 정신과 약물을 투여했다. 복지원 내 정신요양원을 운영하며 향정신성 약물인 '클로르프로마진' 25만 정을 구입해 남용했다. 이는 연간 342명이 매일 2번 복용할 수 있는 양이었다.

또 감옥보다 못한 열악한 환경에서 3천 명 넘는 수용자를 48개 소대로 편성하고 군대 방식을 통해 복지원을 운영했다. 실질 관리는 중대장이 맡았고 소대별론 소대장이 있었다. 그 아래 서무와 각 조장을 두었다. 이들 역시 모두가 부랑자로 잡혀 들어온 수용자들이었다. 그들에게 재량권을 주어 수용자 관리를 일임했다. 소수에게만 무소불위의 권한을 용인함으로써 같은 수용자끼리 감시, 통제하도록 획책했다.

5미터 높이의 담벼락과 몽둥이 든 경비원들에게 질려 대부분의 수용자들이 감히 탈출할 엄두를 못 냈다. 그렇지만 수용자들의 살기 위한 탈출 시도는 멈추지 않았고 담을 넘다가 발각되면 죽을 만큼 뭇매를 맞았다. 실제로 죽을 만큼 맞은 뭇매질에 사람이 죽어 나갔다. 도망치다 붙잡히면 마대자루에 씌워져 수용자 전원이 보는 앞에서 몽둥이로 처참히 얻어맞았다. 그다음엔 원장실, 중대장실, 소대에 차례로 끌려가 맞았다. 그러다 맞아 죽으면 가마니에 말려 땅속에 파묻었다.

한국 현대사 최악의 인권 유린으로 꼽히는 '부산 형제복지원 사건'은 1987년 새해 벽두부터 온 나라를 뒤흔들었다. 이 사건이 만천하에 드러나게 된 계기는 서른두 살의 젊은 검사 때문이었다. 1986년 말 부산지검 울산지청 김용원 검사가 형제복지원 수사에 본격 나섬으로써 참상이 세상에 알려졌다.

당시 주임 검사였던 김용원(69·현 국가인권위 상임위원) 저 《브레이크 없는 벤츠》(예하출판)에 따르면 사건은 이러했다. 사건의 발단은 1986년 12월 21일 일요일이었다. 김 검사는 부임해 알게 된 포수와 함께 그날 경남 울주군 야산으로 사냥을 나갔다. 사냥 중에 포수가 지나가는 말로 "산속에 이상한 작업장이 있다."라면서 "경비원이 인부를 개 패듯이 패는 걸 몇 번 보았다."라고 얘기했다. 커다란 개 여러 마리와 몽둥이 든 경비원들이 작업장을 지킨다고도 했다. 김 검사로서는 납득되지 않았다. 적어도 우리나라에선 그런 작업장이 있을 수 없었다. 인부들이 군인이나 죄수라면 몽둥이가 아니라 총을 들고 있어야 맞았다. 만약 인부들을 몽둥이질 해 가며 노역시켰다면 그건 분명 중대한 범죄 행위였다.

김 검사는 포수를 재촉해 그 작업장을 살피러 갔다. 정말로 목장을 짓는 공사 현장엔 커다란 개들과 몽둥이 든 경비원들이 인부들을 지켜 서고 있었다. 김 검사는 다음 날 즉시 수사에 착수했다. 이후 경찰이 내사에 들어갔고 부산 형제복지원 원장 박인근의 작업장이라는 걸 알아냈다. 원장이 수용 중인 부랑인들을 사유지 공사에 강제 동원한 것이 명백했다. 문제는 원장 박인근이 거물급이라는 데 있었다. 1981년 국민포장과 1985년 국민훈장 동백장을 수훈했고, 대통령 직속 자문 기구인 평화통일정책자문회의 상임위원에 임명돼 중앙정부에도 잘 알려진 인물이었다.

하지만 김 검사는 개의치 않았다. 조사 결과를 부산지검 검사장에게 직보하고 영장을 청구해 압수수색에 들어갔다. 교도소 뺨치는 철문과 성곽 같은 담장으로 둘러싸인 복지원은 사회 복지 시설이 아닌 완벽한 감금 시설이었다. 건물마다 출입문 안팎으로 견고한 자물쇠 장치가 채워졌고, 원장실 대형 금고에선 액면가 20억 원이 넘는 각종 예금증서와 달러, 엔화가 쏟아져 나왔다. 압수 수색 날 울주군 야산 작업장도 동시에

덮쳐 복지원 관계자 100여 명을 붙들어 와 울산지청은 종일 북새통을 이뤘다.

밤샘 조사 끝에 수용자들 대부분이 정상인인데도 납치되다시피 끌려와 복지원에 갇혔고, 노임도 받지 못한 채 강제 노역에 동원됐다는 실상이 밝혀졌다. 김 검사는 우선 원장을 산속 초지 훼손과 축사 무단 용도 변경, 외화 불법 소지죄로 정식 영장을 발부받아 구속했다. 구속 수사 중에 국고보조금 횡령과 수용자 살해 사실이 추가로 드러났다. 울주 작업장에서 한 수용자가 탈출을 시도하다 붙잡혀 폭행당한 뒤 사망하자 진단서를 병사로 꾸며 매장했었다. 또한 수용자들의 무임 노동으로 막대한 수입을 올리면서도 국고보조금 39억 원 가운데 11억 원을 착복했다. 원장은 이런 돈으로 고급 아파트, 골프 회원권, 콘도미니엄 등을 사들였고 단자 회사에 수십억 원을 예치하고 있었다.

김 검사는 원장의 횡령 액수를 10억 원 이상 밝혀내려 애썼다. 그래야만 무기징역을 구형할 수 있었다. 수용자들을 재판 없이 잡아 와 기한 없이 가둬 뒀던 것처럼, 거기에 상응한 죗값이었다. 그러나 부질없는 짓이었다. 바로 여기저기서 외압이 들어왔다. 심지어 대통령은 법무부 장관에게 '왜 검찰이 쓸데없는 짓을 했냐'며 '빨리 원장을 풀어 주라' 했다.

그 불똥이 검찰총장에 이어 검사장에까지 옮겨붙었다. 이때부터 수사는 가시밭길이 될 수밖에 없었다. 당장 차장검사에 의한 수사 방해가 시작되었다. 사사건건 수사 지휘와 훼방으로 일관했고 김 검사는 '울며 겨자 먹기'식으로 감수하는 것 외엔 수가 보이지 않았다. 끝내 검찰 윗선과 타협해 구형 형량은 징역 15년으로, 횡령액은 11억여 원에서 6억여 원으로 축소하기로 했다. 대검에서 '횡령 액수를 7억 이하로 하라'는 엄명이 떨어져서였다. 그들의 요구대로 횡령액 줄이기 위한 공소장 변경을 법원에 신청해야만 했다.

1987년 6월 23일 재판에서 검찰은 피고 박인근에게 징역 15년과 벌금 6억여 원을 구형했고, 법원은 징역 10년과 벌금 6억여 원을 선고했다. 김 검사가 원하는 방향으로 흘러가진 않았지만 일정 만족할 수 있는 결과였다. 김 검사는 재판 직후 미국으로 출국했다. 지난해 이미 검찰 내 선발 절차를 통과한 그는 미국의 대학에서 장기 연수가 결정돼 있었다.

세간의 이목을 떠난 형제복지원 사건은 주임 검사마저 떠나자 계속된 재판에서 박인근의 형량이 점점 줄어들었다. 박인근의 1차 항소심에서 벌금형은 사라지고 징역 4년을 선고받더니 2차 항소심에선 징역 3년을 선고받았고, 3차 대법원 항소심은 징역 2년 6개월이 떨어졌다. 대한민국을 들쑤셨던 전대미문의 인권 유린 사건은 일곱 번의 재판을 거치는 동안 형량이 반에 반토막이 났던 거였다.

대법원 항소심에서는 원심의 판결조차 인정받지 못했다. '특수감금죄'에 대해서도 무죄를 확정했다. 재판장은 "부산 형제복지원이 부랑인들을 울주 작업장에 수용한 것과 야반도주를 방지하기 위해 취침 중 출입문을 잠근 것 등이 감금죄에 해당하지 않는다."라고 판결했다. 재판장인 대법관은 유신 시절 제정된 '내무부훈령' 제410호를 근거로 삼았다. 내무부 훈령 제410호는 '부랑인의 신고, 단속, 수용, 보호와 귀향 및 사후 관리'에 관한 업무 처리 지침이었다. 경찰과 구청 역시 형제복지원에 수용 의뢰한 법적 근거는 이 훈령의 업무 처리 지침에 따른 것이었다.

다시 말해 영장과 재판 없이도 부랑인을 단속하고 시설에 감금할 수 있다는 얘기였다. 지침에는 부랑인을 '건전한 사회 및 도시 질서를 저해하는 자' '사회에 나쁜 영향을 주는 자'로 두루뭉술 규정해 놓았다. 말 그대로 '귀에 걸면 귀걸이, 코에 걸면 코걸이'였다. 경찰관, 구청 공무원이 자의적으로 해석할 여지가 많아 단속하려 마음먹으면 누구라도 부랑인이 될 수 있었다. 이렇다 보니 집과 가족이 있어도 차림새가 초라하거나 거리를 배회하면 부랑자로 몰아 강제 수용 시설에 잡아넣는 게 가능했다. 문제를 낳았던 '내무부훈령' 제410호는 형제복지원 재판 당시인 1987년 2월 폐지되었다.

1986년도 형제복지원에 부랑자로 수용된 사람은 3천9백75명이었다. 이 중 3천1백17명은 경찰이, 2백58명은 구청이 복지원에 수용 의뢰한 위탁자 수였다. 시설에 감금된 거의가 국가권력인 경찰의 불심검문이나 구청 단속반에 걸려 이곳에 끌려온 셈이었다. 더욱이 경악스러운 건 그중 칠 할이 넘는 수가 정상적인 일반인이었다. 결국 이 모든 일이 국민을 지켜야 할 국가의 절대적 폭력에 의해 행해진 인재였고 비극이었다.

1989년 7월 대법원에서 건축법 위반, 업무상 횡령 혐의만 인정돼 징역 2년 6개월형을 마치고 나온 박인근은 읍의 마을, 형제복지지원재단, 느헤미야 등으로 법인명을 바꿔 가며 여전히 사회 복지 사업을 이어 갔다. 폐쇄된 채로 방치되었던 형제복지원 부지는 2001년 한 건설사에 팔려 박인근에게 2백억 원 이상의 시세 차익을 안겨 주었다.

박인근은 2016년 지병으로 요양 병원에서 86세의 나이로 사망했고 재산은 그의 자식들에게 상속되었다. 박인근 가족들이 보유한 국내외 재산은 온천, 골프장, 스포츠센터 등 1천억 원대인 것으로 알려졌다. 공식 사망자 수만 657명(진실화해위 2022년 집계 발표)으로, 한국 현대사 최악의 인권 유린으로 꼽히는 '부산 형제복지원 사건'은 그 어느 누구 하나 책임지는 사람 없이 이렇게 끝이 났다.

*

2022년 8월 24일 '형제복지원 사건'의 진실규명이 마침내 이뤄졌다. 2기 진실·화해를위한과거사정리위원회가 이날 형제복지원 사건의 조사 결과를 발표했다. '형제복지원 사건'은 국가의 부당한 공권력 행사에 의한 중대한 인권침해 사건이라고 규정짓고 진실규명 결정을 내렸다. 1987년 형제복지원 사건이 세상에 알려진 지 35년 만에 국가 기관이 국가의 책임을 처음으로 공식 인정한 것이다. 하지만 더는 기다릴 수 없었던 생존자 중 13명이 지난 2021년 6월 국가를 상대로 손해배상 청구 소송에 나섰었다. (법원 제출 진술서 일부 발췌·인용. 참고 자료 서울신문 2021년 7월 16일 자 〈형제복지원 생존자, 다시 그곳을 말하다〉)

김승연(45·가명) 씨는 1983년 남동생과 형제복지원에 잡혀갔다. 그때 남매 나이 일곱 살, 다섯 살이었다. 삼 남매였던 가족은 아버지, 어머니가 이혼하는 바람에 승연 씨와 남동생은 친할머니 집에서, 언니는 큰고모 집에서 얹혀살았다. 아버지가 사우디아라비아 공사 현장에서 일할 때라 삼 남매는 흩어져 살 수밖에 없었다. 승연 씨 남매의 더부살이는 쉽지 않았다. 친할머니와 막내 삼촌이 "말을 안 듣는다."며 구박하고 때리는 일이 잦았다. 참다못한 승연 씨는 남동생과 영등포역에서 기차를 타고 엄마 만나러 대전 외갓집으로 내려갔다. 그러나 막내 이모가 아버지에게 연락해 다시금 친가로 보내졌다. 영등포역엔 그녀 아버지와 막내 삼촌이 마중 나와 있었다. 아버지는 그런 남매를 혼냈어도 미안했는지 백화점에서 승연 씨 원피스와 남동생, 언니 옷을 사 주고 용돈을 쥐여 주었다.

아버지는 막내 삼촌도 보는 앞에서 많이 혼냈다. 그날이 출국 날이었던 아버지와 헤어지자, 막내 삼촌은 남매를 노려보면서 "집으로 가 있어. 삼촌 친구들 만나고 갈 테니까."라고 했지만 마치 '너흰 내가 가면 죽었어'라는 표정이었다. 승연 씨는 집에 가면 맞아 죽을 것 같아 너무 무서웠다. 별수 없이 다시 영등포역으로 가 대전행 기차에 올랐고, 깜빡 잠들어 버린 탓에 남매는 대전을 지나쳐 부산에 도착했다. 한밤중이라 의아히 여긴 역무원에게 붙들렸다. 승연 씨는 "대전에서 내려야 하는데 잠들어서 부산까지 왔다."고 사정을 얘기했다. 처지를 안 역무원이 부산역 앞 파출소에 바래다주었다. 파출소 순경에게도 똑같이 말했더니 "집 주소를 아느냐" 물었고, 외갓집 주소와 전화번호, 약도까지 그려 주었다. 순경은 "집에 연락해서 데려다주겠다."면서 기다리라고 했다.

기다리다 잠들었던 남매는 깨어나 "차에 타라"는 말을 들었다. 그런데 차가 이상하게도 냉동 탑차 같은 화물차였다. "집에 가는 차가 맞냐"는 승연 씨 물음에 "맞다. 집에 데려다주겠다." 답했다. 어두컴컴한 차 안엔 이미 몇 명이 있었고, 타자마자 뒷문이 잠겼다. 승연 씨는 '이제 집에 가는구나' 안심하고 또다시 잠들었다. 얼마쯤 지나 "집에 다 왔다."며 내리라고 누군가 남매를 깨웠다.

차는 거대한 철문 앞에 멈춰 섰고 내린 사람들을 안으로 밀어 넣었다. 어른들도 들어가기에 남매도 따라 들어갔다. 밖에서 철문 잠그는 소리가 났다. 또 누군가의 지시로 한참을 위로 올라갔다. 이번엔 열쇠로 작은 철문을 땄다. 그렇게 열쇠로 작은 문을 세 번 더 따더니 남매를 집어넣었다. "저 안쪽에 들어가 자라"면서 역시 문을 밖에서 걸어 잠갔다. 어린 승연 씨는 너무너무 무서웠지만 아무 말도 못 하고 그저 하라는 대로 할 수밖에 없었다. 어둑한 안은 어렴풋이 이 층 침대가 일자로 줄지어 있었다. 한쪽 구석 침대에서 잠을 잔 남매는 아침에 일어나 깜짝 놀랐다. 어마어마하게 길게 이어진 이 층 침대는 말할 것도 없고 사람들이 떼거리로 바글거렸다.

그들은 남매에게 파란 운동복과 검정 고무신을 지급해 갈아입힌 뒤 승연 씨의 긴 머리를 함부로 잘라 냈다. 승연 씨가 울면서 "동생과 집에 보내 달라" 애원했지만 "조용히 하라"며 마구 때렸다. 이때부터 남매의 지옥 같은 생활이 시작되었다. 그들은 아무 이유 없이 때렸다. 한마디만 해도 때리고, 울어도 때렸다. 하루도 빠짐없이 때렸다. 그제야 승연 씨는 '여기서 동생과 평생을 살아야 한다'는 생각이 들자, 이곳에 적응 아닌 적응을 해야 했다.

첫 번째 시킨 건 '무조건 외우라'고 한 세 가지 암기였다. 국민교육헌장과 주기도문, 사도신경이었고 기한은 일주일이었다. 승연 씨는 맞아 죽지 않기 위해 취침 시간에도 잠 안 자고 소대 안 난로 앞에 달라붙어 외워야 했다. 거기선 하루하루가 무서웠고, 고통스러웠고, 지옥이었다.

승연 씨는 23소대 여자 아동소대였다. 여자 아동소대는 맨 꼭대기 층에 있어 밖이 훤히 내다보였다. 밖은 도망치지 못하도록 높은 담이 쳐졌고, 경비원들이 몽둥이 들고 밤낮없이 지켜 서 있었다. 그런데도 탈출 시도는 계속되었다. 승연 씨는 도망가다 잡히면 맞아 죽는데 왜 그러는지 알 수 없었다. 어느 날 한 남자가 붙잡혀 왔다. 다 보란 듯이 그 남자를 포대에 돌돌 말아 대여섯이 마구잡이로 패댔다. 그러다 그중 하나가 "잠깐만"이라 외친 뒤 꼼짝하지 않는 남자를 몽둥이로 툭툭 쳤다. "야, 애 죽었다 치워라"란 소리가 들렸고, 죽은 남자를 교회 쪽으로 질질 끌고 갔다. 승연 씨에겐 너무나 잔혹했고 공포 그 자체였다.

승연 씨는 이후 사회생활 하면서 교통사고가 나 머리 터져 죽은 사람을 봬도 아무렇지 않았다. 심지어 그걸 보고도 밥만 잘 먹었다. 스스로도 '내가 왜 이렇게 독하지'라면서 살아왔다. 가족이나 주변 사람들이 저보고 독하다고 할 땐 그냥 자신의 성격이 그런 줄 알았다. 그런데 아니었다. '트라우마' 때문이었고 정신과 치료받다 사실을 알게 되었다. 의사로부터 그 얘기를 듣는 순간 승연 씨는 '그렇구나. 내가 어릴 때 사람 죽어나가고, 그런 것들만 보고 컸으니 그런 거였구나' 생각했다. 거기에선 하루도 거르지 않고 때리고 맞는 게 일상다반사였으니 당연한 일이었다. 승연 씨는 그러한 자신이 싫었고 무섭기까지 했다.

어느 날은 자다가 변을 당했다. 소대에 연탄가스가 누출돼 한바탕 난리가 났다. 잘 땐 밖에서 문을 잠가 안에서 큰일이 나도 바로 피신할 수 없었다. 승연 씨도 쓰러졌지만 가까스로 살아남았다. 그 사고로 죽은 애들이 몇 명 있었다. 수십 년이 흘렀어도 승연 씨는 그날이 생생했다. 또 어느 날은 승연 씨가 열이 40도를 넘을 만큼 아팠다. 죽을 정도로 아파서 처음으로 외부 병원에 나갈 수 있었다. 하지만 의사가 가망 없다 해 어쩔 수 없이 돌아왔다. 열 내리게 한다고 소대 안 목욕탕에 얼음을 잔뜩 넣어 산송장을 집어넣었다. 다음 날 겨우 깨어났으나 같은 소대 애들 모두가 전염되었다. 끝내 한 아이가 죽고 말았다. 지금도 승연 씨는 그 애가 자기 때문에 죽은 것 같아 죄책감에 시달렸다.

거기는 사람이 살 수 없는 곳이었다. 밥은 제대로 주지 않으면서 말 안 듣는다고 굶기는 건 늘상 하는 짓이었다. 바로 옆 소대의 남동생 역시 고역을 치르는 건 마찬가지였다. 얼굴은 항상 멍투성이였고 다리가 부러지기도 했다. 남동생은 찍소리도 못 내고 울면서 하루하루를 지냈다. 승연 씨 또한 머리 뒤쪽엔 못 박힌 몽둥이로 맞은 상처가 그대로 남아 있었다. 그때도 죽다가 살아났다.

승연 씨가 그곳에서 견뎌 낸 세월은 4년 6개월이었다. 영원히 갇혀 살 것 같던 형제복지원이 1987년 폐쇄되었다. 당시 늘어선 봉고차들이 한 차에 애들을 수십 명씩 태워 뿔뿔이 흩어졌다. 남매는 또다시 부산의 한 아동복지원으로 옮겨졌고, 대우는 형제복지원보다 나았지만 노역하는 건 똑같았다. 승연 씨 남매는 형제복지원과 또 다른 아동복지원에서 도합 8년을 고아 아닌 고아로 살아야 했다. 다행히 잃어버린 자식 찾으러 8년 동안 포기하지 않고 전국을 헤맨 아버지의 노고 끝에 마침내 집으로 돌아갈 수 있었다.

그러나 그토록 그리던 집은 온데간데없고 아버지와 언니는 판자촌 같은 데서 살았다. 예전에 잘살았던 기억만 있던 승연 씨로선 놀라 뒤로 자빠질 일이었다. 승연 씨가 "우리 집 왜 이렇게 됐냐"고 따지듯 물었어도 아버지는 아무런 대답이 없었다. 철없어 화난 맘에 "차라리 다시 고아원으로 보내달라"고 아버지 가슴에 대못까지 박았다. 승연 씨는 후에 알게 되었다. 아버지가 형제복지원에도 두 번이나 찾아갔지만 매만 맞고 돌아왔었다. 그리고 사우디아라비아에서 벌어 놓은 돈은 남매 찾는 데 죄다 써 버렸다. 그때서야 이 모든 게 자신 때문이란 생각에 아버지에게 너무 미안했고 가슴이 미어졌다.

승연 씨는 형제복지원에서 매질 당하고 기합받은 후유증으로 아프지 않은 곳이 없었다. 십 년째 우울증과 불면증을 달고 생활했다. 자살하려 한 적도 여러 번 있었다. 2017년 정신병원에 끌려가 자살을 시도하다 병원에 삼 일간 강제 입원당했었다. 2020년에도 재차 시도해 죽음 문턱까지 갔었다. 모진 목숨은 쉽사리 끊어지지 않았다. 어찌 보면 마지못해 살아가는 셈이었다.

형제복지원 시절의 행동이나 습관이 아직껏 남아 있고, 아무리 잊으려 해도 잊히지 않았다. 더구나 그때의 트라우마에도 시달리고 있었다. 결국 승연 씨는 이 모든 고통을 죽을 때까지 안고 살아가야만 한다. 승연 씨는 억울했다. 세상이 형제복지원의 인권 유린 사건을 제대로 바라봐 주지 않았다. 또 당연히 책임이 있고, 책임져야 할 국가가 애써 외면했다.

아무것도 모를 일곱 살, 다섯 살짜리가 과연 무엇을 잘못했기에 부모가 버젓이 살아 있는데도 부모 품으로 돌려보내지 않았는지 이해할 수 없었다. 국가의 잘못으로 남매가 왜 고통 받고 살아야 하는지도 이해할 수 없었다. 남매는 물건이 아니라 사람이었다. 그런데도 어떻게 공무원이란 사람들이 사람을 돈 받고 팔아넘겼는지도 납득할 수 없었다. 승연 씨는 부모와 생이별시켜 유년 시절을 고통 속에서 살게 한 것에 대해 꼭 따져 묻고 싶었다.

"형제복지원은 경비원들이 총만 안 들었지 우리나라 안의 아주 작은 북한이었다. 그때 일들을 자신의 아들딸, 부모, 혹은 본인이 당했다면 정말 가만히 있을 수 있었을까, 권력에 줄이 있다고 괜찮았을까, 결코 아닐 것이다. 그때는 예외가 없었다. 갓난아기부터 나이 든 사람까지도 잡아갔다. 잡혀가지 않았다면 그건 단지 운이 좋아서였지, 그 당사자가 본인이 될 수도 있었다."

승연 씨가 언론과 인터뷰할 때면 빼놓지 않고 하는 말들이다. 그렇기에 김승연 씨는 나머지 인생을 더 이상 고통 속에서 살지 않기 위해 국가를 상대로 손해배상 청구 소송을 제기하고 나섰던 것이다.

6

강동이교

"이 쥐방울만 한 놈이, 얻다 대고 형님이야. 빨리 안 가!"

"형님. 제발 한 번만요."

"이 자식이 그래도 형님이라고 하네. 콱!"

"삼촌……."

"당장 안 나가! 이게 누굴 말아먹으려고."

"사장님……."

"허 참, 진짜 돌겠네. 절대 안 된다니까!"

시가지 외곽의 한 허름한 동네 길모퉁이에 있는 서너 평 남짓한 사무실 안이었다. 사무실도 동네만큼이나 허접했다. 사무실 창밖으로 '털보 주차장'이라고 쓰인 호졸근한 입간판이 보였다. 그냥 봐선 주차장인지, 고물상인지 분간이 안 갈 정도로 좁다랗고 너절했다. 사무실 옆으로 승용차 서너 대가 겨우 들어갈 공간이 있었고 포니와 스텔라 두 대가 나란히 세워져 있었다. 목청을 높이던 이는 배불뚝이에, 수염이 덥수룩한 사십 대 중반의 남자였다. 그리고 그 앞에서 쩔쩔매고 있었던 건 다름 아닌 재용이었다.

그때 사무실 문이 열렸고 비쩍 마른 키 큰 사내가 눈이 휘둥그레져 들어왔다.

"아니, 무슨 일인데 다투는 소리가 밖에까지 크게 들려?"

"말도 마라. 이 꼴통을 어떻게 할 수도 없고. 에구."

"무슨 일인데?"

"고삐리가 '나라시'를 빌려 달라고 하니 내가 미치지 안 미치겠냐."

"허허허. 누군데? 아는 사이야?"

"시내 민우 동생 놈인데, 돈 내고 운전을 좀 가르쳐 달라기에 장난삼아서 몇 번 가르쳐 줬지."

"민우 후배라고? 그런데?"

"근데 이 고삐리께서 데이트가 있으시다고 나라시를 빌려 달라신다."

"허, 그놈 난 놈일세."

"나기는 무슨, 싹수가 노랗지. 야, 지금 나가 봐야 하니까 사무실 문 잠근다. 좋은 말로 할 때 빨리 가라."

털보 주차장은 간판만 주차장을 내건 속칭 '나라시'라 불리는 불법 승용차 대여업을 하는 미등록 사업자였다. 나라시는 사고 나면 문젯거리가 많아 알음알음으로만 빌려주었고 일일 대여료는 포니가 삼만 원, 스텔라가 오만 원이었다. 재용은 여자 꼬실 때 이곳을 자주 이용하는 시내 날라리 선배의 소개로 드나들게 되었다. 매스컴에서는 바야흐로 '마이카 시대'가 도래했다고 펌프질해 댔지만 말이 그렇지, 지방에선 사장님이나 탈 수 있었다. 지방 도시 고등학교 육십 명 한 반에 자가용 있는 집은 한

두 명에 불과했고 아예 없는 반도 태반이었다.

재용이 우물거리는 새 털보 사장은 돌아서 해진 가죽 소파 등받이에 걸쳐 놓은 윗옷을 주워 들었다. 이윽고 두 사내가 나서려는 데 재용이 그 앞을 가로막았다.

"휴우……. 그럼 제가 큰맘 먹고 포니 오만 원 드릴게요."

단번에 사장의 눈꼬리가 치켜 올랐다.

"이놈을 두들겨 패지도 못하고 환장하겠네. 당장 안 나갈래!"

"에이, 형님도 제가 운전 잘한다고 해 놓고는. 조심해서 탈 테니까 다음 주에 딱 하루만 빌려줘요."

사장은 그래도 꿈쩍 않고 비티는 재용을 향해 목청을 디욱 높였다.

"야 이놈아! 니가 사고 나거나 무면허로 걸리면 그땐 누가 책임지냐? 누구 망하는 꼴 보고 싶어서 그래!"

재용은 주차장 입구에서 두 사내가 길모퉁이로 사라질 때까지 하염없이 지켜보고 있었다. 그들이 사라지자 재용은 하늘을 한번 올려다봤다가 땅이 꺼질 듯한 한숨을 몰아쉬면서 고개를 떨구었다. 계획은 좋았다. 그녀와 함께 늦은 오후 항구 도시로 차를 몰아 바닷가 관광호텔에 떡하니 주차하고, 바다가 훤히 보이는 꼭대기 층 레스토랑에 올라 진한 향의 커피를 코끝으로 느끼며, 호텔 앞 물들어가는 붉은 노을빛 바다를 배경 삼아 사랑을 속삭이고 싶었다.

그녀는 열이 집 건너 사립대학교의 무용과 이 학년생이었다. 재용이 그녀를 처음 본 건 여름에 들기 시작한 올 유월 이십칠 일이었다. 그러니까 저보다 다섯 살 많은 대학가 음악다방 여자 디제이에게 채인 뒤 시름

겹게 지낼 무렵이었다. 애끓는 마음에 한동안 학교도 나가지 않았다. 재용이 그날을 똑똑히 기억하는 것은 '88올림픽고속도로' 준공식 날이기도 했거니와 담임이 호출한 날이었기 때문이다. 며칠 전부터 방송과 신문에 '88고속도로' 관련 보도가 쏟아졌다. 보도는 제각각이었지만 내용은 대개 비슷비슷했다. 동서 교류와 화합의 시대가 본격적으로 열리고 국토 개발의 새 장을 열었다는 대충 그런 요지였고 고속도로 준공 기념탑에는 이렇게 새겨져 있었다.

"88 올림픽 고속도로는 1980년 9월 4일 전두환 대통령 각하 지시로 1981년 10월 16일에 기공하여 1984년 6월 27일 개통하였다. 소백산맥을 횡단하는 이 고속도로는 국토 균형 개발의 기틀을 마련하였고 영남과 호남 지방의 원활한 교통 소통과 교류 증진에 크게 이바지하게 되었다. 본 고속도로 준공을 기념하기 위하여 우리 민족의 영원한 화합과 번영의 상징으로 장엄한 지리산 줄기에 높이 33미터의 준공 기념탑을 세운 것이다."

그 전날 반장을 통해 재용에게 담임 호출이 떨어졌다. 반장은 '졸업하기 싫으면 학교를 안 나와도 좋다'는 담임의 전언도 빠뜨리지 않았다. 재용이 평소 학교에 갔댔자 빈 교실을 지키든가 교문을 나섰지만 그래도 담임한테 눈도장은 찍었었다. 그날 출석만큼은 제대로 하라는 담임의 꾸지람을 듣고서 학교를 나와 시내로 발길을 틀었다. 모처럼의 시내 나들이였다. 채이기 전까진 허구한 날 대학가를 나들었고 채이고 나선 등교도 하지 않고 방구석에 처박혀 있었다.

재용이 대학가 음악다방 여자 디제이와 한동안 꿍짝이 맞았었던 건

참말이었다. 재용은 처음 본 다섯 살 연상의 여자에게 능글맞게 '누구' 씨라 부르며 적극 대시했었다. '열 번 찍어 안 넘어가는 나무 없다'고 시간이 걸렸지만 지극정성이면 못 이룰 게 없었다. 여자는 키 크고 잘생긴 어린 남자가 뻔질나게 음악다방에 찾아와 능청스레 알랑대는 게 싫지 않았다. 주위 시선을 아랑곳하지 않는 것도 좋았다. 대화도 곧잘 통했다. 다만 두 살이 어렸다. 그리고 군대를 다녀와야 했다. 서울서 대학 다니다 군 입대를 위해 휴학하고 집에 내려와 있는 중이었다. 여자는 정말 그런 줄 알았다. 어린 남자의 열정적인 구애를 진심으로 받아들였다. 어쩌면 두 살 정도는, 삼 년 정도는 극복할 수 있을 것도 같았다.

언상의 여자에게 첫눈에 반해 히투루 말한 재용의 기짓말은 꼬리에 꼬리를 물었다. 꼬리를 문 거짓말은 금세 눈덩이처럼 불어나 버렸다. 밥 먹었단 말 외엔 모든 말이 거짓이었고 이젠 감당할 수 없을 만큼 스스로를 옥죄였다. 재용은 여자가 교제를 진지하게 고민하자 실상을 고백하면 나이는 극복할 수 있으리라 믿었다. 그러나 고백했을 땐 여자가 까무러쳤다. 고 삼이라니. 어린 남자는 스물두 살의 대학생이 아니라 젖내 나는 고삐리였다. 여자는 그 자리를 박차고 나갔고 매일같이 음악다방을 애원하러 찾았지만 거들떠보지도 않았다. 그럴 만했겠다. 여자 막내 남동생이 고 삼이었다.

재용이 시내에 다다를 즘 한산한 분수대 로터리에서 난데없는 농악대와 맞닥뜨렸다. 이른 시각 지리산 휴게소에서 열린 고속도로 준공식에 맞춰 농악대 퍼레이드가 벌어지고 있었다. 수선스러운 로터리를 지나쳐 시내에 들었다. 그녀와의 운명적 만남은 시내 우체국 앞 늘어선 공중전화 부스에서였다. 노상 북적대던 우체국 앞도 평일 오전이라 사람들의 발걸음이 뜸했다.

재용이 부스 안에서 주섬주섬 십 원짜리를 챙기다 무심코 본 왼편 부스의 여자에게 눈이 꽂혔다. 쭉 뻗은 몸매와 가뭇한 긴 목덜미를 타고 내린 검은 생머리는 시선을 붙들기에 충분했다. 여자도 시선을 느꼈는지 재용을 흘깃 쳐다보고 고개를 돌렸다. 여자는 화장기 없는 가무스름한 달걀형 얼굴이었다. 예쁘다기보다는 이국적이었다.

삼 대 칠 가르마를 탄 긴 앞머리와 어깨에 닿을 듯 말 듯 자연스레 늘어트린 뒷머리는 여자를 보다 이국적으로 만들었다. 가슴 곡선이 드러난 짙은 하늘색 반팔 카라티는 꽉 끼인 청바지와 어울렸다. 하얀 캔버스 운동화 위로 내보인 짧은 흰 양말의 발목은 늘씬한 몸매를 돋보이게 했다. 무심한 척 한 번씩 까만 머리카락을 귓바퀴 뒤로 쓸어 넘기며 웃는 해맑은 얼굴은 백만 불짜리였다. 여자의 꽃무늬 천가방과 책 한 권이 은색 DDD 공중전화기 위에 올려져 있었다.

그녀는 분명 재용의 넋을 쏙 빼놓을 만큼 매력적이었다. 그녀 스타일은 시내 날라리들과 확연히 달랐다. 재용에게 예사로웠던 헝클어진 사자 머리, 짙은 색조 화장, 큼지막한 귀걸이, '어깨 뽕'이 잔뜩 들어간 재킷, 허리 잘록한 미니스커트나 디스코바지와는 거리가 멀어도 한참 멀었다. 예전부터 그랬겠지만 요즘 시내 날라리들 사이에선 국내외 연예인을 따라 하는 것이 대세였다. 이게 다 삼 년 전부터 보급된 컬러텔레비전 탓일는지도 모르겠다.

재용의 머릿속이 바쁘게 돌아가고 있을 때였다. 통화 시간 삼 분이 다

됐는지 그녀는 공중전화기 위에 둔 백 원짜리 동전 쪽으로 손을 가져갔다. 그녀가 동전을 집어 투입구에 넣으려다 서두르는 바람에 떨어뜨리고 말았다. 떨어진 동전은 부스 밖으로 튕겨 나가 저만치 데굴데굴 굴러갔다. 재용에게는 필시 조상님이 보살피신 천재일우였을 테고 역시나 기회를 놓치지 않았다. 때는 이때라는 듯 재용은 재빨리 어쩔 줄 몰라 하는 그녀 곁으로 다가갔다. 아무렇지 않게 지 손에 있는 십 원짜릴 그녀 손을 잡아 태연히 쥐여 주었다.

재용의 어이없는 행동에 그녀는 그저 눈만 끔뻑거렸다. 백주 대낮에 일면식도 없는 남정네가 제 손을 덥석 잡았으니 기가 막히고 코가 막힐 따름이었다. 재용은 한미디 하지 않고 바로 몸을 돌려 백 원짜리 동전을 찾는 체했다. 그녀도 재용을 얼떨떨한 눈으로 쳐다보다가 동전을 넣어 짧게 통화하고는 이내 전화를 끊었다. 그녀가 꽃무늬 천가방을 걸쳐 메고 가슴 켠에 책을 안고서 부스를 나왔다.

그녀는 십 원짜리와 주워 온 백 원짜리 동전을 재용과 주고받으며 어색하게 고마움을 표했다. 그녀의 반달 눈매와 하얗고 고른 치아는 재용의 휑한 마음을 채우고도 남았음은 당연했겠다. 평소 같았으면 재용이지 전매특허인 "이렇게 만난 것도 인연인데 분위기 좋은 찻집에서 차라도 한잔하시지오."란 말을 했을 성싶은데 하지 않았다. 이런 뻔한 수작을 걸기엔 비 갠 뒤의 파란 하늘처럼 그녀는 너무 맑고 깨끗했다.

재용은 짐짓 아무 일 없었다는 듯 서울 말씨로 말을 붙여 봤었다.

"어디서 뵌 분 같으신데, 좀처럼 기억이 안 나네요……. 혹시 어느 대학에 다니세요?"

그녀는 열이 집 건너 대학교라고 대답했다. 그러자 재용이 또다시 물어 봤었다.

"그럼 성함이?"

그녀는 뜬금없는 질문에 손사래 치며 총총히 자리를 떴다. 그녀 손에 가려진 가슴 켠의 책 표지에는 '현대무용'이라는 글귀가 보였었다. 전공 서적이 틀림없었다. 그녀는 무용과생이 확실했다. 무용과라야 이곳에선 그 대학 체대뿐이었고 데면데면한 사이지만 아는 무용과생도 있었다. 재용의 얼굴에 한 줄기 서광이 비쳤고 비로소 생기가 돌았다.

재용은 밤낮 안 가리고 발품을 팔아 그녀가 그 대학 무용과 이 학년이란 걸 알아냈다. 이름은 '정혜연'이었다. 학내에서는 퀸카로 통했고 딱 부러지는 성격으로도 이름이 자자했다. 집안 또한 누구 못지않았다. 무엇보다 재용이 기뻤던 건 내놓고 사귀는 남자가 없었고 두 살 위였다. 잘하면 한 살 차일 수도 있었다. 시내 날라리 선배의 애인이 그 대학 무용과 삼 학년이었다. 오다가다 보면 인사 정도는 하는 사이였고 선배의 애인 또한 시내에서 내로라하는 날라리였다. 두 날라리에게 고급 레스토랑에서 값비싼 저녁을 사 주고 그녀와의 만남을 부탁했다. 그렇게 이 개월간 각고의 노력 끝에 마침내 다음 주 주말 만나기로 했었던 것이다.

*

일요일 아침 오 층 베란다에서 올려다본 하늘은 푸르디푸르렀고 짙디짙었다. 동네 저 너머 먼 산꼭대기에 걸친 솜구름은 햇빛을 받아 뭉실뭉실 하얗디하얗게 빛났다. 하늘은 높디높았고 구름은 낮디낮았다. 서늘

한 공기는 맑디맑았다. 가을이었다. 하늘이 높고 말이 살찌고 벼와 사랑이 무르익는, 그런 계절이었다. 비탈길 아래로 내려다보이는 한산한 거리도 가을만큼이나 말끔하고 생생했다. 가을 빛깔은 어쩐지 그녀와 닮아 있었다. 화려하지 않으면서 맑고 아름다운 그녀를 닮았다.

야트막한 언덕배기에 엇비슷이 들어앉은 오 층짜리 두 동 건물의 앞동이 재용네 아파트였다. 회색 벽 아파트는 오랜 세월을 생색내듯 우중충했지만 철 따라 바뀌는 나무와 꽃들에 둘러싸여 고풍스럽기까지 했다. 서른두 평 아파트는 십오륙 년 전 재용의 아버지가 사업이 잘나갈 때 장만했었다. 그 당시만 해도 이곳에선 '아파트'란 단어가 생소하던 시기였다. 낡고 오래된 아파트가 말해 주듯이 아버지 사업이 쪼그라들었어도 재용네는 예나 지금이나 변함없었다.

자유분방한 아버지에겐 "돈 벌어 오라" 잔소리하는 여편네가 없었고 대책 없는 어머니에겐 여전히 철부지 '세' 아들을 건사할 집이 있었다. 말이 딴 길로 새지만 아파트는 어머니 명의였다. 아버지 얘기로는 아파트 계약한 날 두 양반이 밤늦도록 술 마시다 코가 삐뚤어진 아버지의 만용으로 벌어진 참사라 했다.

동네 목욕탕을 다녀와 베란다에 선 재용은 흰색 팬츠와 면티에 검은 양말 차림이었다. 머리에는 포마드가 발렸고 얼굴에는 윤기가 자르르 흘렀다. 오늘이 드디어 그녀와 만나기로 한 날이었다. 그녀가 정한 장소는 유명 교회 옆 제과점이었다. 유명 교회는 그녀가 다니는 교회였다. 청년부 예배가 열 시에 끝나 약속 시간을 열 시 반으로 잡았다. 이젠 목욕탕에서 묵은 때까지 벗겨 냈으니 그녀를 만날 만반의 준비를 끝마친 셈이었다.

　재용은 제 방으로 돌아와 침대 위에 가지런히 놓인 옷과 소지품을 하나씩 챙겨 들었다. 새하얀 긴팔 면셔츠의 앞 단추는 맨 위 두 개를 놔둔 채 채워 나갔다. 소매는 단추를 채우지 않고 두 겹으로 접어 올렸다. 드러난 왼 손목엔 아버지가 장롱 속에 묵혀 둔 스위스제 은빛 '론진' 시계를 찼다. 같은 색의 가죽 벨트를 두른 슬림한 검정 구 부 '기지바지'를 다리에 꿰었다. 셔츠를 바지 안으로 넣어 가죽 벨트를 느슨하게 조여 매었다. 악어가죽 중지갑과 자수 놓인 손수건은 뒷주머니에 따로따로 집어넣었다. 현관으로 걸어 나와 신발장에서 까만 페니 로퍼를 꺼내 신었다.

　재용은 버스를 타지 않고 가을빛이 완연한 거리를 걸었다. 한 시간 가까이 걸어 제과점에 도착했다. 손목에 찬 론진 시계를 들여다보았다. 열 시 십 분이었다. 한적한 제과점은 휴일 오전의 여유로움이 배어났다. 카펜터스의 〈클로즈 투 유〉가 나지막이 흘러나왔고 손님은 중년 부인들이 있는 한 테이블뿐이었다. 일부러 구석진 자리를 찾아 앉았다. 여종업원이 물컵을 내왔지만 주문을 뒤로 미뤘다.

　정확히 열 시 반에 그녀가 문으로 들어섰다. 제과점 안이 한순간 환해졌다. 그녀는 윗옷만 옅은 붉은색 체크무늬 카라티로 바뀌었을 뿐 그때 모습 그대로였다. 두리번거리면서 걸어오는 그녀를 재용이 일어서 맞았다. 재용은 시선을 고정한 채 고개만 까딱 숙였고 그녀는 배시시 웃었다. 반달 눈웃음을 쫓아 양 볼에 보조개가 얕게 파였다. 재용이 멋쩍어하며 반대편 의자를 밀어내 자리를 권했다. 그녀는 여전히 눈웃음을 짓고 있었다.

그녀와 인사를 나눌 겨를도 없이 앉자마자 여종업원이 뒤따라와 물컵을 내려놓았다.

"주문하시겠어요?"

"저는 따뜻한 커피 한 잔 주시고……."

재용이 어른스럽게 주문하고서 그윽한 눈길로 그녀를 바라보려는 찰나였다.

"고등학생이 웬 커피? 커피는 됐고요. 여기 우유 두 잔 하고…… 사라다빵 두 개 주세요."

재용을 아니꼽게 쳐다보던 그녀가 제멋대로 시켜 버렸다. 난데없이 한 방을 언어맞은 재용에게 정신 차릴 새 없이 또 다른 한 방이 날아들었다.

"네가 그 유명한 시내 날라리 재용이구나. 만나서 영광이다, 얘."

"에? 아니 누가 그래…요? 내가 날라리라고."

"훗, 정미 언니가 그러던데. 시내에서 유명한 날라리라고."

"그건 정미 씨 자기 이야기고. 근데 첨 본 사인데 왜 반말하세요?"

"그럼 내가 고등학생한테 반말하지, 존댓말 할까."

"으."

재용이 여자 앞에서 말문이 막히는 얼척없는 사태가 일어났다. 말 그대로 '아뿔싸'였다. 그녀의 한 방은 거기서 끝나지 않았다.

"그래, 네가 이 누나한테 단단히 꽂혔다고? 예쁘게 봐 줘서 고맙긴 한데 어린애는 사양하련다. 호호."

"허, 내가 말이 다 막히네. 어쨌든 호탕해서 좋네요. 글고 여자 미모랑 성격이 이렇게 딴판일 수도 있단 걸 혜연 씰 뵙고 처음 알았네요."

"혜연 씨이, 쪼그만 게 혜연 씨라니. 누나라고 안 부를래! 그리고 넌 대학 포기했니? 고 삼이 공부는 안 하고 여자 뒤나 쫓아다니고 정말 큰일이다."

"……."

대학이란 말에 재용은 일순 눈동자가 흔들렸고 아무 말도 하지 못했다. 대체나 삼류 대학이라도 가야 그녀를 만날 수 있을 성싶었겠다. 재용이 머뭇댈 때 마침 여종업원이 쟁반을 들고 다가왔다. 우유 든 머그잔과 사라다빵이 놓인 둥그런 접시를 테이블에 내려놓는 동안 잠시 정적이 흘렀다. 그녀가 머그잔을 제 앞으로 가져오더니 냅킨에 싼 빵을 손으로 쥐며 말을 이었다.

"아무튼 공부 열심히 해 꼭 대학 가고, 지나가다 보면 누나라고 불러라. 나도 네 덕분에 시내 날라리 동생도 생기고 뭐 괜찮네. 호호."

"날라리는 아니지만, 알았어. 누나. 흐흐."

재용은 아주 잠깐 멈칫대다 마치 진짜 남동생이라도 되는 양 맞장구치며 비위 좋게 히물거렸다. 재용이 다시 간살맞게 말했다.

"누나, 우리 가끔 만나서 밥 먹고 영화 보고 하면 안 될까?"

"어림없는 소리 말아라."

"얼굴만 보는 것도?"

"정 그러면 여기 교회 다녀. 그럼 가끔가다 보지 않겠니."

너무한다는 듯 빤한 낯으로 재용이 재차 묻자 그녀가 못 이긴 척 대답했다.

"교회라…… 그러네. 참, 누난 안성기랑 김수철이 나오는 〈고래사냥〉 영화 봤어?"

"아니."

"그 영화 진짜 재밌다던데. 최인호 소설이 원작이고."

"그런데?"

"오랜만에 영활 보려 하니깐 함께 봐 줄 사람이 없네. 이번 딱 한 번만 불쌍한 동생을 위해 같이 영화 보러 가 주면 안 될까?"

"크크. 이게 어디서 수작이야."

"정말로 딱 한 번만. 〈고래사냥〉 보고 열심히 공부 할게. 응? 누나아."

"너 생긴 건 멀쩡한데 엉큼한 구석이 있다."

재용은 한국에선 보기 드문 로드무비라는 둥, 오누이 된 기념이라는 둥, 중학생 관람가의 건전한 영화라는 둥 사정사정해 "이번 딱 한 번뿐"이라는 그녀의 승낙을 간신히 받아 냈다.

둘은 사라다빵으로 점심을 대신했다. 빵값은 그녀가 냈고 극장 푯값은 재용이 내기로 하고 시내에 나섰다. 극장 앞은 영화가 장기간 상영해선지 혼잡하지 않았다. 극장 간판엔 칙칙한 벙거지에, 베이지 외투를 걸친 안성기가 '얼씨구나' 춤추는 대문짝만한 그림이 걸려 있었다. 큼지막한 제목 위로는 '84년 화제의 신작' '연속 매진 돌풍'이라고 쓰였다. 런닝 샤쓰 바람의 김수철과 청순가련한 이미숙도 간판의 한 귀퉁이를 차지했다. 영화가 막 시작하려는 참이었다. 재용은 매표소에서 곧 죽어도 이천 원짜리 대인 표 두 장을 끊었다.

둘은 표를 내고 애국가가 새어 나오는 두껍다란 극장 문을 열어 안으로 들어갔다. 극장 안은 바로 앞이 안 보일 만큼 컴컴했다. 애국가가 끝나고 대통령 동정과 'LA 올림픽' 선수단 환영식을 전하는 대한뉴스가 이어졌다. 재용은 "결코 다른 뜻은 없다"면서 그녀의 손을 잡아 자리로 이

끌었다. 그녀 역시 한 치 앞이 안 보여 재용 손을 뿌리칠 수 없었다. 자리에 앉고서도 재용이 손을 놓지 않자 "야, 그만 놔라"며 그녀는 제 손을 슬며시 빼냈다.

〈고래사냥〉은 거지 '왕초' 민우와 고래 잡으러 가출한 대학생 병태가 인신매매로 끌려온 윤락가 벙어리 춘자를 그녀의 고향인 '우도' 섬까지 데려다주는 여정을 담았다. 영화는 제 갈 길 못 찾아 갈팡거리는 청춘들에게 잠시나마 시름을 잊게 해 주는 자잘한 웃음과 따뜻한 위로를 건넸다. 극 속 마지막에 민우가 병태에게 "너 고래를 잡았니?"라고 물었다. 병태는 "고래는 내 맘속에 있었다."고 답했다. 병태 말이 맞았다. 사람들은 고래를 잡으려 하지 않을 뿐 고래는 각자의 마음속에 있었다. 그러나 누구한테는 마음속 고래가 갇힌 곳에서 빠져나갈 수 있는 유일한 탈출구이자 도피처였을 테고, 또 누구한테는 암울한 시대에 대한 저항이자 꿈꿔 왔던 유토피아일 터였다.

그녀는 '듀란듀란'을 좋아했고 멤버인 키보드 '릭 로즈'의 비주얼을 흠모했다. 걷기를 좋아했고 때로는 바깥 풍경을 구경하려 기차를 탔다. 갈치조림을 좋아했고 대학가 뒷골목의 '맛나식당'을 자주 찾았다. 하나님을 믿었지만 술은 마셨다. 주량은 소주 한 병이었고 마시면 말수가 적어지고 멜랑꼴리해졌다. 비 오는 날에는 산장 커피숍에서 창밖을 내다보며 센티멘털한 기분을 달랬다. 피아노를 잘 쳤고 어릴 적 꿈은 패션 디자이너였다. 미국에서 유학 중인 세 살 많은 교회 오빠가 있었고 임자 있는 몸이었다. 그녀는 가을 빛깔과 닮았고 가을을 사랑했다.

'천 리 길도 한 걸음부터'였다. 재용은 일요일엔 빼먹지 않고 교회에 꼬박꼬박 나갔다. 일요일만큼은 누구보다 열성적이었다. 누가 봐도 성경책을 끼고 나가는 폼이 독실한 기독교 신자였다. 물론 사랑의 힘이었다. 큰 교회는 넉넉하고 자애로웠다. 교인들은 따뜻하고 친절했다. 거기다가 그녀마저 있었다. 지상에 천국이 있다면 이곳이었다. 하지만 정작 문제는 재용에게 있었다. 그놈의 대학이 문제였다.

술 마시고 노래하고 춤을 춰 봐도 가슴에는 하나 가득 슬픔뿐이네
무엇을 할 것인가 둘러보아도 보이는 건 모두가 돌아앉았네
자 떠나자 동해 바다로 삼등삼등 완행열차 기차를 타고

간밤에 꾸었던 꿈의 세계는 아침에 일어나면 잊혀지지만
그래도 생각나는 내 꿈 하나는 조그만 예쁜 고래 한 마리
자 떠나자 동해 바다로 신화처럼 숨을 쉬는 고래 잡으러

우리들 사랑이 깨진다 해도 모든 것을 한꺼번에 잃는다 해도
우리들 가슴 속에는 뚜렷이 있다 한 마리 예쁜 고래 하나가
자 떠나자 동해 바다로 신화처럼 숨을 쉬는 고래 잡으러
자 떠나자 동해 바다로 신화처럼 숨을 쉬는 고래 잡으러

영화 〈바보들의 행진〉 OST(1975년) 〈고래사냥〉 중에서

*

　가을의 끝자락은 쌀쌀맞았다. 뚝 떨어진 기온은 행인들의 옷깃을 여미고 몸을 움츠리게 만들었다. 예년에 비해 삼사 도 낮은 날씨였다. 위쪽 지방에선 영하권에 들어 얼음이 어는 곳도 있었다. 중앙 기상대는 내달 십 일께 첫눈이 내리겠다 예보했다. 단풍이 절정을 이뤄 구경하려는 행락 인파로 넘쳐났던 불과 두 주 전과 딴판이었다. 대입 학력고사도 한 달 앞으로 성큼 다가왔다.

　다음 달 중순이면 시험 날이었다. 셋 중 공부에 매달리고 있는 건 현준뿐이었다. 학교 성적이 반에서 꾸준하게 삼십 등 언저리를 유지하고 있었다. 열은 시험을 포기했고 재용은 그나마 그녀 때문에 시험을 치르기로 마음먹었다. 열인 항시처럼 학교와 체육관을 그냥저냥 오갔고 재용인 연애 사업에 정신 팔려 있었다.

　시월 마지막 날 이른 저녁. 재용이 있는 '마로니에'로 한 통의 전화가 걸려 왔다. 한동안 얼굴 보기 힘들던 현준이었다. 본 지도 오래된 데다, 상의할 일도 있고 하니 간만에 열과 함께 만나자고 했다. 궁금증을 못 참은 재용이 "상의할 게 뭐냐?"며 꼬치꼬치 캐묻자 미진이 때문이라는 답변이 돌아왔다. 현준이 그토록 오매불망하는 '윤미진'이었다.

　현준이 얘기로는 그간 이것저것 핑계 삼아 그녀와 두어 번 통화했다 했다. 대입고사 전 만나 시험 잘 보란 말도 해 주고 속마음도 알아보고 싶은데 마땅한 방법을 몰라서 전문가의 고견이 듣고 싶단다. 둘은 삼 일 뒤인 토요일 오후 여섯 시로 약속을 잡았고 열에게는 재용이 연락하기로 했다.

토요일 오후 여섯 시를 넘겨 체육관 미닫이문이 열렸다. '박카스' 한 박스와 '솔' 담배 한 보루가 양손에 들린 현준이 들어섰고 재용이 뒤따라왔다.

"안녕하셨습니까? 관장님."

"관장님, 오랜만입니다!"

관장은 뒤에 오는 재용을 먼저 보고 끌끌거렸지만 현준은 기꺼이 맞았다.

"그래, 현준인 공부 열심히 하고 있지?"

"예, 관장님."

"열심히 공부해서 꼭 대학에 가야 한다. 알겠지?"

"명심하겠습니다. 관장님."

관장의 혀 차는 소리를 들은 재용이 불퉁스럽게 말했다.

"아이, 저도 담배랑 박카스 사는 데 이천 원 보탰다고요! 정말."

담배 한 보루를 받아 쥔 관장은 재용을 흘겨보다가 다시 끌끌대며 사무실로 들어가 버렸다. 운동 시간 끝나 몇 안 되는 관원들이 옷 갈아입고 나가려 했고, 열도 세면실에서 씻고 나와 옷을 갈아입고 있었다. 재용은 민망했는지 현준한테 뺏어 든 박카스를 관원들에게 나눠 주면서 괜스레 친한 척했다.

"공부해야 할 학생들이 공부는 않고 어딜 삘삘거리고 돌아다녀!"

어느새 열이 걸어 나와 둘에게 핀잔을 주었다.

"됐네, 이 사람아."

"됐다 그래라."

재용과 현준 입에서 동시에 터져 나왔다. 셋은 관장에게 인사하고 체육관을 나섰다. 어디로 갈지 고민하다 열이 배도 고프고, 오랜만에 짜장면이 당긴다고 하자 현준은 툴툴거렸다.

"여기 짜장면집은 맛없는데…….."

"거기 주인이 바뀌었어."

"진짜?"

"응. 나는 안 가 봤는데 관장님이 먹을 만하다고 하네."

현준과 열의 대화에 재용이 끼어들었다.

"야, 그럼 한번 가 볼까. 어떤가 보게."

"그래도 좀 찜찜하긴 한데…….."

"먹어 보면 어떤지 알지 않겠냐?"

셋은 의견 일치를 보고 큰길 건너 주택가 앞머리에 자리한 중국집으로 발걸음을 옮겼다.

테이블 대여섯 개가 놓인 크지 않은 식당이었다. 삼십 대쯤으로 보이는 부부가 주인이었고 식당 안은 나름 정결했다. 여주인은 "남편이 인천에서 진짜 중국인한테 정통으로 배운 솜씨"라며 묻지도 않은 자랑을 늘어놓았다. 짜장면 세 개와 군만두 한 개를 시켰다. 손님이 없어선지 짜장면과 군만두는 금방 나왔다. 짜장면은 다지듯 잘게 썰린 돼지고기와 양파 범벅인 묽은 짜장이 굵지 않은 면발 위에 부어져 있었다. 그 위에는 타지 않은 계란후라이와 얇게 썬 오이채가 얹혔다. 바싹 튀겨 내지 않아 적당히 노르스름한 군만두도 도톰한 게 속이 가득 찼다.

현준과 열이 나무젓가락 포장지를 벗겨 내고 있을 때 재용이 양손을 펼쳐 어깨 위로 들더니 눈 감고 점잖게 한마디 했다.

"다 같이 기도합시다."

둘은 재용을 멀뚱히 바라봤다가 서로를 마주 보고 뜨악한 표정을 지었다.

"드디어 니가 안 본 사이에 미쳤구나."

열이 어처구니없다는 낯짝으로 고개를 절레절레 흔들며 한소리를 했다.

"야, 우리도 낼모레 스무 살인데 이젠 주님의 은총스러운 삶을 살아야지 않겠냐. 하. 하. 하."

열은 또다시 고개를 흔들었고 재용을 가만히 들여다보면서 곰곰이 있던 현준이 정곡을 찔렀다.

"너, 혹시…… 그 무용과 여대생이 있는 교회 다니지?"

"헌헌. 여자 때문에 교회를 다니다니, 하나님이 들으시면 진짜인 줄 알겠네. 진심으로 하나님을 믿어 구원받겠다는 친구의 진정성을 이렇게 몰라줘서야 어디."

재용은 현준의 웃음기 섞인 얼굴과 눈맞춤을 못 하고 애먼 곳만 둘러보았다.

"맞지? 그 여대생이 다니는 교회 다니지? 그렇지?"

"하나님 아버지, 일용할 양식을……."

현준이 다그치자 재용은 서둘러 기도로 얼버무렸다.

"정말 돌아가시겠네. 끌끌."

열은 관장마냥 혀를 찼고 재용이 짜장면을 비벼 대며 화제를 돌렸다.

"미진이는 뭐가 문젠데?"

"맞네. 그 교회 다니네."

현준의 계속된 의심은 결국 재용을 이실직고하게 했다.

"휴……. 하기사 울 엄마도 나보고 미쳤다고 그러더라. 그래도 어쩌겠냐. 자기를 아는 체하려면 누나라고 부르고, 교회에 다니래는데 시키면 시키는 대로 해야지. 글고, 앞으로 여자한텐 절대 거짓말 않기로 했다."

"킥킥. 그래서 그 교회에 나가?"

"……."

"어휴, 찌질한 시키. 앞으론 어디 가서 내가 니 친구란 얘기 하지 마라. 끌끌."

"……."

현준은 킥킥거렸고 열은 한심한 눈초리로 재용을 놀려 대었다. 재용도 자신이 꼴사나운지 잠자코 비벼 놓은 짜장면을 한입 크게 욱여넣었다. 현준과 열이 그제야 불기 직전의 짜장면을 비볐다. 셋은 약속이라도 한 양 짜장면 그릇에 코를 박았다. 짜장면과 군만두는 먹을 만했다. 짜장은 달짝지근하지도, 텁텁하지도 않아 물리지 않았다. 면발은 찰지지도 않았지만 그렇다고 메지지도 않았다. 돼지고기, 당면, 부추가 가득한 만두소는 바싹 튀기지 않은 만두피와 어우러져 입안에서 겉돌지 않았다.

짜장면과 군만두를 죄다 먹어 치운 셋은 물잔에 따라 놓은 보리차를 동시에 들이켰다.

"미진이 문제나 얘기해 봐."

앞서 물잔을 내려놓은 재용이 현준에게 시큰둥하게 말했다.

"어렵게 미진이랑 두 번 통화했었거든. 근데 통화해 보면 나한테 관심이 있는 것도 같은데 걔 속마음을 알 수 없잖아. 그래서 대입고사 전에 꼭 만나 시험 잘 보란 말도 해 주고 속마음도 좀 알았으면 하는데 어떻게 해야 좋을지 몰라서."

"야, 그냥 만나서 좋아한다고 하면 되지 뭐가 문제야."

열이 몸을 뒤로 젖혀 듣고 있다 참견하자 재용이 나서 손을 저었다.

"아니지. 그게 그렇게 간단치가 않지. 그럼 어디서 만날 건데?"

"미진이 집 앞에서 밤늦게 기다리든가, 아님 새벽에 기다리든가 해야지."

"만나선 어떻게 할 건데?"

"……시험 잘 보라고 해야지. 좋아하는 내 마음도 살짝 비치면서."

"말로만?"

"……."

잇달아 따져 묻는 재용에게 현준은 말을 잇지 못하고 우물쭈물했다.

"그래서 니가 안 된다는 거지. 쯧쯧."

"뭐가?"

재용은 둘을 번갈아 보더니 목소리를 내리깔고 현준에게 강의 조로 조근조근 설명했다.

"여자는 있지. 자고로 감동에 약한 동물이란 말이지. 밋밋하게 굴면 될 일도 안 되고 감동을 먹으면 안 될 일도 되는 게 여자의 마음인 거지. 그러니깐 여자한테는 감동과 이벤트, 이것이 핵심이란 말이지. 암."

"그럼 어떻게?"

"음…… 등굣길에 학교 교문 앞에서 기다리는 거지."

재용이 잠깐 눈알을 굴리다 불쑥 꺼낸 말에 현준의 두 눈이 똥그래졌다.

"아침 일곱 시에 학교 교문 앞에서? 걔네 학교 애들이 바글바글하는데?"

"그렇지."

"니 말대로 감동을 주기 위해서 꽃다발이라도 들고?"

재용은 현준에게 어설프다는 듯 또 한 번 "그러니 네가 안 된다"면서 훈계질을 시작했다. 일단 잘 생각해 보라고 했다. 애들 앞에서 꽃다발을 척 갖다 바치면 과연 그걸 본 여자애들이 부러워도 부러워하겠냐는 것이다. 여자란 동물은 본디 질투와 시샘 덩어리라 그건 당연히 시기심만 일으키는 짓이라 했다. 속으로 '지랄 떨고들 있네'라고 안 하면 다행이란 거였다. 애들 사이에서 왕따 되기 십상일 거라고도 했다. 재용의 "안 그렇겠냐"는 말에 현준이 고개를 끄덕였고 옆에서 귀 기울이던 열도 덩달아 끄덕였다.

턱이 거만스레 들린 재용의 기고만장한 훈계는 계속되었다.

"고삘아, 그럼 어떻게 해야겠니? 티 없이 맑고 순수한 고삐리의 사고방식으로 생각해야겠지. 음…… 빵하고 우유를 잔뜩 사 가는 거지. 아니다. 나눠 줄 때 복잡하니깐…… '딸기 우유'가 좋겠네. 딸기 우유를 한 육십쯤 사 가는 거지. 그걸 미진이가 애들한테 나눠 주면 한턱 쓰는 거고, 아침이라 달짝한 딸기 우유가 먹을 만할 거고. 이 얼마나 아름다운 이성 친구의 우정이냐. 안 그래? 내 말이 틀렸냐?"

"그래서?"

현준은 여전히 똥그랗게 뜬 눈으로 우쭐거리는 재용에게 되물었다.

"그래서는 뭘 그래서야? 딸기 우유 전해 주면서 시험 잘 보라고 한마디 하고 그냥 돌아서 오는 거지."

"그러면?"

"거기까지야. 감동만 먹으면 된다니깐 그러네. 가만있어도 나중에 미진이한테 연락이 올 거야."

"그러려면 미리 찾아간다고 말해야지 않을까?"

현준의 확신이 안 선 듯한 반문에 재용의 내리깔렸던 목소리가 대뜸

높아졌다.

"야! 찾아간다고 미리 말하면 감동을 먹겠냐! 감동이 중요하다고 몇 번을 말해 줘도 모르네. 글고 찾아간다고 하면 오라고 하겠냐!"

"흠······."

재용은 현준의 표정에 물음표가 달리자 지나가는 말처럼 슬쩍 흘렸다.

"그리고 갑자기 찾아갔을 때 반응을 보면 좋아하는지 안 하는지도 알 수 있고."

"역시 날라리는 다르구나. 그 머리로 공부했으면 니가 돼도 크게 됐을 텐데. 내가 다 아쉽다."

얼이 재용의 의기양양한 꼴이 못마땅해 툭툭거렸다.

현준은 꽃다발과 초콜릿 선물이 멋질 것 같았지만 재용의 말을 따르기로 했다. 다음 주 토요일 등굣길에 실행키로 정했다. 현준이 혼자 가는 게 걱정되는지 재용과 얼에게 같이 가 줄 것을 채근했다. 끝끝내 가지 않겠다는 얼을 친구의 우정까지 들먹이며 애걸해 기어이 가는 걸로 약속받아 냈다. 그 덕에 둘은 현준에게서 짜장면과 군만두를 얻어먹었다. 식당 문을 나설 땐 이미 땅거미가 내려앉아 있었다. 셋은 해 떨어진 어둑어둑한 큰길을 따라 버스 정류장으로 향했다.

*

"응, 요즘 어떻게 지내는지 궁금해서······."

"시험 공부는 잘되고 있는지 해서······."

"영민이 전화번호를 잃어버려 너한테 물어보려고……."

현준은 제 방 책상에 오른팔로 턱을 괴고 혼자 중얼거리다 무심결에 도리질했다. 대입고사를 코앞에 두고도 공부에 집중하지 못했다. 자나 깨나 생각나는 윤미진 때문이었다. 전화번호를 알았겠다 어떻게든 그녀와 통화해야 하는데 통화할 거리가 없었다. 아무리 끙끙대고 머리를 쥐어짜도 뾰족한 수가 떠오르지 않았다. 생각해 낸 방법은 하나같이 궁색하기 이를 데 없었다. 환장할 노릇이었다.

우선은 그녀 집에 전화하는 것부터 문제였다. 남자애가 겁 없이 덜컥 전화했다가 여자애가 그 집 아버지한테 머리채 잡히는 일이 허다한 시절이었으니 마땅했겠다. 현준이 상대방 목소릴 듣자마자 끊어 버렸지만 애가 타 그녀 집에 전화한 적도 몇 번 있었다. 한 번은 나이 든 여자가 받았고, 또 한 번은 목소리 굵은 남자가 받았고, 마지막 한 번은 미진이었다. 그녀가 받았을 땐 '도둑이 제 발 저린다'고 전화를 끊고 나서 가슴이 쿵쾅거려 죽는 줄 알았다.

현준은 고심 끝에 국민학교 적 어린이 회장이었고 지방 의대 합격을 목표로 하는 '범생이' 영민에게 전화를 걸었다. 통화 내용은 별것 없었다. "너는 공부가 잘 되냐?"고, "지난 모의고사 점수는 잘 나왔냐?"고, "원하는 만큼 성적이 나와 의대에 꼭 가야 할 텐데"라고 했다. 제 처지도 털어놓았다. "나는 공부가 안 돼 걱정"이라고, "안 되는 머리로 공부하려니 쉽지 않다"고, "공부 잘하는 니들이 부럽다"고 했다. 전화 말미에 겨우 "요즘 애들은 어떻게 지내고 있냐?"고 한마디 덧붙였다.

현준의 용건이 지리멸렬해지자 네 뻔한 속셈을 안다는 듯이 영민의 음성이 전화선을 타고 흘러왔다.

"아 참, 미진이가 오 학년 때 니네 반이었지. 지난주 미진이 생일이었어. 모의고사 시험 문제로 전화했는데 미진이가 자기 생일이었다고 그러더라."

그거론 좀 부족하지라는 투의 목소리가 다시 전화선을 타고 넘어왔다.

"미진인 지금 이모 집에서 학교 다녀. 이모부가 동네에서 약국 하시고 두 분 다 인자하셔서 전화하면 친절하게 바꿔 주시고."

현준은 속내를 들킨 것처럼 얼굴이 화끈거렸지만 그래도 내심 영민이 고맙기 그지없었을 게다. 어떻든 끊길 것 같던 통화는 이어져 여차저차해 미진이 사는 동네 위치까지 얻어들었다.

이틀 뒤 둘째 누나네가 모두 외출한 일요일 오후였다. 현준은 어제 저녁내 연습한 구절을 되뇌며 거실 소파 테이블 위의 전화 수화기를 들었다. 수화기를 들고도 한참을 되뇌었고 크게 한번 심호흡하고서야 다이얼을 돌렸다. 미진이 이모쯤 되는 나이 든 여자가 전화를 받았다. 현준은 깍듯이 인사하고 제 신분을 의젓이 밝혔다.

다행히 미진은 집에 있었다. "뜻밖의 전화에 놀라지 않았냐?"고, "영민이 말해 줘서 지난주가 네 생일인 줄 알았고 늦게나마 축하한다"고, "솔직히 동창회 때 전화번호 받고 전화하고 싶었는데 하지 못했다"고 고백 비스름한 말까지 했다. 현준이 처음엔 더듬거렸어도 이내 여유를 찾았고 말속에 제법 진정성이 담겨 있었다.

그녀 또한 처음엔 당황스러웠는지 쭈뼛거리는 게 확연했으나 차츰 차분해졌다. "네 전화를 받아 깜짝 놀랐지만 반갑다"고, "그동안 어떻게 지냈는지 궁금하다"고, "시험 준비는 잘되고 있냐?"고 했다. 현준은 그렇게 그녀와 어렵사리 통화가 이뤄졌다. 이게 한 달 반 전이었다. 이후 사소한 구실을 핑계 삼아 그녀에게 한 번 더 전화했었다.

현준은 며칠 전부터 둘째 누나한테 "금요일 저녁에 딸기 우유 육십 개를 사 냉장고에 넣어 두라" 귀 닳도록 얘기했다. 둘째 누나는 "무턱대고 딸기 우유 육십 개가 뭐"며 "왜 필요하냐?"고 시시콜콜 캐물었다. 현준은 시험 전 반 애들에게 한번 선심 쓰는 거라 둘러댔다. "이게 오냐오냐했더니 누나를 식모 부린 듯한다" 신경질 냈지만 수험생을 이길 순 없었다. "슈퍼에 딸기 우유가 육십 개씩이나 있는지 모르겠다"고 구시렁거리면서도 "공부나 열심히 하라"고 그랬다.

금요일 저녁 현준은 학교 야간 자율 학습을 마치자마자 택시를 타고 부리나케 집으로 돌아왔다. 아파트 현관문이 열리기도 전에 둘째 누나에게 "딸기 우유 사 놨냐?"고 외쳐 물었다. 둘째 누나의 "사 놨다"는 대답을 듣고서도 부엌의 냉장고로 쪼르르 달려갔다. 현준은 냉장고 안을 확인한 후에야 안도하는 얼굴이었고 등 뒤에서 잔소리하는 둘째 누나가 안중에 있을 턱이 없었다.

다음 날 된서리 내린 새벽녘이었다. 어둑새벽이라 도로의 가로걸린 신호등과 어쩌다 지나는 자동차 불빛만이 암흑에 뒤덮인 거리를 지켜내려는 듯 아롱거려 밝혔다. 불빛들은 어둠에 반사돼 비치는 것처럼 갈라지고 번져 사위로 퍼져 나갔다. 십일월의 으슬으슬한 새벽 공기는 쌩쌩한 찬바람이 덧보태져 시리게 파고들었다. 뜨문뜨문 보이는 거뭇한 형체의 움츠린 행인들은 어둑서니마냥 희끄무레 보였다. 여명을 밝히기에는 한참 모자란 시각이었다.

　새벽 미명을 뚫고 택시 한 대가 도롯가에 서서히 멈춰 섰다. 조금 지나서 전조등이 꺼진 실내등 흐릿한 택시에서 뒷문이 열렸다. 묵직한 라면박스 위에 책가방을 포개 든 현준이 엉거주춤히 내렸다. 현준은 자세를 고쳐 세우자 궁둥이로 택시 뒷문을 툭 밀어 닫았다. 내린 곳은 그녀 학교로 들어가는 길목의 왕복 사차선 도로였다. 여기서 우측으로 꺾어져 담장을 타고 백 미터쯤 곧바로 가면 오른편에 학교 정문이 있었다.

　현준이 길목 가장자리에 라면박스와 책가방을 내려놓고 두리번거렸지만 재용과 열은 보이지 않았다. 재용과 열을 이 자리에서 여섯 시에 만나기로 했고 손목시계가 여섯 시를 가리키고 있었다. 현준은 시린 손을 비벼 대며 "왔을 리 없지" 혼잣말로 꿍얼거렸다. 여섯 시 십 분이 되자 재용이 택시에서 내렸고 여섯 시 십 분을 넘기자 열이 택시에서 내렸다. 재용과 열은 택시에서 내리면서 입이라도 맞춘 듯이 "졸라 춥네"를 똑같이 연발했다.

　그녀 학교 여학생들이 어스름 속에서 보이기 시작했다. 하나둘 등교하는 모습에 현준이 재용에게 다급히 물었다.

　"인제 어떡하지?"

　"뭘 어떡해. 교문 앞으로 가서 기다려야지."

　빈손으로 온 재용은 라면박스 위에 놓인 현준의 책가방을 둘러메며 대꾸했다.

　"교문 앞까지 간다고?"

　"그렇다니깐 그러네."

"교문 앞에 선생이라도 있으면 큰일 날 텐데……."

"꼰대들이 이 새벽에 미쳤다고 교문 앞에서 덜덜 떨고 서 있겠냐."

"……."

현준도 그렇긴 했는지 더 이상 말 하지 않았다. 책가방을 어깨에 멘 재용이 앞장섰고 양손으로 라면박스 든 현준이 뒤따랐다. 그 뒤에서 제 책가방을 옆구리에 낀 열이 한 발짝 떨어져 따라왔다. 교문까지 가는 동안 재용은 여고생들에게 "이 새벽부터 공부하느라 수고가 많습니다."라는 농까지 던지는 여유를 부렸다.

사오 분 걸어 교문에 다다를 즈음 재용이 돌아서 현준에게 말했다.

"미진이가 어느 쪽으로 올지 모르니까 현준이 닌 교문 앞에 가서 기다려."

"너흰?"

"우린 건너 구석에 있다가 니가 신호하면 우유 들고 갈 테니까."

"야, 우리가 아니지. 니 혼자 들고 가야지."

남 일인 양 줄곧 말 한마디 않던 열이 벙쪄 반응했다. 재용은 애써 열을 외면하며 현준에게 재촉하는 눈길을 보냈다.

"다 같이 가면 안 돼?"

현준은 은근히 걱정되는지 풀 죽은 소리를 내었다.

"우린, 미진이 얼굴도 모르는데 같이 가 봤자 뭐하겠냐."

"그래도, 혼자 가면 좀 그러니깐 그렇지."

"용감한 자가 미인을 얻는다는 말도 못 들어봤냐? 빨리 가서 기다리다 미진이 보이면 우리 쪽으로 손 높이 들어 신호나 보내."

"……."

현준이 별수 없이 교문으로 향하자 둘은 라면박스와 책가방을 나눠 들고 뚤레뚤레 몸을 숨기듯 건너편 구석으로 찾아들었다.

어스름을 밀어내고 희미하게 날을 밝히는 빛이 거리에 스며들 무렵이었다. 여고생들 틈바귀에서 머리 한 개쯤 도드라진 현준의 오른손이 번쩍 들려 허공을 휘저었다. 둘은 현준의 들어 올린 손을 확인하고도 서로를 멀뚱멀뚱 바라보았다. 그러다가 이번엔 재용이 별수 없어 재빨리 라면박스를 챙겨 들고 교문으로 동동걸음 쳤다.

재용이 여고생 사이를 헤쳐 이르렀을 땐 교문 윗길 한편에서 현준은 미진과 그녀의 두 친구를 마주하고 있었다. 어정쩡하고 서먹한 분위기였다. 윗길로 등교하는 어학생이 많진 않았으니 지나가는 족족 다들 한 번씩 힐끗거렸다. 재용은 현준 옆까지 다가갔어도 둘의 대화엔 참견하지 않았다.

현준이 겨우겨우 먼저 말을 꺼냈다. "갑작스레 찾아와 놀랐겠지만 직접 만나 말하고 싶었다."며 "놀랐다면 정말 미안하고, 시험 잘 봐 꼭 원하는 대학에 가라."고 그녀에게 진심 어린 응원을 보냈다. 그리고서 현준은 재용에게 건네받은 딸기 우유 꽉 찬 라면박스를 전했다. 그녀는 놀란 모양이었지만 기분이 꼭 나쁜 것만 같아 보이지 않았다.

그렇게 현준이 폼나게 돌아서려고 할 때였다. 대뿌리를 손에 쥔 남자 선생이 교문 밖으로 나오면서 현준 쪽을 향해 "너희들 뭐야?" 큰 소리쳤다. 기겁한 현준은 소리 나는 쪽을 돌아보았고 재용은 뒤도 안 보고 나 몰라라 튀어 버렸다. 재용이 잽싸게 아랫길로 튀는 광경을 목격한 열도 책가방 걸머지고 건너편에 바싹 붙어 슬금슬금 따라 내려갔다. 달아난 둘은 택시에서 내렸던 길목 담벼락에 얼굴만 반쯤 내놓고 학교 정문 방향을 번갈아 지켜보았다.

시간이 지나도 오지 않는 현준을 기다리다 열이 입을 떼었다.

"니가 말할 때부터 알아봤어야 했는데."

"무얼?"

"니가 태어나서 한 번이라도 새벽에 학교를 가 봤겠냐 말이다."

"……이 추운 새벽에 미쳤다고 꼰대가 다 나와 있네. 나 참."

할 말 없어 푸념으로 대신한 재용은 혼잣말하듯 현준을 걱정했다.

"그나저나 얻어터지고 현준이 학교에까지 연락하는 건 아닌지 모르겠네."

"설마 학교까지 연락할라고."

"당연히 그럴 수 있지."

"……."

그때 저만치서 터벅터벅 걸어오는 현준이 보였다. 오는 게 보이는데도 둘은 올라갈 엄두를 못 내고 길목으로 내려올 때까지 기다려 맞았다. 현준의 주둥이가 삐죽이고 있었다. 현준은 재용을 보자마자 퉁명스럽게 쏘아붙였다.

"어떻게 친굴 두고 혼자 튀냐?"

"나는 니도 튈 줄 알았지……."

"뻔히 안 튈 줄 알았으면서. 진짜 니가 친구 맞냐?"

"우린, 체질상 꼰대만 보면 무의식적으로 튀게 돼 있어 그렇지."

"그것도 변명이라고 하냐?"

"아무튼 친구 놔두고 튄 건 내가 잘못했다. 용서해라."

"하여간 비겁한 시키. 근데 얻어맞진 않았냐?"

한발 물러서 있던 열이 현준 편을 들면서 은근슬쩍 끼어들었다.

"……아니, 남자답고 잘생겼다고 칭찬받았어. 히히."

"뭐야?"

"정말?"

현준에게 들은 이야기는 이랬다. 현준은 선생한테 붙잡힌 형국이 되었고 순순히 앞으로 불려 가 수두룩한 여고생들에게 둘러싸였다. '가는 날이 장날'이라고 하필이면 그 선생이 미진의 담임이었다. 현준은 최대한 순종적인 자세와 겸양한 어투로 자초지종을 설명했다. 미진과는 국민학교 친구로서 최근 연락이 닿아 대입고사를 잘 쳤으면 하는 바람에 힘내라고 딸기 우유를 사 왔다 했다.

국민학교 졸업 이후 미진과 개인적으로 단 한 번 만난 적이 없으며 공부에 지장을 준 행동도 단 한 번 한 적이 없다고 구구절절 해명했다. 라면박스를 들춰 딸기 우유를 확인한 담임은 그의 학교와 학년반, 담임 이름을 물었고 현준이 거짓 없이 대답했다. 담임은 곰곰이 요리조리 현준을 훑어보고, 뜯어보더니 "그놈, 참 남자답고 잘생겼다."면서 "미진이와 사귀더라도 고등학교 졸업하고 대학 가서 사귀라."고 했다. 그 말이 현준의 입을 귀에 걸리게 했고 대학 갈 의지를 불태우게 만들었다.

7

금득형주 곤룡입해

＊

　열은 공휴일마다 건넌집 노가다 아저씨네를 따라 근교 공사 현장을
나갔다. 서울 유명 건설사의 고속도로와 고속도로를 잇는 대규모 외곽
도로 공사였다. 하루 일당이 자그마치 만 이천 원이나 되었다. 동생 숙에
게 이천 원을 쥐여 주고도 일만 원이 남았다. 학교만 아니었다면 평일도
마다하지 않을 쏠쏠한 수입이었다. 대기업 공사라서 일당이 센 게 아니
었다. 최근 날씨가 추워진 데다 일손이 달리고 공기까지 늦어진 탓이었
다. 열은 일주일에 한두 번 따라나서지만 일머리까지 파악해 제 몫을 해
냈다.

　해 질 무렵 허술한 동네의 사잇길로 접어든 봉고차 한 대가 급작스레
멈췄다. 멈춰 선 봉고차에서 닳아 떨어진 군복 차림에 운동화 뒤축을 구
겨 신은 열이 터덜터덜 내렸다. 오늘도 공사판에 새벽같이 나갔다 돌아
오는 길이었다. 열이 동네 초입에서 내린 건 지나친 서광 슈퍼 앞 평상에
어디서 많이 본 녀석이 앉아 있어서였다. 열은 슬몃슬몃 녀석의 바로 뒤
까지 다가갔다. 검정 양복에 회색 니트 목도리 매고 머리 빗어 넘겼어도
큰 키와 다부진 체격은 틀림없는 최재덕이었다. 녀석이 집으로 찾아와

'건달로 성공하겠다'고 선언한 뒤 근 일 년 만이었다.

"미친 시키."

열은 그때를 떠올리는 듯 저도 모르게 욕설을 내뱉었다. 최재덕이 놀라 후다닥 뒤를 돌아보자 열이 재차 뱉었다.

"깡패하느라 바쁘신 몸께서 여기까지 뭔 일로 다 왔냐?"

"말하는 싸가지 좀 봐라. 얻다 대고 시키는 시키냐. 니 형님한테."

"내가 어떻게 올 줄 알고 여기서 기다리고 있냐?"

"낮에 들렀더니 숙이가 이쯤 온다 해서 다시 왔다. 요새 일요일엔 노가다 댕긴다메?"

열은 재덕의 반색에도 아랑곳없이 계속 탐탁잖은 면상으로 대했다.

"니가 이유 없이 두 번씩이나 올 놈이 아닌디?"

"니 얼굴 본 지가 하도 돼서 그냥 한번 들러 봤다."

"진짜 뭔 일로 왔냐고?"

"니가 안 죽고 살아 있는지 확인하러 왔다니깐."

열이 곧이들리지 않는 양 연신 되물었지만 재덕은 의뭉스럽게 대답을 피해 갔다.

"살아 있는 거 봤으니까 인제 그만 가 봐라."

"이 시키가 형님이 왔으면 하다못해 식사라도 한 끼 대접해야지."

"집에 가서 밥 먹을 생각은 하들 마라. 엄마한테 니 깡패 됐다고 했더니 두 번 다시 만나지 말라고 그러더라."

"뭐야? 진짜 어머니한테 얘기했다고야? 미친 시키."

열도 말해 놓고 겸연쩍은지 짓적게 화제를 돌렸다.

"어째 깡패는 할 만하디? 깜장 양복 입고 '깨꼬' 신은 것 보니까 할 만한 갑다."

"흐흐. 금딱지 시계도 있는디 깜박하고 못 차고 나왔다야."

"말하는 꼬라지 하고는."

"오랜만에 찾아온 형님한테 식사 한 끼 대접 안 하고. 쩝, 담배나 한 가치 꼬실리러 가자."

"……."

열은 재덕에게 아무런 대꾸하지 않았으나 달리 할 게 없었다. 둘은 골목거리 지편의 하천 다릿목 사칠나무 울타리로 향했다.

"저번에 시내에서 크게 싸움 한번 났었다메. 닌 별일 없었냐?"

"우리 애기들이 아니고. 윤수네 애기들."

둘이 나란히 걷다 열이 주워들은 얘기를 묻자 재덕은 한참 전 일이라는 듯 시들하게 말했다. 열이 멈칫하더니 재덕 쪽으로 고개 돌려 되쳐 물었다.

"윤수라고?"

"그래, 윤수 시키. 그 시키들 땜시 우리가 죽것다. 짭새들이 하도 난리쳐서."

"윤수네가 한창 잘나간다더니 이젠 느그보다 나은 갑다?"

"이 시키가 뭔 소리여. 갸들은 우리 앞에선 숨도 못 쉬. 윤수 시키가 나한테 엉기것냐? 갸들 자체가 우리한텐 안되지. 울 선배들도 마찬가지고."

"근데 뭐가 잘나가?"

"갸들은 스폰서가 짱짱하지."

"스폰서?"

"서울 올라간 웃대가리들 스폰서가 짱짱하니까 여기까지 간땡이가 배 밖으로 나온 거지."

윤수는 둘과 같은 국민학교를 다닌 동창이었다. 두 살 늦게 입학해 또래에선 덩치가 제일 컸다. 한데 덩치와 어울리지 않게 약아빠지고 되바라진 녀석이었다. 어린 나이에 어디서 배워 처먹었는지 발랑 까져 늘상 주접을 떨었다. 지 삼촌이 시내 깡패고, 아버지가 사람 패 감옥 갔다고 학교 애들을 졸아들게 만들었다. 하지만 그건 모를 일이었다. 니나놋집 여자의 '애비 없는 자식새끼'라는 소문이 돌았었다.

사학 년 때 녀석은 재덕에게 깐죽거리다 된통 얻어터지고 약삭빨라 친구가 되었다. 그 덕에 녀석 역시 열과 친구 비스무리 지냈다. 녀석이 둘과 친구가 되고 나서 더욱 나대고 다닌 건 안 봐도 비디오였다. 열은 이사로 전학한 후 녀석을 만나진 않았지만 중학교 퇴학당하고 시내에서 '애깡패' 노릇한다는 얘기를 전해 듣고 있었다.

열과 재덕이 어스레한 하천 다릿목에 다 왔을 즈음 사철나무 울타리 앞에서 시커먼 것들이 웅성거렸다. 둘은 의아한 낯으로 서로를 바라봤다가 소리 내지 않고 슬그머니 그쪽으로 걸어갔다. 거기엔 고삐리로 보이는 네다섯이 모여 있었고 딱 봐도 한 애를 둘러싸고 '삥'을 뜯고 있었다. 그때 담배를 꼬나문 한 놈이 누군가 지척까지 다가온 것을 눈치챘다. 놈은 목 끝부터 끌어모은 가래침을 땅바닥에 '카악' 내뱉으며 덤벼들 듯이 노려보았다. 그런 놈을 '소 닭 보듯' 하는 뽄새가 만만치 않았는지 슬쩍 다른 놈들에게 사인을 보냈다. 다른 놈들도 둘 쪽으로 방향을 틀어 달려들 것처럼 쏘아보았다.

"음마, 이 존만 시키들 봐라."

그 꼴 보고 그냥 넘어갈 재덕이 아니었다. 말이 떨어지기 무섭게 한 치 주저 없이 놈들 앞으로 다가들었다. 거침없는 재덕의 위세에 눌린 놈들은 어찌할 틈조차 없었다. 순식간 코앞까지 다가선 재덕이 우악스레 손바닥을 번쩍 들어 한 놈의 뺨따구니를 다짜고짜 후려갈겼다. 아까 담배 물고 꼬나본 놈이었다. 직통으로 맞아 쓰러지려는 놈의 멱살을 움켜잡아 연달아 세 번을 더 후려쳤다. 그 채로 발라당 나자빠지자 이번엔 구둣발로 마구 짓뭉갰다.

오금 저려 꿈쩍 못 하는 나머지 세 놈도 차렷시키고 '사이좋게 똑같이 맞으라'며 뺨따귀를 네 대씩 올려붙였다. 그러고는 도망 못 가도록 신발과 양말 벗겨 사람들 눈에 안 띄는 울타리 안으로 몰아넣었다. 열 또한 구겨 신은 운동화를 옳게 꿰고 곧장 재덕을 뒤따랐으나 할 게 별로 없어 옆에서 지켜만 보고 있었다. 재덕은 왼손으로 오른 어깻죽지를 매만지더니 양복 윗도리 벗어 거길 다시금 살폈다.

"워메, 이 좆삐리들 땜시 양복 실밥이 터져 버렸네. 느그들 센타 까서 이만 원 이상 안 나온다. 그러믄 백 원에 뺨다구 한 대씩 맞것제. 만약 뒤져서 나온다. 그러믄 십 원에 한 대씩이것제. 자, 실시!"

꿇은 무릎 위로 양손 올려 고개 숙이고 있던 놈들이 제 호주머니를 뒤적이기 시작했다.

열이 팔짱 긴 채 지켜보다 울타리 밖에서 아직껏 오가도 못하고 서 있는 녀석이 눈에 들었다. 눈여기던 열은 뭔가 생각난 것마냥 녀석을 불러세웠다.

"야, 이리 와 봐라."

"……."

녀석은 우물쭈물 힘없이 울타리 안으로 들어섰고, 어쩔 줄 몰라 하는 꼴이 몰골스러웠다.

"니, 내가 누군지 알지?"

"……."

"니, 반장 집 셋째 맞지?"

"……예."

녀석은 열의 거듭된 질문에야 기어들어 가는 소리로 겨우 웅얼거렸다.

"지금 고 일인가 그러지? 이름이 뭐였더라?"

"……준석이요."

"맞다, 준석이."

열은 기억났다는 듯 녀석의 어깨를 가볍게 건드렸고 얼굴엔 화색까지 돌았다. 열이 엄마는 반장 집 여자를 '언니'라고 호칭했고 녀석도 언젠가 한 번 집에 심부름 다녀간 적이 있었다.

"쟈들은 느그 학교 애들이냐?"

"……중학교 때 친구들이요."

"야 이놈아. 니 뻥 뜯는 놈들이 친구는 뭔 놈의 친구냐."

"……."

"이것들이 졸업한 동창 집까지 쫓아와서 돈을 뜯어. 칼만 안 들었지. 숫제 강도 시키들이네. 이런 것들은 대갈빡 굵기 전에 버르장머릴 단단히 고쳐 놔야 정신 차리지."

열은 녀석에게 눈을 흘기다 무릎 꿇은 놈들이 들리게끔 목소리를 키
워 말했다.

"준석이 니, 우리 집 어딘지 알지?"

"예……."

"대문 열면 바로 왼편에 야구 빠따 세워져 있으니까 빨리 가서 가져온
나. 사람 무서운 줄 모르는 것들은 돼질 만치 패 놓는 것 외엔 약이 없다.
돼질 만치 맞아 봐야 사람 무서운 줄 알지."

뭉그적대며 돈을 꺼내 놓던 놈들이 야구 배트 가져오란 말에 움찔했
다. 새딕도 녀석 쪽으로 오기심 어린 눈길을 보내고 있었다. 시선을 아래
로 떨구고 울먹이던 녀석이 흐느꼈다.

"형, 아니에요. 애들한테 돈 안 뺏겼어요. 애들 용서해 주세요."

"허, 이런 모지리 시키 보소. 니가 그따구로 노니까 삥이나 뜯기고 살
지. 너도 나한테 좀 맞아 볼래?"

열은 녀석이 꼴값 떠는 게 볼썽사나워 한 소리 했고, 꿇은 놈들은 몽둥
이 타작 당할 게 두려워 귀를 쫑긋 세웠다. 열이 녀석을 물끄러미 보고
있다가 한숨을 내쉬었다.

"이놈아, 이렇게 당하고 살면 니 인생 정말 고달파진다. 당하면 수단
방법 안 가리고 되갚아야지."

"……."

"여긴 내가 알아서 할 테니까 닌 그냥 집에 가 봐라."

그래도 머뭇거리는 녀석을 열은 화를 내다시피 해 쫓아 보냈다. 열이
녀석이 완전히 사라진 것을 확인하고서 "여기도 어디에 몽둥이가 있을

텐데." 중얼대면서 울타리 안을 이리저리 어슬렁였다.

재덕은 돈을 세 본 후 얼굴이 활짝 폈다. 호주머니 털어 내놓은 돈은
무려 삼만 원이 넘었다. 놈들을 대하는 재덕의 말투가 한층 나근나근해
졌다.

"이놈들이 얼마나 삥 뜯고 다녔길래 이렇게 돈이 많다냐. 암튼 양복 수
선하는 데 잘 쓸란다. 니들, 내가 절대 삥 뜯는 거 아닌지 알지?"

"예……."

"글고 이놈들아, 사람 봐 가면서 달라 들어야지 아무한테나 달라 들면
쓰것냐? 그러다가 뒤진 놈 여럿 봤다. 항상 조신하게 다니고. 알것냐?"

"예……."

"일어나 신발 신어라."

"예."

놈들이 일어서 추스르고 있을 때 "누가 일어나라 했냐. 그대로 엎드려
뻗쳐라." 쇠된 목소리가 들려왔다. 열이 어디서 찾았는지 공사판에서나
봤을 법한 단단한 각목이 손에 들려 있었다. 놈들은 엉거주춤해 열을 보
더니 다시 재덕을 쳐다보았다. 재덕은 뻘쭘한 표정으로 양 손바닥을 들
어 보이며 어깨를 으쓱했다. 놈들이 이러지도 저러지도 않고 어정쩡히
서 있다 열에게 버팅기는 모양새가 되었다.

"어쭈구리, 이것들이 사람 가려가면서 개기네."

"시키들, 형이 말해 줘도……."

재덕이 쫏쫏거리는 사이 열도 거침없이 다가들었다. 열의 각목은 주
춤주춤 물러서는 놈들에게 사정없이 휘둘러졌다. 아니나 다를까 이번에

도 담배 물고 꼬나본 놈이 후려 맞았다. 세 번을 후려 맞자 나동그라졌고 나머지 놈들은 알아서 몸을 사렸다.

"이 시키들이 나를 알로 봐. 전부 엎드려뻗쳐 새끼들아!"

놈들은 어쩔 수 없이 시킨 대로 따랐고, 열은 오른손에 다잡은 각목을 아래로 털어 내듯 탁탁 내뻗쳤다.

"이것들이 남의 동네 와서 삥을 뜯어. 그것도 내 동네에서. 일단 개긴 죄로 열 대씩 맞고 시작한다. 맞을 때 소리 지르거나 움직이는 놈은 당연히 배로 맞는다. 알았냐?"

"……."

"음마, 이 시키들 대답 뵈리? 알았냐?"

"예……."

움켜쥔 각목이 허공에서 바람을 가를 때마다 넓적다리 뒷부분에 정확히 내리꽂혔다. 한두 대 맞고 쓰러진 놈은 여기저기 가리지 않고 후려 팼다. '악' 소리가 절로 났고 한 놈씩 나가떨어졌다. 처맞은 뒤엔 네 놈 다 제대로 무릎을 꿇지 못했다. 반쯤 꿇은 채 땅바닥 짚은 두 손으로 윗몸을 떠받쳐 간신히 지탱했다.

"어쩔래? 삼십 대씩 더 맞을래? 아님 두 번 다시 준석이 앞에 나타나지 않을래?"

"……다시는 준석이 앞에 나타나지 않겠습니다."

"다른 놈은?"

담배 물고 꼬나봤던 놈에 이어 다른 놈들도 그러겠다 대답했다.

"흠, 그래?"

열이 미심쩍이 내려다보다 제 윗도리 앞주머니에서 볼펜과 수첩을 빼내 들었다. 그리고선 한 놈씩 앞으로 불러내 놈을 포함한 나머지 놈의 이름과 학교, 학년반, 집 전화번호를 적으라고 했다. 집 전화 없는 놈은 캐물어 주인집 전화번호까지 쓰게 했다. 그렇게 따로따로 네 놈의 인적 사항을 각각 맞춰 보았고 맞아떨어졌다.

"가다가 우연히 준석일 만나면 어떻게 할래? 니부터 말해 봐."

열이 가자미눈 뜨고 또 그놈을 턱으로 가리키자 놈이 미적미적 입을 열었다.

"……무조건 돌아서 가겠습니다."

"눈깔은?"

"눈깔이요?"

"내리깔고."

"알겠습니다."

열은 놈들 모두에게 똑같이 물었고 똑같은 대답을 들었다. 어찌 됐건 준석을 보면 눈 내리깔고 그대로 되돌아가란 말이었다. 재덕도 나서 거들었다. 녀석을 건드렸다는 말이 들리면 시내 꼬마들 시켜 '아작'을 내놓겠다고 을러대었다. 재덕은 어르는 것도 잊지 않았다.

"니 이름이 상택이라고 했제? 이놈이 야무지네. 어려운 일 있으면 언제든지 시내 '천지다방'으로 찾아와 상의하고."

"예. 알겠습니다."

놈들을 돌려보낸 뒤 재덕은 바지 주머니에서 담뱃갑과 성냥갑 꺼내 열에게 한 개비를 건네고 불을 붙였다. 담배 끝머리가 그슬릴 즘 돈을 다

시 세던 재덕이 생경하게 열의 이름까지 불러 가며 손을 내밀었다. 손에
는 만오천 원이 들려 있었다.

"음마, 야가 왜 안 하던 짓거리를 한다냐."

열은 별일 다 있다는 낯짝이었지만 주는 돈을 마다치 않고 받아 챙겼
다. 재덕이 또다시 뜸을 들였다.

"……니한테 할 말이 좀 있는디."

"뭘?"

"니를 보고 싶어 하는 사람이 있어야."

"그건 또 뭔 소리냐?"

"……."

재덕이 말하기를 망설인 듯 보이자 열이 다시 물었다.

"누가?"

"'용가리'라고. 국민학교 이 년 선배. 우리 쪽 두 다리 위기도 하고. 니
도 얼굴 보면 생각날 거다. '용길'이라고 국민학교 때 다 잡았던 놈이었으
니깐."

순간 열은 눈을 치켜떴고 화기애애한 분위기가 단박에 싸해졌다.

"'용가리'든, '용가리 통뼈'든 그런 깡패 시키가 나를 어떻게 알고 보자
고 해?"

"용가리가 니를 알더만. 우리가 친군 것도 알고. 야, '복개시장' 악바리
를 모르는 놈이 누가 있것냐?"

구태여 자초지종 안 들어봐도 '뻔할 뻔 자'였다. 요즘 그 바닥 돌아가는
꼴이 만만치 않으니 '대가리 피도 안 마른' 놈들 더 뽑아 써먹자는 속셈이

었다. 돈 들어가는 일 아니니 이래저래 손해날 일도 없었다. 조직폭력배라는 게 싸움질 잘하는 놈보다 물불 안 가리고 날뛰는 어린놈이 더 무서웠다. 징역이랍시고 소년원, 소년교도소 가는 것이 자랑거리고 시키면 시킨 대로 하는 놈들이 바로 이들 나이대였다. 재덕네 쪽은 이 지역에선 제일 잘나가는 폭력 조직이라 '애깡패'를 가려 가며 뽑을 여력이 있었다.

"니는 배알도 없냐? 그런 시키 심부름 짓이나 하고."

"이 시키가 또 화를 돋구네. 아녀, 시키야. 용가리도 용가리지만, 나도 니랑은 든든하니까 그런 거지."

"그놈의 똥통 학교는 뭔 놈의 깡패 시키들이 그렇게 우글거린다냐?"

"글믄 이렇게 노가다나 뛰다가 인생 좆낼래? 니나, 나나 할 줄 아는 거라곤 싸움질밖에 더 있냐? 우리만 뭉치면 무서운 것이 뭐가 있것냐."

"한심한 시키. 잘하는 야구 때려치우고 지금 뭐라고 떠든다냐?"

"시팔 시키가 또 헛소리하네. 됐어. 안 하려면 마라 시키야."

그래 놓고도 재덕은 포기하지 않고 열을 설득했다. 열이 역시 재덕 말마따나 졸업하면 뭘 해 먹고 살지 막막했고, 어릴 때부터 둘이 뭉치면 무서울 게 없었다. 서로 아옹다옹했어도 그나마 몇 안 되는 친구 중 한 명이 재덕이었다. 그렇지만 결국 열의 이 말이 재덕을 포기하게 만들었다.

"니도 불쌍하다. 그런 시키 밑에서 꼬붕 노릇하고 싶디?"

"야가 뭐라 해싼다냐……."

"그 시키가 사람 시키냐? 최재덕이 자랑하는 존심은 다 어디로 갔냐?"

"……졸라 할 말 없게 만드네."

재덕이 입맛 다시며 매가리 없이 변명 비슷하게 주절거렸다.

열도, 재덕도 그놈이 국민학교 시절 어떤 놈이었는지 잘 알고 있었다. 주먹질로 싸우는 법이 없었고, 사이코 같은 짓거리로 약한 애들 괴롭히면서 센 놈에겐 비굴하리만치 벌벌 기었다. 중학교 들어가기 전 입학할 학교 놈들 기죽인다고 양 팔에 '담배빵'으로 도배질할 정도로 표독스러운 놈이었다. 그나마 재덕은 수월찮아선지, 학교 후배라선지 몰라도 나를 대해 줬지만 어디로 튈지 모를 놈이었다. 둘 다 입 밖으로 꺼내진 않았어도 못내 걱정되는 구석이 있었다. 그놈을 만나지 않는다 해서 해결될 문제가 아니었다. 그놈 성미에 만나지 않으면 피곤해질 것은 의심할 여지없었다.

재덕은 열이 엄마가 구렁텅이에서 헤매는 아들놈 빼내기 위해 얼마나 많은 노력과 수고를 기울였는지 몰랐다. 어머니는 못난 아들의 경찰서 행 막으려 파출소에서 무릎 꿇어 빌었고, 없는 돈 싸 들고 피해자 집 앞에서 사흘 밤낮을 애걸한 적도 있었다. 또 막돼먹은 무리에서 떼 내려 이사까지 감행했던 어머니였다. 아직도 술집과 여인숙이 덕지덕지한 시장 옆 동네라면 어머니는 치를 떨었다.

재덕이 '복개시장' 아이로 낙인찍힌 열을 처음 만난 것은 국민학교 삼학년 한 반이 되고서였다. 그 당시 복개시장 애들이라면 주변 동네는 말할 것 없고 학교에서도 학을 뗐다. 애들은 아무한테나 욕지거리였고, 아무 데서나 담배질이고 싸움질이었다. 지들끼리도 성에 안 차면 위아래를 따지지 않고 치고받았다. 게다가 절도와 상해로 파출소를 제집 드나들듯했고, '형사 미성년자'인 어린아이들까지 들락거리니 관할 파출소 순경들마저 혀를 내두를 지경이었다.

동네 사정을 아는 사람들은 그런 행태에 진저리 쳤고 애들이라면 보고 자시고 할 것 없이 도적놈 취급했다. 동네는 어른이고, 아이고 제 손해 보는 짓은 눈곱만치도 용납 안 했다. 자기들끼리 또한 피차일반이라 으레 반목했고 하루도 바람 잘 날 없었다. 그러면서 웃긴 건 딴 동네 놈들한테 당하는 꼴은 또 못 봤다. 행여 그 꼴 날라치면 어른, 애 안 가리고 '건수 잡았다'는 식으로 합세해 쌍심지 켜고 달려들었다. 아마 사람대접 못 받는 것은 자업자득일 터였다.

그러니 재덕은 키순으로 세워져 앞자리에 앉게 된 말수 적은 열을 잔뜩 경계했을 것은 당연했다. 열 역시 마찬가지였다. 덩치 크고 옹골차 뵈는 재덕을 쉽사리 보지 못했다. 둘의 기 싸움이 일 학기 내 이어졌지만, 아이들 세계도 어른들 세계와 별반 차이 없었다. 지보다 약하거나 꼬랑지를 내린 놈은 막 밟아도 힘이 비등비등한 놈과 결판내기란 쉽지 않다. 이러다 보면 좋은 것이 좋다고 어물쩍 '동업자 정신'이 피어나는 게 인지상정이었겠다.

하루는 여자애들이 옆 반 남자애들에게 해코지 당하고 울면서 교실로 들어왔다. 둘은 내 일인 양 득달같이 쫓아가 녀석들을 혼내 주었다. 혼내 준 이유는 간단했다. 단지 서로에게 힘을 과시하기 위해서였다. 그러나 정작 의도와 다르게 둘은 일약 반 여자애들의 영웅으로 떠올랐다. 재덕이 타의로 나간 이 학기 반 선거에서 여자애들의 몰표로 하마터면 반장이 될 뻔했다. 이 일로 자신이 여자들에게 먹힌다는 착각을 평생하고 살았지만, 열과도 가까워진 계기가 되었다.

재덕은 어릴 적부터 야구밖에 모르는, 야구를 잘하는 아이였다. 기골

장대한 아버지 덕에 좋은 신체 조건을 갖췄고, 운동신경뿐만 아니라 승리욕도 남달랐다. 아버지가 일곱 살 외아들 위해 어딘가서 구해 온 글러브와 볼이 야구와의 첫 인연이었다. 사 학년 때 야구부장이 그의 재능을 알아봐 다른 애들보다 일 년 일찍 야구부에 들어갔다. 그 뒤로도 야구에만 전념했고 졸업 무렵에는 주목받는 어린 선수가 되어 있었다.

중학교 진학 당시엔 유례없던 쌀 열 가마를 받고 스카우트될 만큼 장래성을 인정받았다. 중 이 땐 지역대회에서 전국대회 준우승한 중학교를 상대해 노히트 노런과 홈런을 동시에 기록한 최초의 선수로 이름 올렸다. 그리고 고 일 때 서울로 도망갔다 잡혀 왔고, 그 뒤 전국대회 교체 투수로 니기 한 회 오 실점하고 마운드를 내려온 게 다였다. 이듬해 초 야구부와 학교를 때려치웠다.

평생 할 것처럼 죽자 사자 덤빈 야구의 꿈이 한순간 물거품이 돼 버렸던 것이다. 재덕이 어긋나기 시작한 건 중 삼 여름 방학 그의 아버지가 뺑소니 사고로 숨을 거둔 후부터였다. 그 영향으로 결국 어머니가 몸져 눕게 되었다. 보상금 한 푼 없었던 탓에 집안 꼴까지 엉망이었다. 그런 틈을 비집고 '애깡패'들이 위해 준답시고 달라붙었고 저를 앞세웠다. 열이 구렁에서 빠져나올 때 재덕은 반대로 구렁으로 빠져들었다. 재덕은 지금도 그 구렁에서 헤어나질 못하고 오히려 더 깊은 수렁으로 빠져든 셈이었다.

*

오공 정권이 들어서 사 년째를 맞은 이해 역시 여전히 어지러울 정도로 정국은 혼란했고 민중은 아뜩했다. 매일같이 터져 나오는 뉴스만 보면 김일성이 밀고 내려오지 않고, 적화통일이 안 된 게 이상할 정도였다. 하루가 멀다고 학원 소요가 일어났고, 북괴 간첩단은 한 달 걸러 그것도 서너 개씩 일망타진됐으며, 세상천지는 온통 범법자 투성이었다. 용케 이 나라가 망하지 않은 건 오롯이 나라 구한 '통치자' 덕분인 듯했다.

문교부가 그해 유월 국회에 제출한 자료에 따르면 지난 3월부터 6월 5일까지 일어난 학생 시위가 2백19건이었고 시위자는 주요 12개 대학 11만 8천 명에 달했다. 전국적으로 매일 2건 이상 대규모 데모가 벌어지고 있는 꼴이었다. 남파된 간첩단은 안기부가 3회에 걸쳐 5개 간첩망 10명과 국내 암약하는 거물 간첩 1명을, 보안사가 6개 간첩망 6명을, 치안본부가 3개 간첩망 3명을 검거했다. 여기에다 대낮에 여성 두 명을 권총으로 쏴 죽이고 음독 자살한 대구 무장 간첩 사건은 전 국민을 공포와 충격으로 몰아넣기에 충분했다.

그런 가운데 시국 사범과 간첩을 색출하느라 여념 없던 치안본부가 강·폭력범 일소에 나섰다. 새해가 시작된 한 달 뒤 치안본부는 일선 경찰에 강·폭력범 '100일 일제 소탕령'을 내렸다. 연말연시의 이완된 사회 분위기에 편승한 강·폭력을 비롯한 청소년 탈선 행위와 무분별한 퇴폐 영업이 크게 늘었다는 판단에 따른 조치였다.

검찰도 때를 같이해 지난 한 해 6대 사범 4만 6천여 명을 단속했다고 발표했다. 도박 사범이 2만 3천2백85명으로 가장 많았고 불신 풍조 사범이 1만 5백78명, 조직폭력 사범이 8천4백58명, 밀수 사범이 2천1백42명, 공직부패 사범이 1천3백68명, 마약 사범이 1천3백17명 순이었다. 더더욱 가경인 것은 치안본부의 '강·폭력범 소탕 100일 작전' 40일 만에 강력범 1천44명, 폭력범 4만 4백27명, 치기배 8백7명, 퇴폐 변태 업주 1천2백25명 등 5만 7천8백84명을 검거해 이 중 6천9백94명이 구속됐다. 가진 자, 못 가진 자 가릴 것 없이 황금만능에 사로잡혀 부정부패와 비리, 인명경시, 한탕주의가 만연한 시대였다고 말한다면 할 말은 없겠다.

이를 기회로 내무부는 주민등록증 일제 경신 연장 기간이 끝나자 전국적인 가두 검문을 실시했고 새 주민등록증을 발급받지 않았거나 소지하지 않은 자, 이사를 하고도 신고하지 않은 자들을 중점 단속했다. 연이어 관할 시·도의 퇴폐 업소, 불량식품 단속과 국세청의 악덕 사채업자, 밀주 제조 업자, 불법 주류 거래자 단속이 뒤따랐다. 그 뒤로도 청소년 유해 업소, 사행성 오락실, 혐오 업소 등등은 물론이고 제비족 단속까지 일 년 내내 이어졌다.

이렇듯 풍전등화에 놓인 나라를 구하기 위해 꼭대기의 위정자부터 말단 공무원에 이르기까지 불철주야, 동분서주하고 있었다. 하지만 이들의 의지와 다르게 정작 서민들의 삶은 법보다 주먹이 가까웠다. 보란 듯이 '해결사'란 신조어가 생겨날 만큼 청부 폭력이 판쳤고, 상경한 여자를 꾀거나 납치해 사창가에 팔아넘기는 인신매매는 횡행했다. 백주에 조직 폭력배가 버젓이 거리를 활보하고 있었던 셈이다. 그리고 가졌든, 못 가졌든 가릴 것 없이 그 어른들 세계의 폭력성과 풍조를 고스란히 따랐던 것이 청소년들이었다.

이 시기 지역에 상관없이 학원가 폭력은 강력 범죄 못지않은 심각한 사회 문제로 떠올랐다. 정부가 '학교 주변 청소년 폭력불량배 근절 대책'

을 내놓았지만 이미 때늦었다는 지적이 나올 정도로 중고교 주변의 청소년 범죄는 뿌리 깊게 자리하고 있었다. 지난해 말 당국이 중고생 8천12명을 대상으로 불량배에 의한 피해 실태를 조사한 결과, 30% 가까운 2천2백68명이 한 번 이상 금품을 빼앗기거나 구타당한 적이 있다고 응답했다. 또 피해 학생 90% 이상이 학교를 다니지 않는 불량 청소년이나 재학생에게 당했다고 답했다. 20세 이상 성인에게 해를 입은 것은 5% 남짓에 불과했다. 이는 곧 학교와 그 주변이 십 대 범죄의 온상이 되고 있는 현실을 그대로 드러낸 것이었다.

지난 연도 집계한 전체 범죄 수는 80만 8천9백11건으로 이 중 소년 범죄 수는 9만 7천1백24건이었다. 전체 범죄 대비 소년 범죄 비율이 12%를 차지했으나 살인·강도·강간·방화 등 강력범만 따졌을 때는 총 1만 6백33건 중 소년범 비율이 49%에 다다라 십 대 범죄가 성인 범죄 이상으로 흉포해지고 있다는 사실이 입증되었다.

서울 강북의 한 고교가 신입생 7백여 명을 대상으로 실시한 설문 조사에서도 유의미한 결과가 나왔다. 학생들에 의해 확인된 강북 지역 중학교 폭력 서클만 77개였다. 심지어 폭력 서클이 4개나 되는 중학교도 있었다. 구성원은 20명 안팎이 보통이었지만 적게는 3명에서 많게는 80여 명에 이르렀다. 이것이 강북 지역만을 감안한 수치라면 서울 전역 학원가에 폭력 서클이 얼마나 많을지는 헤아리지 않아도 자명했다. 거기에, 더하면 더했지 덜하지 않을 수도권과 지방 학원가까지로 넓힌다면 과히 충격적인 결과가 나오리란 건 어렵지 않게 유추할 수 있는 일이었다.

학원가 십 대 불량배는 거의가 패거리였다. 서클을 만들어 삼삼오오 떼 지어 다니며 학생들을 괴롭혔다. 수적 우세와 완력을 앞세워 겁박과 구타로 금품을 뜯어냈다. 현금, 시계, 고급 신발, 옷가지 등 돈 되는 것은 죄다 갈취했다. 학교 주변의 골목과 버스 정류장, 독서실, 학원은 말할 것 없고 전자오락실, 디스코클럽, 당구장, 만화방 등 학생들이 드나드는 곳이면 어디든 범죄의 온상이 되었다. 학부모가 빼앗길 돈을 자녀에게 미리 챙겨 주는 웃지 못할 촌극마저 빚어졌다.

이들 대부분은 같은 학교 재학생과 중퇴자로 이뤄졌고 초기엔 같은 학교 학생이 먹잇감이었다. 당연하게 등산용 칼이나 쇠톱 등 흉기를 지니고 다녔다. 서클 간에 이해가 엇갈릴 때는 서로 편싸움을 벌였다. 그 때문에 수십 명이 칼과 몽둥이로 패싸움하는 상황이 왕왕 발생했다. 또 학원가에서 잔뼈 굵은 서클이 기성 폭력 조직과 연계돼 유흥가로 진출하는 사례도 늘어났다. 단순 폭력 서클에서 범죄 조직으로 진화하는 과정이 표면화된 것이라 할 수 있었다. 근래에는 여학생 폭력 서클까지 증가하는 추세로 나타났다.

이들의 범죄 행위가 점차 진화하면서 질적인 면에서도 성인 강력범과 다를 바 없이 대담해졌다. 이제는 주먹질로만 위협하지 않았다. 손발을 나일론 끈으로 묶고, 목에 칼을 들이 대는 등 수법이 현저히 잔인하고 포악해져 갔다. 구속된 십 대 빈집털이범들은 범행 때마다 신고를 막기 위해 화장대 위에 식칼을 꽂아 두고 나왔다. 가정집에 침입한 또 다른 십 대는 흉기로 저항하다 경찰이 쏜 총에 맞아 사망했다. 지방의 한 중소 도시에선 십 대끼리 편싸움 끝에 두 명이 휘두른 칼에 찔려 절명한 사건이 일어났다.

이들은 여기서 그치지 않았다. 악랄하다 못해 광기 서린 수준에 도달했다. 그해 십일월 십 대 다섯 명이 평소 들락이던 미용실 여주인을 영업시간에 목 졸라 죽이고 현금, 시계, 금반지 등을 털어 달아났다가 체포됐다. 또 십이월엔 십 대 여섯 명이 새벽 학교에 침입해 경비원을 살해하고 교육용 비디오, 카메라, 티브이 등을 절취해 도망치다 붙잡혔다. 같은 달 훔친 봉고차를 이용해 여덟 차례 부녀자를 납치, 강간했고 그중 한 명을 살해, 암매장한 십 대 일곱 명이 강도·강간·살인·시체유기 혐의로 구속됐다. 청소년 범죄라기엔 상상조차 할 수 없는 경악스러운 사건이었다. '눈을 감는다'해서 결코 가려질 일이 아니었다.

청소년 범죄의 심각성을 파악한 정부는 대통령 주재의 청소년 대책 회의를 신설하는 등 '청소년 문제 개선 종합 대책'을 연말에 부랴부랴 내놨다. 삼월의 '학교 주변 청소년 폭력불량배 근절 대책'에 이어 두 번째 특별 대책이었지만 '사후 약방문'식 처방에 지나지 않았다. 독버섯처럼 퍼질 대로 퍼진 청소년 범죄는 수그러들지 않고 이미 시대의 세태로 자리 잡았다는 게 맞을 성싶었다.

이곳 역시 타 지역과 별반 사정이 다르지 않았고 오히려 뒤숭숭한 분위기였다. 지역 내에서 택시 운전사 연쇄살인범이 반년 넘도록 잡히지 않았기 때문이다. 지난 사월 한 달 새 택시 운전사 한 명이 살해되고 빈 택시만 각각 발견된 채 운전사 두 명이 실종됐었다. 실종된 두 명도 한 달 뒤 끝내 싸늘한 주검으로 돌아왔다. 첫 피살자가 철도 건널목에서 나오고 한 달이 지나지 않아 두 번째 피살자가 저수지에서 떠올랐다. 세 번째 피살자는 그로부터 이 주 후 두 번째 피살자를 찾아낸 저수지에서 고작 삼백 미터 떨어진 곳에 버려져 있었다.

철도 건널목에서 열차에 치인 첫 번째 피살자는 살해한 뒤 철길에 방치한 것으로 밝혀졌다. 두 번째 피살자는 외상없이 목 졸려 숨진 것으로 추정됐다. 세 번째 피살자 역시 나일론 끈에 양팔이 등 뒤로 묶이고 양발도 수건에 묶인 채 외상없이 목 졸려 숨진 것으로 추정됐다. 세 사건 다 비 내리는 날 일어났고 비슷한 장소에 사체를 유기한 점, 차 트렁크에서 피살자의 신발, 머리카락 등 유류품이 나왔고 살해해 차에 싣고 유기 장소까지 옮긴 점 등을 들어 경찰은 동일범 소행으로 판단했다.

경찰은 미궁에 빠져든 사건을 동일범 소행으로만 추측할 뿐 좀처럼 실마리를 찾지 못했다. 일 년이 더 돼 기도 해결 기미가 전혀 보이지 않자 경찰은 급기야 파격적인 현상금을 내걸었다. 제보한 일반 시민에겐 삼백만 원을, 택시 운전사에겐 개인택시 면허를 주기로 했다. 그런데도 결국 범인을 잡지 못하고 사건은 영구 미제로 남게 되었다. 그로 인해 지역 민심은 극도로 흉흉해졌고, 택시 운전사들 사이에선 이 사건을 '비 오는 날의 공포'라 불렀다.

청소년 범죄 행위 또한 지역 사회에 큰 파장을 몰고 왔다. 유월 초순 서른 명 가까운 십 대들이 도심 한복판에서 집단 난투극을 벌여 일대가 아수라장으로 변했다. 지역 폭력 조직을 추종하는 이들은 모두 십 대 후반으로 낫과 칼, 몽둥이 등을 휘두르며 쫓고 쫓기는 혈투를 시민들 앞에서 한 시간여나 펼쳤다. 오가는 시민들은 끔찍한 광경에 혼비백산해 피신하기 급급했다. 패싸움 와중 A가 상대편 B의 휘두른 낫에 등을 찔려 전치 4주의 중상을 입었다.

싸움은 사소한 시비에서 비롯되었다. 낫을 휘두른 B가 이날 저녁 여덟 시경 시내 유흥가의 디스코클럽 앞을 지날 때 낫에 찔린 A가 불러 세워 욕설하고 발길질했다. A와 B는 추종하는 폭력 조직이 달랐다. A가 추종하는 '파'가 B가 추종하는 '파'보다 세력 면에서 위였다. 수모를 참지 못한 B가 아홉 시경 자기 파 열세 명을 데려왔다. A도 이에 맞서 자기 파와 친분 있는 다른 파까지 더해 열네 명을 불러 모아 본격적인 패싸움이 시작됐다. 시내에서 가장 번화하다는 이 일대는 무질서에 빠졌고 무법천지를 방불케 했다. 한참이 지나서야 출동한 경찰은 A 등 일곱 명을 붙잡았고 달아난 이십 명을 수배했다.

지난달에도 시내 외곽에서 사십여 명의 십 대들이 패싸움을 일으켰다. 또다시 채 이 주가 지나지 않아 이번엔 시내 중심가에서 일어났다. 보다 심각한 것은 십 대들이 지역 폭력 조직을 등에 업고 벌인다는 점이었다. 추종하는 폭력 조직을 내세운 십 대들은 이미 불량 청소년이 아니었다. 조직폭력배나 다름없었다. 시내 일대의 디스코클럽, 사행성 오락실, 당구장 등을 무대 삼아 몰려다니며 각종 범죄를 일삼았다. 정부의 엄포에도 아랑곳하지 않는 이들의 안하무인격 집단행동은 도를 넘어섰다고 봐도 무방했다.

*

사 교시 끝 무렵 점심시간 알리는 종소리가 교실 스피커 통해 울려 퍼졌다. 뒤쪽 구석에서 망연히 있던 선생은 제 시계를 들여다보더니 경례도 받지 않고 출석부 챙겨 서둘러 교실을 빠져나갔다. 대입고사 끝났어도 수험생들 탈선 행위 막는다는 구실로 어른들은 애들을 학교에 붙잡아 놓았다. 산만했던 교실이 이내 부산스러워졌다. 다들 싸 온 도시락을 내놓았고 열도 도시락 꺼내려 주섬거리고 있을 때였다. 교실 뒷문에서 나가는 애들 틈새로 상고머리 하나가 빼꼼히 고개를 내밀었다. 상고머리는 두리번대 젤 뒷자리 열을 확인하고서 헤헤거리며 안으로 들어섰다. 일전에 얻어터졌던 일 원짜리 득수였다.

득수는 저를 채 보지 못한 열을 향해 소리 낮춰 불렀다.

"형님."

"……어, 머슴 왔냐."

"에, 형님. 헤헤."

도시락을 책상 위로 올리다 말고 고개 돌린 열이 여전히 헤헤거리는 득수를 낮낮하게 맞았다.

"점심은 먹었냐?"

"점심 먹으러 왔죠. 형님과 먹는 라면이 세상에서 제일 맛있습니다. 여쭤볼 말씀도 있고, 오늘은 제가 쏘겠습니다. 형님."

"됐다, 그래라. 근데 나한테 물어볼 말이 있다고?"

씩씩하던 득수 목소리가 아까처럼 다시 낮아졌다.

"형님, 요사이 별일 없으시죠?"

"그럼 니는 내가 별일 있었으면 좋것냐?"

"그게 아니고요……."

열은 떨떠름한 녀석 표정 보고 왜 왔는지 어림잡는 눈치였고 득수 또한 물어볼 게 많은 눈치였다.

득수는 체육관에서 라면 얻어먹은 그날 이후 잊지 않고 열을 간간이 찾았다. 찾아올 적엔 항시 점심시간 맞춰 삼 층 교실로 올라왔다. 둘은 으레껏 전문대 정문 건너 분식집으로 가 라면을 사 먹었고 전문대 쉼터에서 담배를 나눠 피웠다. 때로는 기현과 병구도 함께했다. 열과 약속 때문인지, 삼 학년 패거리 때문인지 알 순 없어도 주간 패거리와 맞부딪치지 않았다.

각서에 썼던 대로 학교에서만큼은 말썽 일으키는 일이 없었다. 열을 대할 때면 '형님 해 보려고 운동 열심히 하고 있다.' 입찬소리했지만 생겨먹은 얼굴답지 않게 사근사근했고 제 상전 모시듯 각별했다. 하는 짓 또한 갈수록 상전을 닮아간 듯도 보였다. 득수가 책상 위에 놓인 양은 도시락과 플라스틱 찬통을 집어 들자 열이 자리에서 일어났다. 열은 더딘 걸음으로 앞장섰고 득수는 그 뒤를 졸래졸래 따랐다.

디근 자 계단 내려 학교 건물을 나설 때 득수가 열에게 물었다.

"형님, 진짜로 재덕이 형님하고 친구 사이십니까?"

"왜?"

"형님이 우리 식구로 들어오신다는 말이 있어서요."

"누가 그러디?"

"한 다리 선배들이 형님을 아냐고 하길래 왜 그러냐고 했더니 그러던데요. 진짜 재덕이 형님이 친구십니까?"

"야 이놈아, 내가 그런 깡패 시키랑 뭐 하러 친구 하냐."

"……."

열이 슬쩍 득수를 곁눈질하다가 되레 물었다.

"재덕인 니들 사이에서 평판이 괜찮냐?"

"에이, 재덕이 형님하고 친구 사이 맞으시네. 재덕이 형님이야 구질구질 않고 화를 내시더라도 뒤끝 없어 저희한텐 평이 좋습니다."

"그으래? 고놈은 깡패 할 놈이 아닌데 어째 그런지 모르겠다. 끌끌."

안달 난 득수가 또 한 번 채근했으나 열은 가타부타 말이 없었다. 전문대 화단 길이 끝날 때까지 잠자코 있던 열이 입을 떼었다.

"용가리는 어떻냐? 평판이."

"용가리 형님도 아십니까? 저희야 자주 뵐 일 없으니까요. 용가리 형님은 뭐……."

득수가 쩝쩝거리는 게 안 봐도 훤했다. 그놈 어릴 적 성깔이 어디 갔을 리 만무했다.

"형님 진짜로 저희 쪽으로 오시는 겁니까? 어쩌시는 겁니까?"

"니도 왔으면 좋겠냐?"

"저야 형님의 영원한 머슴 아닙니까요."

득수가 답답함을 참지 못해 투덜거렸어도 열은 또다시 에둘렀다.

"득수 닌 깡패가 좋냐?"

"좋다기보다…… 어디 가서 기 안 죽고 어릴 때부터 잘하는 거라곤 쌈질밖에 없으니까 그렇죠."

"세상 참 먹고살기 힘들다잉."

열이 한숨 섞인 소리로 중얼대자 득수가 속내를 알아챘는지 더 이상 묻지 않았다.

둘은 전문대 맞은편짝 단골 분식집으로 들어갔다. 득수가 계란 추가한 라면 두 개를 시켰다. 가져온 양은 도시락에는 차갑게 식은 쌀밥이 계란후라이에 짓눌렸고 반찬 통에는 통깨 뿌려진 콩자반과 묵은 김치쩜이

들었다. 뒤이어 라면이 나왔다. 열이 계란후라이와 밥을 갈라 반을 제 라면 그릇에 붓더니 남은 반은 득수에게 건넸다. 계란후라이를 입에 털어 넣은 득수도 남은 반을 라면 그릇에 부었다. 열은 라면을 도시락 뚜껑에 덜어 후루룩거렸고 득수는 도시락 통에 덜어 후루룩거렸다.

그날 열과 재덕은 이 주 토요일 밤 아홉 시 '용가리'를 만나기로 했었다. 장소는 천지다방이었다. 둘 다 시간 끌어 봤자 좋을 게 없을 것 같았고, 그대로 뭉기기엔 찜찜했을 테다. 어차피 맞을 매라면 빨리 맞는 편이 낫다 싶었겠다. 그렇게 며칠 지나 열이 토요일 저녁 약속 시간 맞춰 집을 나섰다. 시내까진 버스로 십여 분 거리였다. 시내는 토요일이라서 오가는 인파로 넘실댔다. 번화가와 가로놓인 유흥가는 더한층 화려한 네온 사인이 불야성을 이뤘다. 알록달록 깜빡거리는 현란한 불빛들이 밤거리를 밝혀 술꾼들을 유혹했다.

'방석집 거리' 못미처 저만치 우측 골목길에 '천지다방'이라고 쓰인 불 들어온 입간판이 눈에 띄었다. 그 주위를 재덕이 서성이고 있었다. 먼저 알아본 열이 그곳으로 곧장 걸었고 뒤늦게 본 재덕이 손을 흔들었다. 재덕은 열을 오랫동안 못 만났던 애인이라도 되는 양 살갑게 반겼다.

"아따, 안 늦고 제대로 시간 맞춰 왔다."

"……"

"암튼 미안하고. 용가리한텐 말 잘하고 잘 보여라. 뒷감당 못 할 짓은 하들 말고."

"……"

골목길 끝의 천지다방은 재덕네 쪽 근거지였다. 다방 안은 겉보기와 다르게 족히 오십 평은 됨직했다. 그 안을 수족관들이 기다랗게 양분했고 표구된 문인들의 글과 그림이 곳곳에 보기 좋게 걸렸다. 깡패 소굴이라 없을 것 같은 손님도 꽤나 들어찼다. 용가리는 다른 두 명과 수족관 바로 뒤 테이블을 차지하고 있었다.

수족관을 지나쳐 테이블 앞에 선 재덕이 앉아 있는 셋에게 구십 도로 허리 굽혀 인사했다.

"형님, 말씀하신 열이 데리고 왔습니다요."

"앉아라."

용길은 빤히 올려다보다 턱짓으로 자리를 가리켰다. 맞은편 하나가 비켜 앉은 지리에 재덕과 열이 앉았고 용길이 말을 이었다.

"야, 오랜만이다. 나 누군지 알것냐?"

"예."

"니는 요즘 뭐 하고 사냐?"

"그냥 학교 다니고 있습니다."

"니 내가 왜 불렀는지 아냐?"

"예, 재덕이한테 말씀 들었습니다."

"그래, 니 생각은 어쩌냐?"

"……."

"어쩌냐고 새끼야?"

열이 대답하지 않고 뭉그적대자 용길의 신경질적인 반응이 곧바로 튀어나왔다.

"군대도 다녀와야 하고, 그럴 생각이 없습니다."

"뭐야? 이 씨발 놈이. 누가 니보고 군대 갔다 오지 말라고 그러냐?"

"……."

용길은 낮은 목소리였지만 거칠었고 열은 테이블 바닥만 응시할 뿐 묵묵부답이었다.

"그럼 내가 아예 군대 안 가게 해 주끄나?"

"……."

"니 또래들 소개 받고, 가끔 나와서 형들한테 인사하라는데 그럴 생각이 없다고? 이 새끼가 우릴 아주 좆으로 보네."

용길이 얼결에 목청을 높였다가 저 혼자 흠칫했고, 저편 구석을 힐끔거리더니 말을 잇지 않았다. 열은 한참 전부터 구석 테이블의 한 사내가 자신을 유심히 지켜보고 있다는 걸 눈치채지 못했다. 테이블 바닥에 쭉 눈길을 모으고 있던 열이 용길을 똑바로 쳐다보았다.

"군대도 군대지만 홀어머니가 많이 편찮으시고, 졸업하면 제가 우리 집 먹여 살려야 해서 못 하겠습니다."

딱 부러진 열의 말대꾸는 일순간 분위기를 살벌하게 만들었다. 용길은 당장 따귀라도 올려붙일 기세였고 패거리 놈들 역시 덩달아 쥐어 팰 것처럼 사납게 돌변했다. 그 사이에서 재덕만 옴짝달싹 못 하고 긴장한 기색이 역력했다.

"삐꾸야! 이리 와 봐라!"

별안간 살벌한 분위기를 깨는 큰 소리가 테이블 너머에서 들려왔다. 열이 무심코 고개를 돌렸고 구석 테이블의 한 사내와 눈을 맞쳤다. 돌연 사내가 빙긋 웃었다. 열은 사내를 알 듯 말 듯한 눈빛으로 바라보다가 벌떡 일어섰다. 열이 상대방 얼굴 보고 기억났다기보다 '삐꾸'란 말에 떠올렸을 성싶다. 사내는 다름 아닌 평생 '삐꾸'를 맹세한 동네 형 익성이었다. '빨리 안 오고 뭐 하냐'는 사내의 호령이 이어졌다. 열이 슬쩍 용길을 훔쳐본 뒤 못 이긴 척 그쪽으로 향했다. 용길도 사내를 아는지 어정쩡히 일어나 따라왔다.

"안 본 사이에 이놈 많이 컸네. 그래, 어머니는 잘 계시고?"

그가 알 리 없는 제 엄마를 얘기하자 열이 눈이 휘둥그레졌다. 그 틈을 타 뒤에서 용길이 말을 자르고 끼어들었다.

"형님이 아는 앱니까?"

그는 용길을 얕잡아 보는 눈초리로 올려다보았다.

"허, 이 자식이. 야가 우리 이모 아들이고 니하고 사촌 지긴이다. 왜?"

"이모 아들이라고요?"

당혹한 표정으로 되묻는 용길 말을 들은 체도 않고 그가 열에게 물었다.

"열아, 집에는 별일 없지?"

"……예."

"멸치 대가리, 니하곤 할 말 없으니까 가 봐라."

그는 어안이 벙벙한 열을 자리에 앉히더니 서 있는 용길에게 티껍게 말했다. 용길이 쭈뼛쭈뼛하다 본 체 않는 그에게서 돌아섰다. 그는 형님이라 부르는 옆 사내에게 동생 놈이라고 인사시켰다. 옆 사내에게 양해를 구하고는 테이블 위의 담뱃갑과 라이터 챙겨 열을 다방 밖으로 데리고 나갔다. 골목길 밖으로 나온 둘은 모퉁이를 등지고 나란히 섰다. 열은 이 황당한 상황이 어찌 된 영문인지 알 길 없어 어리둥절할 따름이었다.

그가 담배 두 개비를 꺼내 한 개비를 열에게 권했다. 사양하는 열에게 '이놈이 감히 주인님 말씀을 거역하냐'고 눈알을 부라렸다. 마지못해 불까지 얼어 붙인 열은 불붙은 쪽을 아래로 내려 손바닥으로 감싸 쥐었고 담배를 피울 적마다 몸을 돌렸다. 그가 제 지갑에서 꺼낸 명함을 열이 손에 건넸다. '동남경찰서' '조익성'이라는 글자가 뚜렷했다. 또 '낮엔 시위 주동자 색출하고, 밤엔 수배 깡패 놈들 잡느라 정신없다'며 야간 근무 쉬는 날인 다음 토요일 저녁 근처에 와 전화하라 일렀다. 그는 담배를 다 태우고 나서도 여전히 얼떨해하는 열을 집으로 돌려보냈고, 담배 한 대를 더 태우고 다방으로 들어갔다.

아까 열이 용길에게 했던 말은 변명이 아니었다. 두 달 전 뇌경색으로 쓰러진 어머니를 학교 수업 마치고 온 동생 숙이 발견했다. 숙은 경황없어 울고불고했어도 동네 아저씨 도움 받아 택시 타고 부랴부랴 대학병원 응급실로 달려갔다. 그것을 모른 아들놈은 아무도 없는 집에 돌아와 예사롭게 밥을 먹었고, 텔레비전을 보았고, 잠을 청했다. 자정이 넘어서 모녀가 집으로 들어왔다. 열은 그제야 어머니가 쓰러진 것을 알았다.

어머니는 병원에서 하루 이틀 입원하라는 권유를 뿌리치고 주사만 맞고 귀가했다. 그나마 다행인 건 곧바로 발견된 덕분에 증세가 심하지 않았다. 다음 날 그런 몸을 이끌고 어머니는 평소와 똑같이 일하러 나갔다. 숙은 엄마가 또다시 쓰러지면 다시는 일어나지 못할 거란 의사 말을 오빠에게 전했다. 열의 얼굴이 붉어졌다. 오빠는 밤늦도록 오지 않는 엄마와 여동생이 당연한 양 밥 먹고, 텔레비전 보고, 잠잤던 것이 부끄럽고, 죄스러웠을 게다.

기절초풍할 노릇이었다. 열이 거기서 익성을 만난 우연이 믿기지 않았을 테고, 더욱이 '복개시장' 아이가 '짭새'가 돼 있단 건 기막힐 터였다. 비록 '시보 임용'이었지만 익성은 경찰서 형사과 막내 형사였다. 국민학교 한 살 늦게 입학한 그는 고등학교 졸업한 해 전투경찰에 자원입대했다. 이해 전투경찰 관련법 개정으로 치안 업무가 추가돼 주소지 지방경찰청 기동대대로 배치 받았다. 해안 초소 지키던 전경들이 각종 집회·시위 현장에 등장한 게 이때부터였다. 삼 년 복무 마치고 전경 특채를 통해 순경 계급장을 달았다. 시위 진압 당시 혁혁한 전과 덕에 경찰서 형사과로 차출 비슷하게 배정되었다. 어찌 보면 이 시국엔 국가가 꼭 필요로 하는 인재였을는지도 모르겠다.

익성은 편모가 어린 아들 버리고 개가한 뒤 친조부모 손에서 자랐다. 조부는 시장에서 리어카를 끌었고 조모는 좌판을 벌였다. 가난뱅이 집 구석에서 자란 애치곤 매사에 당당했다. 싸움 잘하고 담배를 피웠어도 복개시장 애들과는 좀 달랐다. 소문난 사고뭉치였던 그가 중학생이 되자 혼자 놀았고 동네나 시장에선 좀처럼 찾아볼 수 없었다. 익성이 전투경찰에 자원한 이유는 오직 하나뿐이었다. 전경 특채로 경찰에 입직하는 거였다. 28세 이하의 경찰청 소속 전투경찰로 전역한 모범 대원이 특채 자격이었다. 그에게 있어 민주주의를 짓밟는 군홧발도, 군사독재에 맞선 항거도 문제가 되지 않았다. 저 잘되는 길만이 '할배' '할매' 보란 듯이 모실 수 있겠고, 자식 버린 여자를 향한 복수였을 것이다.

흔히 '백골단'이라 불리는 '사복체포조'는 이듬해 창설되었다. 그해 서울시장령에 이어 내무부장관령으로 '경찰공무원 공개 채용 시험'이 치러졌다. 응시 자격은 태권도·유도·검도·합기도 등 무도 유단자였다. 이외에도 자질이 검증된 전경 제대자를 순경으로 뽑아 백골단으로 발탁했다. 백골단 정식 명칭은 '형사기동대'와 '사복기동대'였다. 무도 일 단 이상의 형사기동대는 의무 근무 삼 년이었고, 이 단 이상과 전경 출신의 사복기동대는 의무 근무 이 년이었다. 이렇게 채용된 이들이 '백골단'의 시초였다. 백골단 대부분은 특전사·공수부대·해병대·전투경찰·유도대 출신으로 이뤄진 직업 경찰들이었다. 이들은 의무 근무 이후 많은 수가 경찰서 형사과로 넘어가 근무했다.

시내를 관할하는 동남경찰서는 왕복 6차선 '동남로'를 사이에 두고 번화가 반대편 옆길께 있었다. 이 지역 중심지인 동남로는 은행, 증권사 등 금융권 지방 지점과 국영 기업, 대기업의 지사가 밀집한 곳이었다. 고층 빌딩이랬자 십 층 안팎이었지만 그런 빌딩이 늘비했다. 시내 점포들은 길 하나를 두고도 매출이 극명하게 갈렸다. 양대 향토 백화점을 끼고 극장과 커피숍, 음식점, 유명 브랜드 대리점이 즐비한 번화가와 달리 찻길 하나 건너의 경찰서 주변은 딴 세상이었다. 대개가 밤 여덟 시면 밝힌 불이 꺼지는 콧구멍만 한 대서소와 점방들이었고 겨우나마 다방과 선술집이 어두운 거리를 밝혔다.

경찰서 옆길 귀퉁이 다방에서 열이 익성을 기다리고 있었다. 열은 일곱 시 훨씬 전에 도착해 경찰서 가장 가까운 다방에서 익성에게 전화를 걸었었다. 일곱 시 넘겨 익성이 다방 문을 열고 들어왔다. 열은 다방 문과 꽤 떨어져 앉았는데도 냉큼 일어나 머리 숙였고 다방 레지도 그를 아는지 반갑게 인사했다. 익성은 레지에게 "김 양아, 커피 두 잔만 갖다주라."라며 인사를 대신했다. 마주한 두 사람 얼굴엔 반가움이 고스란히 묻어났다.

익성이 자리에 앉은 뒤에야 열이 스스럽게 앉았고 빙그레 웃던 그가 입을 열었다.

"이놈이 온다 간다 말 한마디 없이 주인님 몰래 도망을 쳐?"

"무슨 말씀을요. 그땐 집이 이사 간 거죠. 근데 형님 얼굴은 하나도 변하지 않으셨습니다."

"꼬맹이가 이젠 컸다고 주인하고 맞먹으려고 하네. 껄껄."

"형님은, 저도 낼모레 스무 살인데요."

"이제 스무 살이니까 어른이 됐다고?"

"예. 형님."

"짜아식. 그래, 그동안 어떻게 살았냐?"

열은 어디서부터 말해야 할지 몰라 망설이듯 서슴거리다 이야기를 꺼냈다. 어머니의 진저리로 이사한 얘기를 시작으로 여동생 학교 따돌림이 계기가 돼 복개시장 애들과 관계 끊은 거며, 복싱을 시작해 고등부 지역 예선 준결승에 진출한 뒤 습관성 어깨 탈골로 선수 생활 끝낸 거며, 지금은 학교와 체육관을 그냥저냥 다니고 공일엔 막일하는 거며, 졸업 후가 더 걱정이라고 털어놓았다. 익성은 들으면서 이것저것 물어봤고 엊그제 천지다방 건은 그가 뻔히 알았어도 열은 재덕 때문에 우물쩍 넘어갔다.

제 말 끝낸 열이 이번엔 익성에게 물었다.

"형님께서 진짜로 저희 어머니를 아십니까?"

"인마, 내가 왜 몰라? 배달 일 끝나면 시장 길목에서 야쿠르트 팔던 분이 니 어머니 아니시냐?"

"형님이 그걸 어떻게 아십니까?"

"어머니가 리어카 끌고 힘들게 오르막 오르면 어린 여동생도 거드는데 옆에서 난리 치던 불상놈이 누구였더라……."

"그…땐 어려서 속이 없었죠."

"지금은?"

"많이 정신 차렸습니다."

"그래야지. 껄껄."

열은 '정말 형사가 맞냐'고 믿어지지 않는 양 또다시 물었다. 익성이 재차 껄껄대더니 제 얘기도 대강 들려주었다. 익성의 '전투경찰 들어가면 경찰이 될 수 있다'는 말에 열이 눈빛이 또릿또릿해졌다. 열은 계속해 캐묻듯 질문했고 답변이 돌아올 때마다 고개를 주억거렸다. 진지하게 듣는 표정이 이미 전투경찰 된 거나 진배없었다. 어느 군대엘 가도 개고생하긴 마찬가진데 경찰이 될 수 있다면 굳이 따져 보지 않아도 훨씬 나은 선택이었다. 더구나 폼나는 형사라면 더욱더 그랬다.

돌이켜 보면 열은 어릴 적부터 익성을 알게 모르게 선망했었다. 그의 싸움질 잘하는 게 부러웠고, 가난뱅이 아이답지 않게 항상 당당하고 느긋한 행동이 근사했다. 후줄근한 검정 교복에 헐어 빠진 흰 운동화 구겨신고 다녔어도 그 모습 역시 멋있었다. 어린 맘에 그를 따라 흉내 낸 것 또한 부끄러운 사실이었다. 이젠 남들 보기 우쭐할 형사마저 되었으니 능히 그러고 남았음은 두말할 것 없었다. 그러나 열이 대학 못 가 현역 아닌 도시락 싸 들고 출퇴근하는 방위가 되리라곤 꿈에도 생각 못 했을 테다.

"너, 내가 아르바이트 자리 하나 소개시켜 주끄나?"

"예?"

"내가 아는 가게에서 마침 사람을 구한다는데 거기서 일해 볼래? 그럼, 집에도 도움 되고 괜찮을 것 같은데."

"형님, 어떤 자린데요?"

"기게 아가씨들 일 끝나면 숙소 데려다주고, 필요하면 가게 일도 봐 주고."

"그래요?"

"하루 저녁 다섯 시간 일하고 택시비 해서 월 십오만 원."

"다섯 시간 일하고 월 십오만 원이라고요?"

열이 '이게 웬 떡'인가 싶었겠다. 일 끝나는 시각이 버스 끊긴 뒤라 택시비 포함해서 십오만 원이었다. 입이 벌어질 만한 액수였다. 십오만 원이면 엄마 한 달 버는 돈과 엇비슷했다. 익성 말은 이랬다. 잘 아는 술집 사장이 있다 했다. 이곳이 고향인 사장은 서울 호스티스 출신으로 일본에서 호스티스와 마담 생활하다 돌아온 삼십 대 중반의 여자였다. 올해 초 여사장이 시내 위쪽에 대중음식점 허가 내 카페를 차렸다. 카페는 수년 전부터 서울서 유행하던 '팁 없는 룸살롱'을 본떴고, 반반한 아가씨 셋도 서울에서 데려왔다. 여사장 계산대로 '서울 물'이 지방 한량들 입맛에 맞았는지 손님들이 바글거렸다. 서울 아가씨가 다섯으로 늘 만큼 카페는 호황을 누렸고 들인 돈의 곱절을 벌어들였다.

하지만 그만큼 문제도 생겼다. 서울 아가씨들에게 헤벌쭉한 촌놈들이 카페 안팎에서 찝쩍거렸다. 찝쩍거리는 건 그렇다 쳐도 걸어 십여 분 거리의 아가씨들 숙소까지 쫓아오는 놈들이 있었다. 여자밖에 없는 가게라 퇴근길을 보호해 줄 사람이 필요했다. 여사장은 이 일을 가까운 익성에게 부탁했다. 깡패는 싫고, 믿을 만한 젊은 사람으로 소개해 달라는 거였다. 하는 일은 저녁 아홉 시 출근해 영업 끝나는 새벽 두 시에 아가씨들을 숙소에 데려다주는 것과 가게에서 행패 부리는 뜨내기손님을 처리하는 것이었다. 나이트클럽 '기도'와 다를 바 없지만 작은 술집이고 단골 위주라서 그다지 어려운 일은 없을 거란 설명이었다.

십오만 원 중 택시비는 심야 할증 붙여 넉넉히 월 오만 원으로 잡았고 월급은 다섯 시간 일하고 십만 원이었다. 시간도 알맞고 집이 시내에서 그리 멀지 않아 그냥저냥 뛰어도 한 시간 안 걸릴 거리였다. 그까짓 거 운동 삼아 뛰면 십오만 원이 고스란히 지 돈인 셈이었다. 하냐 마냐 할 일자리가 아니었다.

그야말로 '언감생심'인 일자리였다. 열은 군소리 없이 당장 하겠다고 대답했다. 그 말을 듣자마자 익성이 다방 카운터로 가 전화하더니 돌아와 일어서라 했다. 익성은 '쇠뿔도 단김에 빼내랬다'고 내친김에 여사장을 만나러 가자 했다.

가는 중에 열이 익성에게 말했다.

"근데 형님은 뭘 믿고 저한테 맡기시는 겁니까?"

"멸치 대가리가 니를 찾을 정도면 믿고 말고 할 게 있겠냐."

"형님, 시비 붙으면 맞붙어 싸워도 괜찮습니까?"

"이놈아, 싸우긴 왜 싸워. 바로 112에 신고해야지. 그리고 사장님 잘

모셔라. 난 여자라 나중에라도 큰 도움 받을 수 있으니깐."

　카페는 동남로를 따라 걸어 이십 분 거리에 있었다. 빌딩가 끄트머리 고층 건물 사이의 사 층 건물이었다. 건물은 건설 관련 지방 군소 사무실 들이 임대해 있었고 일 층 가장자리 지하 계단을 내려간 끝이 카페였다. 둔탁해 뵈는 짙은 민짜 한 짝짜리 나무 문 오른 상단에 필기체로 'mari'라 고 휘갈긴 새하얀 네온사인이 어스름 속에서 빛났다. 가게 안은 벽 전체 를 진녹색 페인트칠해 조명발에 은은했고 일본식 가라오케 시설까지 갖 춰 놓았다. 홀 너머 유리잔이 거꾸로 가득 매달린 바에는 양주와 일본산 술이 킨킨이 들어찼다. 왼편 양쪽으로 천장과 맞닿은 문짝 없는 칸막이 마다 비싼 재질의 직물 소파가 테이블과 나란했다. 출입문, 바, 칸막이, 테이블 할 것 없이 목재 들어갈 자리엔 진한 밤색 원목을 맞춤해 세련되 고 고급스러웠다.

　웨이브 진 갈색 커트 머리한 여사장은 엷은 화장에 올망졸망한 이목 구비였다. 가녀린 몸매의 큰 키가 곱상한 사내아이 같은 말간 얼굴을 오 히려 우아하게 받쳐 주었다. 하는 일에 비해 단정한 옷차림은 술집 여사 장이라기보다 전문직 여성에 가까웠다. 서울 말씨 쓰는 늘씬한 아가씨 들도 사장 취향을 따랐는지 흡사 여대생처럼 차려입고 화장이 도드라지 지 않았다. 카페는 벌써 손님들로 시끌시끌했다. 그런 와중에도 여사장 은 익성을 살뜰하게 맞았고 셋은 시끄러운 카페 밖으로 나왔다. 익성이 열을 소개하자 여사장은 두말없이 월요일부터 출근하라 했다. 선뜻한 수락에 이게 뭔가 싶은 열의 표정을 본 여사장은 둘을 잠시 기다리게 하 고 가게에 들어갔다 나왔다.

여사장이 오만 원이 든 봉투를 열에게 쥐어 주며 속맘이라도 꿰뚫어 본 듯이 말했다.

"사람이야 차차 겪으면서 알아 가는 거고, 이건 양복 사 입고 출근하라고 특별히 주는 보너스. 앞으로 잘 부탁할게."

"……형님께 누가 되지 않도록 열심히 하겠습니다."

"바쁜 것 같으니까 우린 이만 가 볼랍니다."

"익성 씨. 고맙고, 시간 날 때 가게에서 술 한잔 같이해."

*

'교과서 중심으로 밤 열두 시까지 예·복습 위주의 공부를 했다'는 여학생이 전국 수석을 차지한 대입 학력고사 결과가 지난달 하순 발표됐다. 현준네는 예상보다 높은 현준의 점수에 경사가 났다. 발표 다음 날 아버지, 어머니가 바로 올라왔고 둘째 누나 집으로 재용과 열을 불러 잔치를 벌였다. 현준 집안 사람들은 상다리 부러질 만큼 진수성찬 차려 둘에게 생명의 은인처럼 대접했다.

현준이 비록 이류대일지라도 전기대 경영학과 원서 쓰고 합격을 낙관하고 있었다. 뜻밖인 것은 재용이었다. 책이라곤 잡지와 만화책 외엔 들춰 봤을 리 없는 재용이 의외의 점수가 나왔다. 재용은 '평소 어진 덕을 두루 베푼 결과'라고 큼큼거렸다. 시험 때 대각선 앞자리에 공부 잘하는 중학교 동창이 운 좋게 앉아 있었다. 어쨌든 재용도 도경계 넘어 위쪽 후기 삼류대 농학과는 넣어 볼 만한 점수였다. 삽시에 '공돌이'에서 '농사꾼'으로의 변신이었으나 사 년제 대학이라는 데 의미가 있었다.

265

현준이 새해 들어 두 주 가까이 고향 집 다녀와 엊저녁 누나네 집으로 돌아왔다. 현준은 요즘 꿈결 같은 나날의 연속이었다. 아버지에겐 인정받는 아들이 돼 서러움을 씻었다. 마음고생 떨친 어머니에겐 세상없는 효자 자식이었다. 누나들은 '코찔찔이' 막내를 떠받들었고 매형들은 무엇이든 말하면 들어줄 태세였다. 게다가 이 년 전엔 감히 꿈도 못 꿔 봤을 윤곽 뚜렷한 얼굴과 탄탄한 몸꼴은 어디 내놔도 손색없었다. 현준은 미진과도 만났다. 지난해 마지막 날 몇몇 동창들과 망년회 겸한 자리를 가졌고 희비가 엇갈렸다. 영민과 미진은 원하는 결과를 얻었다. 결과가 기대에 못 미친 애들은 낙심해 재수를 고민했다. 다들 진학 문제가 온통 화젯거리였어도 현준의 마음은 온통 딴 데 가 있었다. 미진이 저를 바라보는 눈빛이 예사롭지 않았고, 미진을 두고 상상의 나래가 끝없이 펼쳐졌다.

며칠간 몰아쳤던 역대급 한파가 물러가고 평상의 기온을 되찾은 평일 오후 현준은 나갈 준비를 했다. 오늘이 재용과 열을 '마로니에'에서 만나기로 한 날이었다. 현준은 골진 흰색 '폴라티'에 날렵한 '리바이스' 청바지를 입었다. 미 해군의 네이비블루 '피코트' 빼박은 허벅다리까지 내려온 코트를 걸치고 파란 로고 들어간 가죽 나이키를 신었다. 전신 거울 앞에 선 현준은 지가 봐도 멋졌는지 천연덕스레 히물거렸다.

현준은 만만해 뵈는 시내 길을 일부러 휘돌아 마로니에로 향했다. 현준이 마로니에 출입문 열고 들어서자 재용이 카운터에서 여주인과 노닥거리고 있었다. 현준과 마주한 여주인은 눈 똥그랗게 떠 둘을 번갈아 보았다. 재용 역시도 똑같은 네이비블루 피코트 차림이었다. 재용은 딱 맞는 낡은 남색 면바지에다 같은 색의 구제 컨버스화로 '깔맞춤'했다. 재용이 예전부터 꽂혀 있던 록 밴드 블론디의 드러머 '클렘 버크' 스타일과 똑 닮았다.

여주인의 사느란 눈초리에 민망한 현준이 시무룩이 말했다.

"누나, 뭘 그렇게 뚫어져라 보세요. 무안하게요."

"아니, 둘이 옷이 똑같아서…… 같은 곳에서 샀니?"

"……."

"하. 하. 하."

재용은 억지웃음 지었고 현준은 낯부끄러워 달아나듯 늘 앉던 자리로 앞걸음질 쳤다. 둘이 자리에 앉자마자 이번엔 열이 출입문으로 들어왔다. 또다시 여주인 눈이 똥그래졌다.

열 또한 남색 양복 위에 네이비블루 피코트를 차려입었고, 요즘 같으면 '스니커즈'라 불릴만한 밑창이 고무로 된 검정 구두를 꿰었다. 거기에 머리까지 길러 꾸밈새가 제법 그럴싸했다.

열을 본 여주인이 뒤따라오며 또 한마디 했다.

"어쩜, 그렇게 셋이 똑같은 옷을 입었니?"

"어휴, 쪽팔려."

"아니야. 셋이 같이 입으니까 외국에서 온 애들같이 멋진데. 뭘."

"사장님도……."

사연은 이러했다. 재용은 매년 늦봄과 늦가을에 서울 나들이하는 것이 연례행사였다. 일박 이일이나 이박 삼일로 무궁화호 밤 기차 타고 올라가 압구정, 이태원, 명동, 동대문 일대를 둘러보고 눈에 드는 물건들을 사서 내려왔다. 이참엔 서울 구경 한번 못 해 본 현준이 같이 가자 졸랐고 열도 매한가지라 대입고사 끝나면 함께 하기로 했었다. 하지만 열은 취직하는 바람에 하는 수 없어 일정에서 빠졌다. 결국 둘만 서울로 올라갔고 이 박 삼 일 동안 실컷 구경하며 돌아다녔다.

그러다 재용은 이태원 옷가게에서 우연찮게 마음에 쏙 든 '보세 옷'을 발견했다. 그것이 네이비블루 피코트였다. 이때만 해도 보세 옷이라는 게 관세 혜택 받은 국내 제조사들이 해외 기업과 계약해 가공 무역으로 수출하는 고급 의류였다. 말할 것도 없이 질 좋은 수입 원단에 품질과 디자인이 뛰어났다. 이런 옷들이 뒤로 빼돌려져 '보세 옷'이란 꼬리표를 달고 비교저 싼값에 동대문이나 이태원 등지로 흘러나왔다.

옷은 세 벌 걸려 있었다. L, M, S 사이즈였다. 주인은 초장부터 '한국 땅엔 우리 집밖에 없는 물건'이라고 으름장을 놓았다. 재용이 L 사이즈 입어 보고 무지 마음에 들었다. 누가 뭐래도 제 옷이었다. 재용은 한 푼 깎지 않고 군말 없이 거금 삼만 원을 내놓았다. 그사이 현준도 M 사이즈를 입어 보았고 재용이 셈을 치를 때까지 옷을 벗지 않은 채 우물쭈물하고 있었다. 눈치 빠른 재용이 "제발, 다른 옷 고르라" 애원했지만 되레 "미진일 봐서라도 살려 주라" 현준이 꿈쩍하지 않았다. 이것이 사건의 발단이었다.

재용은 옷 가게 밖으로 나오면서 똥 싸다 만 기분은 차치하더라도 아차 싶었다. 요새 옷차림에 부쩍 신경 쓰는 열이 번쩍 떠올랐다. 옷 하나로도 현준과 우정에 금 갈 판인데 '만약 둘만 입고 다닌다면'이란 생각이 들자 께름칙했다. 별수 없이 밉상스러운 현준에게 손을 내밀었다. 재용은 '이왕 이리된 거 취직 기념으로 열이 옷도 사자' 했다. 현준이 미안하던 차에 잘됐다 싶어 쌍수 들어 환영했고, 극구 제 돈을 내 나머지마저 사 왔다. 그 결과 이렇게 똑같은 옷 입고 시내를 활보하는 '못난이 삼형제'가 되었다.

열의 양복 사러 갈 때도 재용이 앞장서 셋은 백화점으로 갔었다. 재용은 '검정 양복은 촌스럽다'며 세일하는 남색 양복을 사고 남은 돈으로 검정 캐주얼 구두를 골라 주었다. 재용은 또 '폼나지 않는다'면서 단골 수선집으로 데려가 윗도리 허리와 바지 기장, 통을 '재용식 스타일'로 줄여 주었다. 잘해야 '당꼬바지'나 입고 다니던 재덕이 열의 미끈한 양복 태에 온 마음을 빼앗겼다. 재덕은 돈이 어디서 났는지 며칠 뒤 같은 양복을 사 재용에게 달려갔다. 재용을 끌어 그 수선집으로 쫓아갔고, 후엔 열과 똑같이 하고 다녔다.

"어휴, 쪽팔려."

"이게 다 니 때문이지."

"누나가 같이 입으니까 멋지다고 하잖아……."

"야, 당분간 우리 만나지 말자. 나갈 때도 따로따로 나가고."

"……."

"……."

그리고 한 달 뒤 매서운 겨울 추위가 한창인 이월 중순 지역 고등학교 졸업식이 일제히 열렸다.

"삼 학년 학생들의 졸업을 진심으로 선생님들과 함께 축하합니다. 또한 졸업식에 참석해 자리를 빛내 주신 내빈 및 학부모님께 감사드리고 더불어 좋은 소식을 전할 수 있게 되어 매우 기쁘게 생각합니다. 올해 우리 학교는 서울대 열여덟 명 합격으로 역대 최고 성적을 올렸습니다. 또 육사 한 명 등 사 년제 대학 이백이십팔 명 합격이라는 놀라운 성과를 거뒀습니다. 이는 삼 년 연속 우리 지역 최고 성적으로, 이제는 지역이 아닌 전국적인 명문고로 발돋움하게 되었습니다. 일이 학년 후배들도 삼 학년 선배들의 찬란한 전통을 이어받아 이 전통을 이어 갈 수 있도록 최선의 노력을 경주해야 하겠습니다. 인생에 있어 가장 맑고 밝은 고교 시절 삼 년을 보내고 오늘 이 자리에 선 졸업생 여러분의 앞길에 무한한 영광이 함께 하길 바랍니다. 영광이란 젊은 시절의 자기 절제에서부터 비롯됩니다. 영광을 누리기 위해서는 긍정적으로 생각하고 자기 절제 능력을 키워야 합니다. 선사 올해 대입고사에 떨어졌다 하더라도 능력을 키우기 위한 시련이라고 긍정적으로 받아들이고 더 노력해야 합니다. 자고 싶은 거 다 자고 놀고 싶은 거 다 놀면 그것은 절제가 아닙니다. 하고 싶은 것을 참는 것이 절제입니다. 대입고사를 다시 준비하는 학생은 물론 앞으로 대학생, 직장인이 되는 학생들도 이를 실생활에서 실천해 더 좋은 결실을 볼 수 있도록 노력해야 할 것입니다."

이후에도 열이 학교 교장의 너덜너덜한 일장 연설은 계속되었다. 졸업식은 국민의례, 졸업장·상장 수여, 교장 축사, 재학생 송사, 졸업생 답사, 졸업식 노래 제창 순으로 지리하게 이어졌다. 공장들과 나란한 시내 변두리 학교 문턱을 밟은 지 삼 년 만의 무탈한 끝마침이었다. 예비 소집 날 당혹했던 기억은 잊힌 지 오래였다. 교실과 복도의 도기다시 바닥도, 덩그런 시멘트 학교 건물도, 모래 깔린 횡한 운동장도 더 이상 군색스럽지 않았다. 이 역시 죽을 때까지 영원히 기억될 추억거리였다.

졸업식 끝난 뒤 학교 운동장엔 축하하는 이들과 축하받는 이들로 가득 메워졌다. 힘겨웠던 고등학교 마치고 대학엘 간다는 기쁨과 설렘 속에, 정든 친구와 헤어진다는 아쉬움 속에 꽃다발과 석별의 정이 오갔다. 또 '애'라는 딱지 떼고 '어른'이란 새로운 증표를 받아 든 해방감에, 이젠 어디서나 술·담배 할 수 있는 권리를 획득한 희열에 한편에선 밀가루와 계란 세례가 난무했다.

그날 저녁 시내 중국집 '왕자관'에서 열, 재용, 현준, 재덕, 득수가 만났고 기현, 병구, 계중도 함께했다. 현준은 예상대로 지방 이류대 경영학과에 별 탈 없이 합격했고 재용은 예상외의 경쟁률로 마음 졸였어도 점수 안되는 애들끼리 몰렸던지 마침내 합격증을 받아 쥐었다. 기현은 어머니의 간절한 뜻에 따라 재수를 택했고 병구는 담임이 정해 준 대로 철조망 너머의 전문 대학에 진학했다. 짝꿍 계중은 서울 유명 대학 법학과에 턱 하니 붙어 아버지의 소원을 풀어 주었다. 하지만 그들은 그때까지도 몰랐다. 졸업이 인생의 끝이 아닌 시작이란 것을.

'Your latest trick'

All the late night bargains have been struck. Between the satin beaus and their belles. Prehistoric garbage trucks. Have the city to themselves. Echoes roars dinosaurs. They're all doing the monster mash. And most of the taxis, most of the whores. Are only taking calls for cash. I don't know how it happened. It all took place so quick. But all I can do is hand it to you. And your latest trick.

멋진 놈들과 예쁜 여자들 사이에서 수상한 거래가 오가고 오래된 낡은 쓰레기차들이 새벽 거리를 점령했어 시끌벅적한 술집 안의 사람들은 음악에 맞춰 춤을 추고 택시와 야한 여자들은 부르는 것만으로 현금을 내라 해 이게 어떻게 된 일인지 모르겠어 눈 깜빡할 사이에 일어났어 그렇지만 인정해 넌 장난질을 한 거야

Well now my door was standing open. Security were laid back and lax. But it was only my heart that got broken. You must have had a pass key made out of wax. You played robbery with insolence. And I played the blues in twelve bars down Lover's Lane. And you never did have the intelligence to use. The twelve keys hanging off from my chain. I don't know how it happened. It all took place so quick. But all I can do is hand it to you. And your latest trick.

내 마음을 너무 쉽게 열어 방어조차 못 하고 그냥 믿어 버렸어 결국 내 마음은 산산이 조각났어 넌 건방지게 가지고 놀았고 덕분에 난 아모르파티를 하고 있어 네가 조금이라도 생각이 있었다면 내 마음을 알았겠지 이게 어떻게 된 일인지 모르겠어 눈 깜빡할 사이에 일어났어 그렇지만 인정해 넌 장난질을 한 거야

Now it's past last call for alcohol. Past recall has been here and gone. The landlord he finally paid us all. The satin jazzmen have put away their horns. And we're standing outside of this wonderland. Looking so bereaved and so bereft. Like a bowery bum when he finally understands. The bottle's empty and there's nothing left. I don't know how it happened. It was faster than the eye could flick. But all I can do is hand it to you. And your latest trick.

머릿속에서 계속 같은 생각이 반복되고 취할 만큼 잔뜩 술을 먹었어 술집에선 나가라 하고 연주하는 재즈 밴드도 짐을 쌌어 술집 앞에 길거리 거지처럼 슬픈 얼굴로 초라하게 서 있어 생각해 보니 나에겐 남은 건 아무것도 없었어 이게 어떻게 된 일인지 모르겠어 눈 깜빡할 사이에 일어났어 그렇지만 인정해 넌 장난질을 한 거야

DIRE STRAITS 5번째 앨범(BROTHERS IN ARMS 1985년)

〈Your latest trick〉

사람에게는 친절하게 1983

ⓒ 박재현, 2023

초판 1쇄 발행 2023년 9월 22일

지은이   박재현
펴낸이   이기봉
편집   좋은땅 편집팀
펴낸곳   도서출판 좋은땅
주소   서울특별시 마포구 양화로12길 26 지월드빌딩 (서교동 395-7)
전화   02)374-8616~7
팩스   02)374-8614
이메일   gworldbook@naver.com
홈페이지   www.g-world.co.kr

ISBN   979-11-388-2331-9 (03810)